칼릴라와 딤나

칼릴라와 딤나

바이다바 지음 ★ 이븐 알 무카파 아랍어 역 ★ 이동은 옮김

『칼릴라와 딤나』의 기원 및 전파

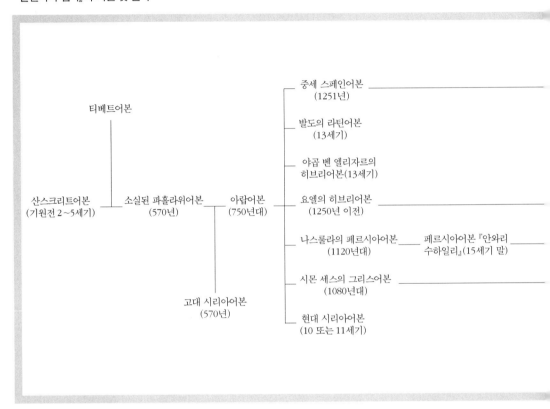

위의 도표를 전파 연대순으로 간략히 설명하면 다음과 같다.

산스크리트어본 『칼릴라와 딤나』의 기원으로 간주되는 『판차탄트라』는 기원전 2~5세기에 인도의 카슈미르 지방에서 산스크리트어로 기록되었다. 『판차탄트라』는 서문과 다섯 편의 이야기로 구성되어 있는데, 서문에서 비슈누샤르만(Vishnusharman)이라는 브라만 현자가 세 명의 왕자들을 교육시키기 위해 다섯 편의 이야기를 들려준다는 설명이 이루어진다.

파흘라위어본 『판차탄트라』는 서기 570년 페르시아의 아누쉬르완 왕(Anushirwan, 531~579)의 명령으로 페르시아의 의사 바르자위(Barzawaih)에 의해 파흘라위어(중세 페르시아어)로 번역되었는데, 제목은 『칼릴라크와 딤나

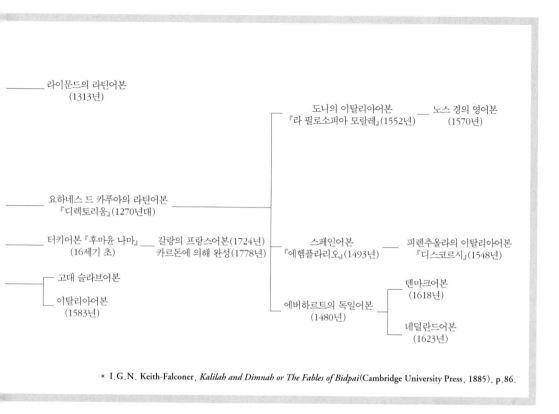

라이문드의 라틴어본
(1313년)

도니의 이탈리아어본   노스 경의 영어본
『라 필로소피아 모랄레』(1552년)   (1570년)

요하네스 드 카푸아의 라틴어본
『디렉토리움』(1270년대)

터키어본『후마윤 나마』   갈랑의 프랑스어본(1724년)   스페인어본   피렌추올라의 이탈리아어본
(16세기 초)   카르돈에 의해 완성(1778년)   『에헴플라리오』(1493년)   『디스코르시』(1548년)

┌ 고대 슬라브어본   덴마크어본
│   (1618년)
└ 이탈리아어본   에버하르트의 독일어본
(1583년)   (1480년)   네덜란드어본
(1623년)

* I.G.N. Keith-Falconer, *Kalilah and Dimnah or The Fables of Bidpai*(Cambridge University Press, 1885), p.86.

크(*Kalilak and Dimnak*)』였다. 이 파홀라위어본은 고대 시리아어와 아랍어로 각각 직접 번역된 뒤 소실되었다.

고대 시리아어본 파홀라위어본은 570년 기독교 수도사 부드(Bud)에 의해 고대 시리아어로 번역되었다. 제목은 『칼릴라그와 딤나그(*Kalilag and Dimnag*)』이다.

아랍어본 파홀라위어본은 750년대에 이븐 알 무카파(Ibn al-Muqaffa)에 의해 『칼릴라와 딤나』라는 제목으로 아랍어로 번안되었다.

현대 시리아어본 『칼릴라와 딤나』는 10~11세기에 익명의 번역자에 의해 현대 시리아어로 번역되었다. 이 판본 전체에 기독교적인 색채가 흐르는 것으로 보아 번역자는 기독교 수도사인 것으로 추정된다.

시몬 세스(Simon Seth)의 그리스어본 시몬 세스는 1080년대에 『칼릴라와 딤나』를 그리스어로 직접 번역했다. 제목은 『삭발 사제와 연구자(Stephanites and Ichnelates)』이다.

나스룰라(Nasrullah)의 페르시아어본 나스룰라는 1120년대에 『칼릴라와 딤나』를 페르시아어로 번역했다.

요엘(Joel)의 히브리어본 번역자 요엘과 번역 시기에 관해 정확히 알려진 바는 없다. 다만 1250년 이전에 번역이 완성된 것으로 추정된다. 요엘의 히브리어본은 『칼릴라와 딤나』에 대한 비교적 충실한 번역본으로 평가되고 있다.

야곱 벤 엘리자르(Jacob Ben Eleazar)의 히브리어본 13세기에 완성된 것으로 추정되며, 『칼릴라와 딤나』에 대한 불충실한 번역본으로 평가되고 있다. 요엘의 히브리어본과 야곱 벤 엘리자르의 히브리어본은 1881년 파리에서 『'칼릴라와 딤나'를 번역한 두 권의 히브리어본』이라는 제목으로 출간되었다.

발도(Baldo)의 라틴어본 번역자 발도와 번역 시기에 관해서 알려진 바는 없지만 약 13세기에 번역이 이루어진 것으로 추정된다.

중세 스페인어본 『칼릴라 이 딤나(Calila e Digna)』 1251년경에 완성되었으며, 『칼릴라와 딤나』에 대한 가장 충실한 번역본으로 평가된다.

요하네스 드 카푸아(Iohannes de Capua)의 라틴어본 『디렉토리움 후마나이 비타이(Directorium Humanae Vitae)』 1262~1279년에 요엘의 히브리어본을 라틴어로 번역한 것으로, 제목은 '인생 지침서'라는 뜻이다.

라이문드(Raimund)의 라틴어본 라이문드는 1313년에 중세 스페인어본을 라틴어로 번역했다.

페르시아어본 『안와리 수하일리(Anwari Suhaili)』 나스룰라의 페르시아어본이 페르시아인의 취향에 맞도록 개작된 것이다. 정확한 개작 시기는 밝혀지지 않았지만 1470~1505년에 개작이 이루어진 것으로 추정된다.

에버하르트(Eberhard)의 독일어본 에버하르트는 1480년경 라틴어본 『디렉토리움 후마나이 비타이』를 독일어로 번역했다.

스페인어본 『에헴플라리오 콘트라 로스 엔가뇨스 이 펠리그로스 델 문도(Exemplario contra los engaños y peligros del mundo)』 익명의 번역자가 라틴어본 『디렉토리움 후마나이 비타이』를 스페인어로 번역한 것이며, 제목은 '세상의 속임수와 위험에 대처하기 위한 예화집'이란 뜻이다.

터키어본 『후마윤 나마(Humayun-namah)』 페르시아어본 『안와리 수하일리』가 터키어로 번역된 것으로, 제목은 '황제의 책'이란 뜻이며, 번역 시기는 16세기 초로 알려져 있다.

이탈리아어본 『디스코르시 델리 아니말리 라지오난테 트라 로로(Discorsi degli animali ragionanta tra loro)』 번역자 피렌추올라(Firenzuola)가 1548년 스페인어본 『에헴플라리오 콘트라 로스 엔가뇨스 이 펠리그로스 델 문도』를 이탈리아어로 번역했다. 제목은 '이성적인 동물들에 관한 논의들'이란 뜻이다.

이탈리아어본 『라 필로소피아 모랄레(La Filosofia Morale)』 1552년 도니(Doni)가 라틴어본 『디렉토리움 후마나이 비타이』를 이탈리아어로 번역하여 '도덕 철학'이란 제목을 붙였다.

토머스 노스 경(Sir Thomas North)의 영어본 1570년 노스 경이 이탈리아어본 『라 필로소피아 모랄레』를 영어로 번역했다. 이 영어본은 1570년 런던에서 처음 출간된 후 1601년과 1888년에 재출간되었다.

이탈리아어본 번역 연도가 1583년이라고 알려져 있을 뿐 번역자와 제목에 관해서는 알려진 바가 없다.

덴마크어본 에버하르트의 독일어본이 1618년에 덴마크어로 번역된 것이다.

네덜란드어본 에버하르트의 독일어본이 1623년에 네덜란드어로 번역된 것이다.

갈랑(Galland)의 프랑스어본 1724년 갈랑은 터키어본 『후마윤 나마』를 프랑스어로 번역했다. 갈랑의 프랑스어본은 1778년 카르돈(Cardonne)에 의해 완성되었다.

＊그 밖에도 아랍어에서 번역된 영어본이 1819년 옥스퍼드에서 첫 출간된 뒤 1905년에 재출간되었다. 그리고 아랍어에서 번역된 러시아어본이 1889년 모스크바에서 첫 출간된 후 1948년에 재출간되었다.

아랍 문학 최고의 고전

『칼릴라와 딤나(*Kalilah wa Dimnah*)』는 아랍 문학의 황금기라 일컬어지는 압바스(Abbas) 시대(750~1258)의 초기인 서기 750년대에 출현한 동물 우화로서 표층적으로는 삶의 교훈을 흥미롭게 다루고 있고, 심층적으로는 정치적 풍자성을 내포하고 있다. 동물 우화를 통하여 인간 본성의 결함이나 현실의 모순을 명쾌하게 조명한 이 작품은, 출현 초기에는 귀족층에서 읽혔지만 후일 민중에게 전파되어 범계층적으로 애호된 도덕 지침서이며 지혜서이다. 작품의 제목인 '칼릴라와 딤나' 는 작품 속에 등장하는 두 마리 재칼 '칼릴라' 와 '딤나' 의 이름에서 비롯되었다. 한국어의 접속 조사 '와' 와 아랍어의 대등 접속사 'wa' 는 의미와 발음이 같아서 이 작품의 제목은 한국어로 표현해도 '칼릴라와 딤나' 이다.

『칼릴라와 딤나』는 인도 설화집 『판차탄트라(*Panchatantra*)』가 페르시아를 거쳐 아랍으로 유입되어 아랍 · 이슬람적으로 번안된 작품이다. 『판차탄트라』는 인도에서 구전으로 전승되던 설화들이 기원전 2~5세기경에 산스크리트어로 기록된 설화집으로서 전체적으로는 교훈적 주제를, 부분적으로는 정치적 주제를 담고 있다. 『판차탄트라』는 서기 570년에 파흘라위어(Pehlevi, 중세 페르시아어)로 번역되었고, 이 파흘라위어본은 750년대에 이븐 알 무카파(Ibn al-Muqaffa, 724~759)에 의해 아랍어로 번안되었다. 그러나 아랍어본의 원전인 파흘라위어본이 소실되었기 때문에, 산스크리트어본『판차탄트라』가 아랍어본의 원전으로 간주되고 있다. 이븐 알 무카파는 이 작품을 파흘라위어에서 아랍어로 옮기는 과정에서 원문에 얽매이지 않고 아랍·이슬람 사상에 맞추어 개작하는 동시에 자신의 정치사상과 철학, 사회개혁 의지를 투영시켜 재창작했다.

아랍인들의 귀중한 문학적 자산으로 뿌리를 내린 『칼릴라와 딤나』는 10세기부터 세계 주요 언어로 번역되기 시작하여 오늘날 지구촌 곳곳에서 읽히고 있다. 서구 세계에서『비드파이 우화(*Bidpai Fables* 또는 *Pilpai Fables*)』로 알려진 이 작품은 '서구인들 사이에서 성경보다 더 많이 읽힌 책' 또는 '성경 다음으로 많은 언어로 번역된 책'이라는 평가를 받고 있을 만큼 널리 전파되어 읽혀왔다. 이 작품은 각 판본마다 이야기의 내용과 제목, 배열 순서, 수록 여부 등에서 차이를 보인다. 그 까닭은 작품의 원본이 당대의 필경사들에 의해 필사된 후 자취를 감추었고, 그로부터 수세기 후 발견된 필사본에 의해 후세 편집자들이 재편집했기 때문이다.

『칼릴라와 딤나』는 일반적으로 서문 4개의 장과 본문 15개 장으로 구성되어 있다. 서문 4개의 장에는 작품의 저술 동기와 유래 경위, 작품 해설, 그리고 번역자(산스크리트어에서 파흘라위어로 옮긴 이)의 전기(傳記) 등이 실려 있다. 본문 15개 장은 '다브샬림' 왕과 현자 '바이다바'의 문답식 대화체로 전개된다. 다브샬림 왕과 현자 바이다바는 허구의 인물이다. 그러나 바이다바는 작자 미상인 이 작품의 저자로 통용되며, 이 작품의 서구어 번역본에서는 '비드파이'라는 이름으로 등장하고 있다. 작품의 제목에 나타나는 두 마리 재칼 '칼릴라'와 '딤나'는 본문 첫째 장과 둘째 장에 등장한다.

이 작품의 본문은 이븐 알 무카파에 의해 아랍어로 번안될 당시 14개 장으로 구성되어 있었다. 그 14개 장은 모든 판본들에 공통적으로 실려 있는 반면, 후세에 편입된 것으로 보이는 「쥐의 왕 미흐라이즈의 장」과 「비둘기와 여우와 백로의 장」 등 2개 장은 판본에 따라 각 1개 장씩 선택적으로 실려 있다. 따라서 오늘날 대부분의 판본들은 본문이 15개 장으로 구성되어 있다.

한국어본을 내면서는, 오늘날의 판본들 중 이집트, 레바논, 튀니지, 시리아 등에서 출판된 열여섯 권을 수집하여 비교 검토한 후 가장 정통성 있는 내용을 중심으로 이들을 모두 취합하여 번역했다. 또한 서문 4개 장을 요약해서 소개했는데, 이렇게 요약한 까닭은, 서문이 너무 장황하여 본문인 동물 우화를 음미하는 데 혼란을 야기할 수도 있으리라는 우려 때문이었다. 앞으로 학술 연구의 자료로서 또는 독자들의 호응으로 서문의 완역이 요청될 경우에는 그 요구에 부응할 계획이다. 그리고 본문은 16개 장으로 구성하여 완역했는데, 이는 각 판본에서 선택적으로 실린 장들을 모두 포함시켰기 때문이다. 즉 어느 판본에서나 공통적으로 실린 14개 장에다 판본에 따라 선택적으로 실린 2개 장을 포함시켜 16개 장으로 구성했음을 밝혀둔다.

『칼릴라와 딤나』의 구성상의 특징은 겹겹이 펼쳐지는 흥미진진한 이야기들이 끊임없이 전개된다는 것이다. 이것은 독자들을 깊고 넓은 '이야기의 바다'로 이끌어 망망대해를 항해하는 즐거움을 안겨주는 동시에 독자로 하여금 그 항해가 끝날 때까지 다른 데로 시선을 돌릴 수 없게 만든다. 이러한 전개 방식은 틀이야기(frame-story) 서술 기법이라 일컬어지는데, 이 방법을 통해 다채로운 우화, 민담, 전설, 경구 등을 포괄하면서 인간사의 여러 측면들을 날카롭고 재치 있게 다루고 있다.

틀이야기 서술 기법은 액자 구성 형식으로, 하나의 커다란 이야기 안에서 그 등장인물들이 각각 작은 이야기를 파생시키는 기법이다. 이때 파생되는 작은 이야기를 삽입이야기라 하며, 각각의 삽입이야기는 그 자체로도 완전한 줄거리를 구성하는 동시에 틀이야기 전체의 주제를 심화하고 확산시키는 역할을 한다. 그리고 삽입이야기 속의 등장인물들 역시 또 다른 삽입이야기를 파생시킬 수 있다. 일단 파생된 삽입이야기는 자체의 내용이 종결됨과 동시에 그 상위 단계 이야기의 줄거리로 복귀하여 최종적으로는 틀이야기의 줄거리로 돌아간다. 이처럼 다양한 삽입이야기를 통해 내용의 심화와 복귀 단계를 반복하다가 마지막에는 틀이야기의 줄거리로 돌아가 결말을 맺는 다층적이고 회귀적인 전개 구도는 순환적 시간 개념에 기초한 윤회 사상의 반영이라고 볼 수 있다.

이러한 다층적 서술 기법 속에 담긴 주제 역시 다층적이고 복합적이다. 『칼릴라와 딤나』는 이원적 차원의 주제, 즉 표층적 주제와 심층적 주제를 훌륭히 조화시키고 있다. 표층적 주제는 동물들을 통하여 흥미롭게 다루고 있는 삶의 유용한 도리와 교훈이다. 이 작품은 인간 내면에 잠재된 허망한 욕심과 얄팍한 이기심, 그리고 추악함과 어리석음을 흥미롭게 들춰내고 있으며, 현실의 모순과 부조리를 자연스럽게 고발하고 있다.

『칼릴라와 딤나』의 교훈들은 무조건 착하게 살아야 한다는 이타적 선행을 가르치고 있지 않다. 오히려 약육강식의 논리가 지배적이고 선과 악의 경계가 모호한 현실의 문제점을 파악하고 그것을 잘 극복해서 슬기롭게 살기를 당부하고 있다. 즉 이 작품에 나타난 지혜와 선행의 기준은 실용적이며 타산적이라고 말할 수 있다.

이처럼 『칼릴라와 딤나』가 선행의 기준을 실용성에 두고 있는 이유는 이 작품의 원전인 『판차탄트라』의 성격에서 비롯된다. 『판차탄트라』는 아동들을 위한 교훈서가 아니라 성인들을 위한 생활 처세서였기 때문이다. 『판차탄트라』의 서문은 이 책이 왕자들로 하여금 현실의 냉혹함과 모순을 터득하게 하여 현실감각과 통치철학을 깨우치도록 만들어졌다고 밝히고 있다. 이 서문의 내용은 책의 구성을 위해 도입된 허구이지만『판차탄트라』의 본질적인 성격을 명확히 알려주고 있다. 후일『판차탄트라』가 아랍으로 유입되어『칼릴라와 딤나』로 개작되면서부터는 엄격한 이슬람교 사상에 기초하여 절대적인 권선징악의 도리가 강조되었으나『판차탄트라』가 지닌 원래의 작품 성격에서 완전히 벗어나지 못했기 때문에『칼릴라와 딤나』역시 실용적이고 타산적인 선행의 기준을 보여주고 있다.

한편 이 작품의 심층적 주제는 흥미와 교훈 뒤에 숨은 정치적 풍자이다. 통치자의 도리와 관료들의 자질, 권력의 속성 등을 갖가지 동물들의 입을 빌려서 풍자적으로 다루고 있는데, 특히 당대의 통치자인 칼리파(Khalifah, 예언자 무함마드의 후계자라는 의미로서 이슬람 국가의 통치자를 일컬음) 알 만수르(al-Mansur)를 겨냥한 흔적이 짙게 드러난다. 이 작품을 아랍어로 옮기며 재창작한 이븐 알 무카파는 칼리파 알 만수르의 독재와 폭정을 비판하고 이상적 개혁안을 제시하면서 무지한 백성들을 계몽하려고 했던 것 같다. 이븐 알 무카파의 은유적이면서 강력한 정치 풍자는 이 작품의 사회문화적 가치를 높여주는 커다란 장점이며 매력이다.

『칼릴라와 딤나』의 이원적 특성은 단지 주제에만 국한되지 않고 종교 사상에서도 나타난다. 이 작품이 힌두교의 토양에서 생성되어 이슬람교의 문화에서 완성되었으므로 작품 속에는 힌두교 사상과 이슬람교 사상이 공존한다. 힌두교 사상은 윤회와 업 사상 및 수도승의 빈번한 등장 등을 통해 드러나며,

이슬람교 사상은 죄인의 징벌에 관한 '동태복수법(同態復讐法, al-Qisas)'과 부활 및 내세의 심판에 관한 문제, 운명론 등을 통해 두드러지게 나타난다.

우리는 동물 우화라면 흔히『이솝 우화』를 떠올린다. 혹자는『라퐁텐 우화』를 떠올리기도 할 것이다.『이솝 우화』나『라퐁텐 우화』와 같은 서구의 동물 우화에 익숙해진 우리에게『칼릴라와 딤나』는 신선함과 생소함을 동시에 선사할 것이다.『칼릴라와 딤나』는 인도 · 페르시아 · 아랍의 정서가 깃든 동양의 동물 우화로서 서구의 동물 우화와는 다음과 같은 두 가지 점에서 크게 다르다. 첫째, 서구의 동물 우화들이 단순한 도덕적 진리를 단편적으로 다루는 소극적이고 단선적인 기능에 머무르는 반면,『칼릴라와 딤나』는 광범위한 도덕적 · 사회적 · 정치적 문제들을 복합적으로 다루는 적극적이고 복선적인 기능을 띠고 있다. 둘째, 서구의 동물 우화들이 동물 특유의 속성에 따라 동물을 등장시키는 반면,『칼릴라와 딤나』는 동물의 속성보다는 동물의 가면을 쓴 인간을 다루고 있다. 따라서 이 작품에 등장하는 동물이 갖는 상징성은 이야기 속에서 주어지는 역할에 따라 가변적이다. 때로는 등장 동물의 상징성이 그 동물의 실제 속성과 배치되기도 한다. 예를 들어, 재칼이나 뱀 등이 간교한 인물을 상징할 때가 있는가 하면 그 반대로 충직한 인물을 상징할 때가 있으며, 토끼가 영리한 인물을 상징할 때가 있는가 하면 정반대로 어리석은 인물을 상징할 때도 있다.

이 작품의 내용 중에는 우리에게 낯설지 않은 이야기들도 다수 포함되어 있다. 예를 들어 '세 마리 물고기 이야기'를 비롯하여 '두 마리 오리와 거북 이야기' '비둘기 한 쌍 이야기' 등은 불교 설화를 통해 정착되었고, 그 밖의 몇몇 이야기들도 외국의 동화나 우화로 전래되어 우리에게 알려져 있다. 단편적으로만 알려져 있던 이야기들이 『칼릴라와 딤나』를 그 근원으로 하고 있다는 점을 확인하는 것도 이 작품을 읽는 또 다른 즐거움일 것이다.

『칼릴라와 딤나』는 작품 자체의 강한 생명력과 아랍인들의 문화 보존 역량을 바탕으로 동양의 문화를 서구로 전파시키는 교량 역할을 하면서 문학적 위상을 확보해왔다. 이 작품은 첫째, 아랍 문학사의 관점에서 볼 때 동물 우화를 통한 풍자문학의 효시로서 후세 작품 및 작가들에게 큰 영향을 끼쳤다. 고대 아랍 작가들은 이 작품에서 영향을 받아 많은 동물 우화를 창작했으며, 현대 아랍 시인들은 이 작품을 현대적 감각에 맞게 재창작하여 우화시로 표현했다. 이 작품은 현재 20여 개국에 달하는 모든 아랍 국가에서 산문문학의 귀감이며 진수로서 문학적 영감과 소재의 원천이 되고 있다. 그리고 어린이부터 성인에 이르기까지 각각의 수준에 맞는 다양한 판본들이 읽히고 있으며, 각급 학교 교과서에 필수적으로 수록되어 있다. 둘째, 중동 문학사의 관점에서 볼 때 이란(페르시아)과 터키의 작가들은 오랜 세월에 걸쳐 이 작품을 번역하거나 번안하면서 자신들의 문학작품으로 정착시키려는 노력을 경주하여 현재까지 많은 유산을 간직하고 있다. 셋째, 세계 문학사의 관점에서 볼 때 틀이야기 서술 기법은 『캔터베리 이야기』와 『데카메론』에 서술형식을 전수했고, 동물 우화의 문학적 영감과 주제는『라퐁텐 우화』를 창출시키는 원천이 되었다.

『칼릴라와 딤나』는 아랍인들의 지혜와 문화가 고스란히 투영된 작품이다. 유대인에게『탈무드』가 있다면 아랍인에게는『칼릴라와 딤나』가 있다고 표현해도 손색이 없을 정도다. 이 작품 속에 나타난 그들의 행동 양식 가운데서 다음과 같은 다섯 가지 특징이 두드러진다. 첫째, 아랍인들은 대체로 자기방어에 강하고 다혈질이며 의심이 많다. 이는 거칠고 황량한 주변 환경과 밀접한 관계가 있다고 볼 수 있다. 둘째, 그들은 보은(報恩)과 복수의 법칙을 명백히 준수한다. '눈에는 눈, 이에는 이'라는 동태복수법은 기원전 1800년경 바빌론 시대에 정립된 함무라비 법전의 근간이며 이슬람교 율법 샤리아(Sharia)에서도 명시된다. 이것은 당시 이 지역에 만연하던 보복의 관습을 법제도 안에서 수용하여 정비한 것으로서 아랍 사회의 윤리관을 대변해주고 있다. 셋째, 그들은 자존심이 강하고 개인과 가족의 체면이나 명예를 중시한다. 그러므로 자신들에 대한 사회적 평판이나 여론에 민감하게 반응하며, 자신들의 명예가 실추되었을 때에는 극도로 분노한다. 한마디로 그들의 사회를 자존심의 사회라고 표현할 수 있다. 넷째, 그들은 전통을 중시하는 보수주의자들이다. 자신들의 전통에 대한 강한 자부심과 무조건적인 추종은 때로는 지나친 수구주의로 비치기도 하는데, 이것은 민족적 기질과 이슬람교의 영향이 융합된 결과로서 그들 삶의 원동력이다. 아울러 그들은 강한 혈연중심주의 사상을 갖고 있어서 가족, 씨족, 부족 간의 유대와 결속이 매우 끈끈하다. 따라서 현대 사회를 살면서도 국가 체제보다는 부족 체제에 더욱 의존하는 경향이 있다. 다섯째, 그들은 운명론을 믿고 있다. 아랍인들은 모든 인간사와 세상사가 알라의 뜻에 따라 이미 예정되어 있다고 믿는다. 이러한 운명론적 사고는 그들의 생활 속에 깊숙이 자리잡고 있으며, 마치 양날의 칼처럼 그들의 생활에 긍정적인 영향과 부정적인 영향을 동시에 끼치고 있다.

위에 언급한 특성들은 『칼릴라와 딤나』에 실린 이야기들 속에서 쉽게 발견할 수 있으며 실제로 아랍인들의 기질과 일치한다. 이와 더불어 특기할 만한 점은 아랍인들을 포함하여 중동 이슬람 세계 사람들은 민족이나 국경을 초월한 공동체 의식을 갖고 있으며, 실제로 공동의 문화를 향유하고 있다는 사실이다. 그 까닭은 그들의 종교이자 생활 규범인 이슬람이라는 공통분모가 있기 때문이다. 그러므로 아랍인들의 가치관에 대한 이해는 중동 이슬람 세계 사람들의 가치관을 파악할 수 있는 지름길이 된다. 한국어본 『칼릴라와 딤나』가 아랍인들을 포함하여 중동 이슬람 세계 사람들을 정확히 이해할 수 있는 진정한 길잡이가 될 것으로 믿는다. 아울러 천이백여 년간 인류의 지혜서로 인정받아온 『칼릴라와 딤나』는 21세기를 사는 현대인들에게도 값진 교훈을 선사할 것으로 확신한다.

서문

『칼릴라와 딤나』 탄생의 장

　　알렉산더 대왕이 중국을 향해 동진하던 중 인도를 침략했다. 당시에 인도의 왕이었던 포러스는 알렉산더 대왕을 맞아 접전을 벌였으나 패했다. 승리를 거둔 알렉산더 대왕은 포러스 왕을 밀어내고 그 자리에 자신의 부하를 임명하여 통치를 맡긴 후 새로운 통치 체제의 기틀이 잡힐 때까지 인도에 머물렀다.

　　세월이 어느 정도 흘러 정국이 안정되자 알렉산더 대왕은 군사들을 이끌고 새로운 정복지를 향해 떠났다. 그러자 인도인들은 알렉산더 대왕이 임명했던 이방인 통치자를 추방하고 왕실의 후손인 다브샬림을 왕으로 추대했다. 하지만 다브샬림은 왕위에 오르자 오만하고 무모하기 이를 데 없는 폭군이 되어 백성들을 도탄에 빠뜨렸다.

　　한편 그 당시 인도에는 덕망 높고 지혜로운 브라만 현자가 있었으니, 그의 이름은 바이다바였다. 바이다바는 다브샬림 왕의 폭정을 안타깝게 여기며 그를 선도할 방법을 모색하기 시작했다.

이윽고 바이다바는 제자들을 소집해 회의를 열고 자신이 직접 다브샬림 왕을 찾아가 충고를 하겠다는 결심을 밝혔다. 제자들은 폭군을 찾아가는 바이다바의 결행은 위험천만한 일이라고 판단하여 극구 만류했다. 그러나 바이다바는 목숨을 걸고서라도 타인을 선도하는 일이 현자의 도리임을 역설하며 왕궁으로 향했다.

왕궁에 도착한 바이다바는 다브샬림 왕 앞에 나아가 경배한 뒤 자신을 소개했다. 그리고 왕의 허락을 구한 후 인류의 도리를 설파하기 시작했다. 그가 가장 먼저 강조한 내용은 '인간이 금수와 구별되는 것은 지혜, 덕망, 이성, 정의를 갖추었기 때문이라는 진리'였다. 그리고 차근차근 삶의 윤리를 설명한 뒤, 성군이 되려면 선왕들의 위대한 유산과 업적을 잘 보전하여 후세에 전해야 한다고 조언했다.

그 말을 들은 다브샬림 왕은 감히 왕권을 모독하는 발언을 했다고 크게 진노하여 바이다바를 당장 처형하라고 명령했다. 이에 신하들이 왕의 명령을 집행하려고 했으나 왕은 갑자기 마음을 바꾸어 바이다바를 일단 투옥시키라고 명령했다.

그로부터 며칠이 지난 어느 날 밤, 다브샬림 왕은 심한 불면에 시달리다가 하늘을 보았다. 총총히 떠 있는 별들을 관찰하며 우주의 신비에 사로잡히는 순간, 문득 현자 바이다바의 일이 떠올랐다.

다브샬림 왕은 자신이 바이다바에게 박해를 가했음을 깨닫고 즉각 그를 석방하라고 명령했다. 그후로 다브샬림 왕은 현자 바이다바를 곁에 두고서 강론과 충고를 청하여 들었으며, 점차 바이다바의 지혜와 덕망에 감탄하게 되어 그를 재상에 임명했다.

재상이 된 바이다바는 공명정대한 자세로 직분을 성실히 완수하고 왕을 보필하며 정치 지침서 등을 포함한 많은 저서들을 집필했다.

한편 각지에 흩어져 있던 바이다바의 제자들은 이 기쁜 소식을 전해 듣고 왕궁으로 찾아와 바이다바의 헌신적인 노력으로 다브샬림 왕이 성왕으로 변모된 사실을 경축하였으니, 이날은 오늘날까지 인도의 명절로 지켜져 내려오고 있다.

다브샬림 왕은 마음의 평정을 얻고 정권이 안정되자 학술 분야에 관심을 기울이기 시작했다. 어느 날 그는 왕실 서고에서 역대 현자들이 선왕들을 위해 집필한 지혜서들을 발견한 후 자신도 이와 같은 업적을 후대에 남겨야겠다는 뜻을 품었다.

그리하여 현자 바이다바를 불러 지혜서의 집필을 명령하며, 그 지혜서가 표층적으로는 백성을 교화하고 심층적으로는 군왕의 덕목과 정치윤리를 다룰 것을 요청했다. 아울러 모든 계층의 사람들에게 널리 읽힐 수 있도록 흥미와 유머, 진지함, 지혜, 철학 등을 망라하는 내용을 담을 것을 당부했다.

이에 현자 바이다바는 왕의 뜻을 받들어 일 년의 시간 여유를 청한 후 제자 한 명을 데리고 집필을 시작했다. 그리고 심혈을 기울여 다브샬림 왕이 요구한 내용과 목적에 부합하도록 책을 완성하고 그 제목을 '칼릴라와 딤나' 라고 붙였다.

『칼릴라와 딤나』가 완성되자 현자 바이다바는 왕에게 모든 신료들과 백성들이 모인 자리에서 그 책을 낭독하고 싶다고 했다. 왕이 이를 허락하자 바이다바는 만인 앞에서 큰 소리로 낭독했다. 왕은 몹시 흐뭇해하며 각 장의 낭독이 끝날 때마다 바이다바에게 그 안에 담긴 깊은 의미를 자세히 물었다.

낭독이 다 끝난 후, 다브샬림 왕은 바이다바에게 큰 상을 내리겠다고 하였으나 바이다바는 이를 고사하며 그의 유일한 소원은 『칼릴라와 딤나』가 잘 필사되고 보존되어 왕실 서고에 소장되고 아울러 이 책이 인도 밖으로 유출되지 않는 일이라고 말했다. 특히 페르시아인들의 손에 넘어가지 않도록 잘 보관되기를 진언했다.

『칼릴라와 딤나』의 서술 형식은 문답식의 대화체로서 주로 동물의 입을 통해 삶의 윤리와 군왕의 도리를 전달하고 있다. 흥미와 교훈을 동시에 함축하고 있는 지혜서인 『칼릴라와 딤나』는 표층적으론 백성들에게 도덕률을 깨우치고 심층적으론 군왕들이나 현자들만이 이해할 수 있는 깊은 철학을 담고 있다.

『칼릴라와 딤나』 번역의 장*

　페르시아의 아누쉬르완 왕은 지혜와 학식과 덕망을 기초로 선정을 베푸는 훌륭한 임금이었다. 그는 인도의 왕실 서고에 소장된 『칼릴라와 딤나』의 명성을 전해 듣고 그 책을 파흘라위어로 필사해 올 계획을 세웠다. 그리하여 재상 부주르 잠히르 븐 알 바크타칸으로 하여금 지혜와 식견이 높고 학문이 깊으며 산스크리트어에 능통한 인재를 발굴하라는 명령을 내렸다.

　재상은 온 나라를 수소문한 결과 특출한 인재를 발굴했으니, 그의 이름은 바르자위**로서 의학과 철학에 완벽한 식견을 갖추고 산스크리트어에 능통한 사람이었다.

★ 이 장은 『칼릴라와 딤나』가 산스크리트어에서 파흘라위어로 번역되는 과정을 설명하고 있다.
★★ 파흘라위어로 '현명한 사람' 이라는 뜻이다

아누쉬르완 왕은 바르자위를 접견하고 깊은 신뢰를 느낀 후, 그에게 『칼릴라와 딤나』를 필사해 오라는 특명을 내렸다. 그리고 점성가로 하여금 출국 일자와 시간을 택하도록 명령한 후 택일된 날에 맞추어 바르자위를 파견하고 충분한 재정 지원을 하였다.

바르자위는 인도에 도착한 후 인도 왕실의 고관들과 학자들, 현자들을 찾아가서 예의를 갖추어 인사한 뒤 자신은 학문 연마를 위해 멀리서 온 유학생이라고 소개했다.

이와 같이 바르자위는 인도 상류층의 호의 속에서 학문을 탐구하기 시작했고 그 이후로 오랜 세월 동안 인도에 머물면서 각계각층의 사람들과도 교분을 쌓게 되었다. 그러나 그의 본래 임무에 관해서는 결코 어느 누구에게도 알리지 않고 비밀로 간직했다.

세월이 어느 정도 흐르자 바르자위는 인도인 친구들 중 가장 신망이 두터운 사람을 물색해 자신의 비밀을 밝히고 도움을 요청할 시기가 왔다고 생각했다. 그리하여 평소에 가장 가깝게 지내던 친구에게 비밀을 털어놓고 도움을 청하니 다행히도 그 친구가 선뜻 동조했다.

바르자위의 계획이 이렇듯 순조롭게 풀릴 수 있었던 것은 오랜 세월 동안 바르자위가 보여준 바른 품행과 진지한 연구 자세 덕분이었다. 그의 인도인 친구가 목숨을 걸면서까지 바르자위를 돕기로 한 결심 또한 바르자위에 대한 우정과 존경심에서 비롯되었다. 인도인 친구는 바르자위를 완벽한 지성인으로 평가해왔으며, 특히 바르자위에게서 그의 비밀을 들은 후로는 그의 애국심과 충성심에 크게 감탄했던 것이다.

더욱이 다행스러웠던 점은 그 인도인 친구의 직업이 왕실 서고의 수납관이라는 사실이었다. 바르자위는 그의 도움으로 『칼릴라와 딤나』를 비롯하여 여러 권의 책들을 넘겨받아 번역을 시작할 수 있었다. 인도 왕이 혹시 그 책들을 찾지나 않을까 하는 불안과 초조 속에서 그는 밤낮을 가리지 않고 번역 작업에 몰두했다.

마침내 바르자위는 각고의 노력 끝에 번역을 완수한 뒤, 페르시아 왕에게 그 사실을 알리는 서신을 띄웠다. 왕으로부터 서둘러 귀국하라는 전갈을 받고 페르시아로 돌아가자, 아누쉬르완 왕은 크게 기뻐하며 그의 노고를 치하한 뒤 칠 일간의 휴가를 주었다.

바르자위의 휴가가 끝났을 때 아누쉬르완 왕은 모든 신료들과 학자들을 모이게 한 뒤 바르자위로 하여금 『칼릴라와 딤나』를 낭독하게 했으며 모두들 그 책의 내용을 듣고 감탄해 마지않았다.

이어서 아누쉬르완 왕은 바르자위에게 어떠한 소원이든 모두 들어주겠다고 약속했다. 그리고 온갖 보화와 값비싼 의복들로 가득 찬 보물함을 바르자위 앞에 열어놓으며 마음껏 고르라고 했다.

그러자 바르자위는 아누쉬르완 왕 앞에 무릎을 꿇고 경의를 표한 뒤, 자신이 이룩한 업적은 오로지 신의 은총과 왕의 은혜 덕택이라고 말했다. 그리고 온갖 보화를 고사하면서 단지 왕이 입던 곤룡포 한 벌만을 가졌다.

그러나 아누쉬르완 왕은 바르자위에게 소원을 말하라고 계속 권유했고, 이에 바르자위는 한 가지를 청하였다. 그 청은 재상 부주르 잠히르 븐 알 바크타칸으로 하여금 바르자위 자신의 전기를 집필해서 『칼릴라와 딤나』서문에 싣도록 해, 후세에 그 책이 읽힐 때마다 자신이 영원히 기억될 수 있도록 해달라는 것이었다.

아누쉬르완 왕은 그의 청을 흔쾌히 수락하고 재상 부주르 잠히르 븐 알 바크타칸을 불러 바르자위의 전기를 집필하도록 명령했다.

재상은 왕의 분부를 받들어 집필하면서, 바르자위의 유년 시절부터 의사가 되어 약초를 구하러 인도로 떠난 일, 그리고 페르시아로 귀국해 의료 활동을 하다가 왕의 특사로 인도에 파견된 일 등을 차례대로 기술하며 바르자위의 덕망과 지혜, 인품, 철학 등도 빠짐없이 표현했다.

바르자위의 전기가 완성되자 아누쉬르완 왕은 모든 신료들과 백성들을 불러놓은 뒤 재상으로 하여금 그 전기를 낭독하게 하고, 바르자위는 그 재상 옆에 서 있도록 했다. 낭독이 끝났을 때 아누쉬르완 왕은 몹시 흐뭇해하며 재상에게 많은 보물을 하사했으나 재상은 모든 것을 마다하고 오로지 왕이 입던 곤룡포 한 벌만을 가졌다.

잠시 후 바르자위는 재상 부주르 잠히르 븐 알 바크타칸의 머리와 손에 입을 맞추었다. 그리고 아누쉬르완 왕 앞으로 나아가 왕권이 영원히 지속될 것을 축원하며, 자신과 자신의 가문에 영광을 안겨주고 후세에 길이길이 기억될 수 있도록 기회를 베풀어준 왕의 은혜에 감사의 뜻을 표했다.

『칼릴라와 딤나』 해설의 장★

『칼릴라와 딤나』는 동물의 입을 통해 삶의 지혜와 교훈을 흥미롭게 다루고 있다. 독자들은 이 책이 왜 동물의 혀를 빌려 우회적으로 교훈을 전달하고 있는지 그 목적과 의도를 알아야 한다.

그리고 독자들은 단순한 흥미 차원에만 머물지 말고 책에 깊숙이 내재된 참의미를 깨달아야 한다. 책을 읽으면서 그 속에 담긴 진정한 의도를 이해하지 못하는 사람은 일을 시작할 줄은 알되 결과는 예측하지 못하는 어리석은 사람과 같다. 그는 사막에서 어렵사리 보물을 발견했으나 운반 도중 그 대부분을 잃어버린 사람과도 같으며 맛있는 호두를 얻었으나 껍질을 잘못 깨뜨려 알맹이를 먹지 못한 사람과도 같다.

그리고 독자들은 이 책의 참의미를 깨달은 후에는 반드시 그 지식을

★ 이 장은 『칼릴라와 딤나』를 파홀라위어에서 아랍어로 번안한 작가 이븐 알 무카파에 의해 씌어졌다.

실천에 옮겨야 한다. 지식과 실천의 관계는 나무와 열매의 관계와 같으므로 실천이 따르지 않는 지식은 한갓 무용지물일 뿐이다. 지식은 있으나 실천하지 않는 사람은 자신의 병세를 악화시키는 음식이 무엇인지 잘 알면서도 그 음식을 마구 먹는 환자와 같으며, 도둑이 든 사실을 알고서도 나중에 잡으려다 놓치고 만 집주인과 같다. 지식은 있으나 실천하지 못하는 사람은 지식이 없어서 실천하지 못하는 사람보다 더욱 지탄받아 마땅하니, 눈이 보이는 사람과 장님이 길을 걷다가 똑같이 구덩이에 빠졌을 때 눈이 보이는 사람이 더욱 비난받아야 하는 이치와 같다.

지식을 실천해야 할 경우는 많지만 우선 자신을 다스리는 일에서부터 시작해야 한다. 그러므로 지식을 갖춘 사람은 자기 절제와 판단력을 바탕으로 목표와 결과가 올바르고 건전한 일만을 추구해야 하며 그릇되고 패악한 일은 단호히 물리쳐야 한다. 무릇 이 세상을 살아가면서 힘을 기울여야 할 일로는 생계를 유지하는 일, 원만한 인간관계를 맺는 일, 명성을 얻는 일이 있으며, 반면에 경계해야 할 일로는 안일한 태도, 기회를 놓치는 일, 남의 말에 쉽게 현혹되는 일이 있으니 잘 분별해야 할 것이다.

또한 지고하신 알라께서는 어떤 일에든지 한계와 분수를 정해놓으셨다는 진리를 명심해야 한다. 따라서 현명하고 슬기롭게 살아가려면,

지식을 토대로 어떤 경우든 한계와 분수를 지키며 판단력과 신중함을 갖추고서 선한 심성으로 살아야 한다.

독자들은 이 책의 표층적 의미보다는 심층적 의미를 깨달아야 함을 거듭 당부한다. 책 속에 숨겨진 참의미를 간과하는 사람은 진주조개를 보고서도 그냥 지나치는 어부와 같고, 땀 흘려 농작물을 경작하고서도 정작 추수는 하지 못하는 농부와 같다.

『칼릴라와 딤나』에 담긴 목적 및 의도는 네 가지로 간추릴 수 있다. 첫째, 동물들의 말과 지략을 통해 이야기를 전개한 것은 젊은이들에게 친근감을 주어 많이 읽히도록 하기 위함이다. 둘째, 다채로운 색상의 동물 그림들은 군왕에게 즐거움과 흥미를 제공하기 위함이다. 셋째, 앞서 기술한 장점에 힘입어 군왕들과 신료들이 이 책의 가치를 인정하고 필사본을 널리 보급하여 그 유익함을 대대로 전승토록 하기 위함이다. 넷째, 심오한 철학을 담은 것은 오직 현자들만이 그 의미를 음미할 수 있도록 하기 위함이다.

독자들은 이와 같은 목적과 의도를 반드시 새기면서 읽어야 한다.

바르자위 전기의 장*

　인도의 왕실 서고에 소장된 『칼릴라와 딤나』를 파흘라위어로 필사해 온 사람은 페르시아 최고의 의사 바르자위다.

　바르자위는 군인인 아버지와 명문가 출신의 어머니 사이에서 태어나 훌륭한 가정교육을 받으며 성장했다. 그의 나이 일곱 살이 되었을 때 훈장에게 보내져 교육을 받기 시작했고, 점차 성장하면서 의학의 유익성에 관심을 갖고 의학 공부에 몰두했다.

　바르자위는 칠 년에 걸친 의학 공부를 마친 후 의사의 길을 걸으면서 삶의 본질에 관해 의문을 품게 되었다. '인간이 추구하는 네 가지 목표, 즉 돈과 명예와 쾌락과 내세 가운데 과연 어느 길을 택해야 할

★ 이 장은 페르시아의 재상 부주르 잠히르 븐 알 바크타칸이 지은 것으로 전해진다. 그러나 실제 문체는 일인칭 서술인 점으로 보아 바르자위가 스스로 쓴 자서전으로 판단된다. 우리말 번역에서는 이 장을 삼인칭 서술로 바꾸어 요약했다.

것인가?' 그는 이러한 의문 속에서 여러 서적들을 열람하던 중 한 의학 서적에서 "최고의 의사는 내세를 지향하며 인술을 베푸는 일에 전념하는 사람이다"라는 구절을 읽고 삶의 지침으로 삼았다.

그후로 바르자위는 환자들을 무상으로 돌보며 회복이 가능한 상태이건 불가능한 상태이건 최선을 다해 치료했으며, 그가 직접 진료할 수 없는 환자에게는 치료 방법을 가르쳐주거나 약을 보내주었다.

바르자위는 이러한 헌신적인 의료 활동에 보람을 느꼈고, 부와 명예를 축적한 의사들을 보면서도 전혀 흔들리지 않았다. 그러나 가끔 무의식적으로 그들의 삶을 동경할 때 그는 자신의 마음을 꾸짖었다.

'내 영혼이여, 어찌하여 선과 악을 구별하지 못하는가? 물거품처럼 사라지고 말 현세의 쾌락에 어찌 유혹되는가? 순간의 기쁨 뒤에 올 영원한 고통을 생각해보았는가?

내 영혼이여, 육신의 안락을 추구하지 말자. 우리의 육신은 더러운 오물투성이! 영혼이 떠나면 곧 스러질 존재가 아닌가? 마치 나무토막들이 못 한 개에 의지하여 인간의 형상을 이루고 있다가 그 못을 잃고 나면 산산이 흩어지듯이 말일세.

내 영혼이여, 인간이란 과연 믿을 수 있는 존재인가? 그렇지 않다네. 인간들은 제각기 아집과 욕심에 사로잡혀서 서로를 질시하고 비방하며 모순된 언행을 일삼고 있지 않은가? 그런 존재를 믿고 의지하다간 큰 낭패를 보기 십상이라네. 마치 어리석은 사나이가 허황된 거짓말에 속아 제 발등을 찍듯이 말일세.

내 영혼이여, 어리석고 추한 생각을 거두고 현명하고 아름다운 길을 가야 하지 않겠는가?'

바르자위는 문득문득 일어나는 심리적 갈등을 극복하고 치유해나가면서 인간을 고통과 슬픔에서 완전히 구원할 종교와 진리를 찾아 나섰다. 그리하여 여러 종교 지도자들을 만나 자문을 구했지만 그가 원하는 대답은 어디서도 구할 수가 없었다.

마침내 바르자위는 선조들이 믿던 종교를 따르기로 했다. 그러나 그 선택 역시 만족할 수 없었다. 어떤 진리를 확신 없이 추종한다는 것은 어둠 속을 헤매는 이치와 같기 때문이었다.

이처럼 바르자위가 오랜 시간에 걸쳐 종교를 두고 방황을 거듭하는 동안 그의 머릿속에는 죽음이 임박했다는 불안감이 들었다. 그때부터 그는 죽음과 죽음 이후의 세상에 대해 생각하면서 특정 종교에 얽매일 것이 아니라 모든 종교의 진리에 부합하는 삶을 살기로 결심했다. 그 삶이란 마음속에 있는 증오, 분노, 거짓 등 일체의 사악한 생각들을 몰아내고 선한 심성으로 내세의 보상과 징벌을 믿으며 사는 것이라고 판단했다. 그리하면 현세에서 겪는 온갖 고통과 두려움에서 벗어나 의연해질 수 있으리라 믿었다. 그리고 그 의연한 삶을 실천할 수 있는 방법은 수도자의 길이라고 여겼는데, 수도 생활이야말로 내세를 위해 길을 닦는 일이며 영원한 행복으로 통하는 문임을 확신했기 때문이다.

그러나 바르자위가 막상 수도자의 길에 입문하려고 보니 용기가 나지 않았다. 험난한 고행을 감내할 수 있을지 두려움이 일어난 까닭이었다. 오랜 세월 동안 익숙해진 의사의 직분을 포기하고 잘 견디지 못할 수도자의 길에 들어섰다간 양쪽을 모두 잃고 마는 신세가 될 수도 있었다. 흡사 고깃조각을 입에 물고 강을 건너던 개가 물속에 비친 제 입 속의 고깃조각까지 탐내며 입을 벌리다가 영영 고기맛을 못 보는 상황처럼 될 수도 있다는 두려움이 엄습했다.

그래서 바르자위는 의사로서 충실히 살기로 마음을 정했다. 하지만 그런 결정을 내린 후에도 갈등은 사라지지 않았다. 참된 진리를 찾아야 한다는 열정을 접을 수가 없었기 때문이다. 그리하여 바르자위는 수도자의 길에 대한 미련을 버리지 못한 채 다시금 현세의 삶에서 부딪히는 고난과 수도 생활에서 겪게 될 험난함을 견주어보며 삶에 대해 성찰하기 시작했다.

깊이 성찰해본 결과 그는, 현세의 쾌락은 슬픔의 씨앗이자 고통의 전주곡으로서 극심한 갈증에 시달리는 사람이 마시게 되는 바닷물과 같으며, 고기 냄새만 풍길 뿐 결과적으론 개의 입을 헐게 하여 피를 흘리게 만드는 살점 없는 뼈다귀와 같으며, 고깃점을 움켜쥐고 다른 새들에게 빼앗기지 않으려고 하늘을 배회하다 제풀에 지쳐 그 고깃점을 떨어뜨리는 솔개와 같으며, 독약이 든 꿀단지와 같으며, 눈뜨면 사라지고 마는 하룻밤의 즐거운 꿈과 같은 것임을 깨달았다.

현세의 덧없음을 확인한 바르자위는 다시 수도자의 길을 걷기로 결정했다. 수도자의 길이 아무리 험난하더라도 영원히 펼쳐질 행복을 위한 준비 단계라면 충분히 이겨낼 가치가 있다고 생각한 까닭이었다.

이와 같이 의사의 직분과 수도자의 길 사이에서 방황하는 바르자위의 모습은 흡사 법정에서 한편의 진술만 듣고 판결을 내렸다가 후일 다른 편의 진술을 듣고 판결을 번복하는 재판관과 같았다.

번민에 싸인 바르자위는 인생이란 잉태되는 순간부터 목숨이 끊어지는 순간까지 고통과 시련의 연속이라고 믿으며 자신에게 말했다.

'유아기에는 생리적 욕구를 스스로 해결할 수 없어 고통스럽고, 학생 시절에는 선생님의 체벌과 학업의 압박감으로 고통스럽고, 장년기에는 자녀 교육과 경제적인 문제로 고통스럽지 않은가? 어디 그뿐인가? 일생 동안 줄곧 질병, 노쇠, 죽음, 공포, 이별, 맹수, 기상재해 등에 시달리지 않는가?

세상 만물 가운데 으뜸인 인간이 고통 속을 헤매면서도 그 고통에서 벗어나지 못하는 이유는 바로 작고 순간적인 감각, 즉 후각, 미각, 시각, 청각, 촉각의 쾌락에 사로잡혀 있는 까닭이로다.'

우물에 빠진 사나이. 위에는 쥐들이, 옆에는 뱀들이, 아래에는 이무기가 입맛을 다시고 있다.

바르자위는 현세의 삶을 다음과 같은 이야기를 통해 비유했다.

한 사나이가 성난 코끼리한테 쫓기던 끝에 우물 속으로 몸을 숨겼다. 그리고 우물 입구에 드리워진 나뭇가지를 간신히 붙들고 매달렸다. 조마조마한 마음으로 아래쪽을 내려다보니 우물 벽에 뚫린 네 개의 구멍에서는 네 마리의 뱀이 혀를 날름거리고 있었고, 우물 바닥에는 이무기가 입을 벌린 채 기다리고 있었다.

사나이가 섬뜩함을 느끼며 위를 쳐다보니, 그의 유일한 희망인 나뭇가지를 흰 쥐와 검은 쥐가 갉아 먹고 있지 않는가? 사나이는 두려움에 온몸이 얼어붙고 정신마저 아득해졌다. 그때 그의 시야에 벌꿀 통이 들어왔고 그는 손을 뻗어 꿀을 찍어 먹었다. 달콤했다. 그래서 또 한번 찍어 먹었다. 그는 점점 꿀맛에 탐닉해 자신이 처한 위험마저도 잊었다. 그의 다리를 물려고 혀를 날름거리는 네 마리 뱀도, 밑바닥에서 입맛을 다시는 이무기도, 나뭇가지를 갉아 먹는 두 마리 쥐에 대해서도 모두 잊었다.

얼마 지나지 않아 나뭇가지가 뚝 부러지면서 사나이는 바닥에 떨어져 이무기의 먹이가 되었다.

바르자위는 이 이야기에서 우물을 번뇌와 고통, 질병과 두려움, 타

락과 사악함으로 가득 찬 현세에 비유했고, 네 마리 뱀을 우리 몸속의
네 가지 체액*에 비유했으며, 나뭇가지는 언젠가는 끊어질 수밖에 없
는 목숨에 비유했고, 흰 쥐와 검은 쥐는 낮과 밤을 상징하여 세월을 갉
아먹는 요소에 비유했으며, 이무기는 피할 수 없는 죽음에 비유했고,
꿀은 인간이 탐닉하는 작은 쾌락들로서 삶의 궁극적인 목표를 망각하
게 하는 감각적인 유혹에 비유했다.

　바르자위는 자신의 모습을 다시 돌아보며 어떻게 살아야 진정 가치
있고 널리 유익한 삶을 살 수 있을까 생각에 잠겼다. 오랜 고심 끝에
그는 헌신적이고 숭고한 의료 활동을 하면서 최대한 경건한 생활을 하
겠다고 다짐했다. 또한 그를 참된 진리의 길로 안내하고 그의 영혼을
구원해줄 인도자를 반드시 만날 수 있으리라는 희망을 품었다.

　바르자위는 이처럼 확고한 신념으로 의사의 길을 걸으면서 인도에
약초를 구하러 다녀왔고, 그 이후 아누쉬르완 왕의 특사로 인도에 다
시 파견되어 많은 책들을 필사하여 돌아왔으니, 그중의 하나가 『칼릴
라와 딤나』였다.

★ 중세 의학의 4체액설(體流說). 피(blood)는 혈기의 근원이고 담(phlegm)은 무기력의 원인이고
　담즙(choler, bile)은 울화를 일으키고 검은 담즙(melancholy, black bile)은 우울을 유발한다.
　이 체액들이 몸속에서 균형을 이루지 못하면 치명적인 독침의 역할을 한다.

본문

كليلة ودمنة

사자와 소의 장

다브샬림 왕이 브라만 최고 현자인 바이다바에게 말했다.

"신뢰가 두터운 친구 사이에 간교한 모사꾼이 끼어들어 그들을 이간시키고 원수지간으로 만드는 이야기를 들려주시오."

현자 바이다바가 대답했다.

"우정이 돈독한 친구 사이에 사악한 모사꾼이 끼어들면 그들의 우정은 머지않아 금이 가서 서로 싸우게 됩니다. 그 예로 한 노인의 이야기를 들려드리겠습니다."

노인과 세 아들 이야기

옛날에 한 노인이 다스타완드 땅에 살았습니다. 그 노인은 슬하에 아들 셋을 두었는데, 그들은 장성한 후에도 스스로 돈벌이를 하지 않고 아버지에게 의지하며 낭비를 일삼았습니다. 그래서 노인은 세 아들을 불러놓고 훈계했습니다.

"애들아, 이 세상을 성공적으로 살아가기 위해서는 세 가지 목표를 성취해야 하느니라. 첫째, 생계 능력을 갖추어야 하고, 둘째, 사회적 지위를 확보해야 하고, 셋째, 내세를 위한 저축을 해야 하느니라.

그리고 이 세 가지 목표를 성취하기 위해서 필요한 실천 덕목이 네 가지 있으니, 첫째, 가장 선한 방법으로 돈을 버는 일이며, 둘째, 수입을 안전하게 간수하는 일이며, 셋째, 돈을 적절한 곳에 투자하는 일이며, 넷째, 건전한 생활을 하면서 가족과 친지를 위해 돈을 쓰고 내세의 복을 기약하는 일이니라.

이러한 실천 덕목들 중 한 가지라도 간과하는 사람은 삶의 목표를 성공적으로 달성할 수 없느니라. 생각해보아라! 돈을 벌지 못하면 생계를 유지하기 어렵지 않겠느냐? 또한 돈을 벌었다 하더라도 그 재산을 잘 간수하지 못하면 곧 가난뱅이가 되지 않겠느냐? 그리고 돈을 적절한 곳에 투자하지 않는다면 세월의 흐름에 따라 돈도 곧 바닥나지 않겠느냐? 돈이란 아무리 적게 쓴다 하더라도 빨리 없어지기 마련이니라. 마치 눈썹연필을 한 번에 조금씩만 사용한다 할지라도 빨리 닳아 없어지는 것과 같다.

그리고 돈을 올바르고 적절하게 쓰지 못하여 돈의 가치를 헛되이 하면 온갖 악재를 만나 무일푼 신세가 되지 않겠느냐? 이는 물이 철철 흘러나오는 호스의 끝을 막아버리면 그 호스가 찢기면서 물이 산지사방으로 뿜어져 없어지는 것과 같다. 반드시 적절한 분출구가 있어야 하느니라."

세 아들은 아버지의 훈계를 듣고 깊이 반성하며 새로운 각오를 하였습니다.

얼마 후 맏아들은 두 마리 소가 끄는 수레에 짐을 싣고 하인들과 함께 마윤이라 불리는 땅을 향해 떠났습니다. 그의 수레를 끄는 두 마리 소의 이름은 샤트라바와 반다바였는데, 도중에 진흙탕을 지나다가 그만 샤트라바가 그 속에 빠지고 말았습니다. 맏아들과 그의 하인들은 샤트라바를 진흙 구덩이에서 꺼내려고 안간힘을 썼으나 역부족이었습니다. 그러자 맏아들은 그 소를 놔두고 떠나기로 결정하고 하인 한 명에게 부탁했습니다.

"여보게, 샤트라바를 잘 부탁하네. 진흙이 마르거든 데리고 따라오게."

맏아들은 이렇게 당부하고 가던 길을 서둘렀습니다. 그리하여 하인 한 명은 소 샤트라바와 함께 뒤처지게 되었는데 그렇게 하룻밤을 지내고 보니 몹시 적적하고 지루해졌습니다. 그래서 그는 소를 내버려둔 채 일행을 따라가 합류하며 샤트라바가 죽었다고 거짓말을 했습니다. 그러고는 자신의 거짓말을 합리화할 수 있는 이야기를 늘어놓았습니다.

"나으리! 인간이 죽음을 피하려고 온갖 노력을 기울이지만 모두 헛

수고일 뿐입니다. 죽음에서 벗어나려는 노력은 오히려 죽음을 앞당기는 결과를 초래하지요. 그 예로 '늑대에게 쫓기던 사나이' 이야기를 들려드리겠습니다."

늑대에게 쫓기던 사나이 이야기

한 사나이가 맹수가 득실거리는 지역을 지나고 있었습니다. 그때 늑대 한 마리가 나타나 달려들었어요. 사나이는 기겁을 하여 피신할 곳을 이리저리 찾다가 강 건너의 마을을 발견하고는, 있는 힘을 다해 마을 쪽으로 달렸습니다. 하지만 막상 강을 건너려고 보니 다리가 놓여 있지 않았어요. 눈앞이 캄캄해진 그가 뒤를 돌아보니 늑대는 계속 쫓아오고 있었고요. 헤엄을 칠 줄 모르는 그였지만 하는 수 없이 강물 속으로 뛰어들었지요.

물에 빠져 허우적거리고 있는데 마침 마을 주민의 눈에 띄어 죽음의 문턱에서 구출되었습니다. 가까스로 의식을 회복한 사나이는 놀란 가슴을 진정시키기 위해 조용한 휴식처를 찾던 중 강가의 한 외딴집을 발견하고는 서둘러 그 집으로 갔습니다. 그러나 집에 들어가보니 도둑떼가 우글거리고 있었지요. 지나가는 상인을 대상으로 노상강도 행각을 일삼는 무리였는데, 이미 한 상인을 납치해서 금품을 갈취해 나누어 갖고 살인까지 저지르려고 했습니다.

그 장면을 목격한 사나이는 겁에 질려서 마을 쪽으로 내달렸지요. 얼마쯤 뛰었을까, 공포와 피로에 지친 그는 몸을 가누느라 어느 담벼락에 기대어 앉았습니다. 그 순간 담벼락이 무너져내렸고 사나이는 깔려 죽고 말았습니다요.

노인의 맏아들은 하인의 이야기를 듣고서 "알겠네. 나도 그런 이야기를 들은 적이 있네"라고 말하며 수긍했습니다.

한편 진흙 구덩이에 갇혀 있던 소 샤트라바는 스스로 구덩이에서 빠져나와 물과 목초가 풍성한 초원에서 살게 되었습니다. 샤트라바는 편안하게 지내며 살이 오르자 우렁차게 울음소리를 내기 시작했습니다.

그 근처 숲에는 힘센 사자가 살고 있었습니다. 그 사자는 숲 전역을 다스리는 왕으로서 늑대, 재칼, 여우, 살쾡이, 호랑이 등 많은 신하를 거느리고 있었습니다. 사자왕은 신하들의 올바른 의견에는 귀를 기울이지 않는 고집불통이었습니다.

사자왕은 어느 날 소의 울음소리를 듣고 공포에 사로잡혔습니다. 왜냐하면 그때까지 소를 본 적도 없고 소의 울음소리를 들어본 적도 없었기 때문이었습니다. 사실 사자왕은 직접 사냥을 다니지 않고 왕좌에 가만히 앉아서 신하들이 매일 갖다 바치는 먹이만 먹다보니 외부 사정에는 어두웠습니다. 사자왕은 소의 울음소리를 들은 이후에는 더더욱 꼼짝도 하지 않았습니다.

사자왕의 여러 신하들 중에는 재칼 두 마리가 있었습니다. 한 마리의 이름은 칼릴라였고 다른 한 마리의 이름은 딤나였습니다. 두 마리 재칼 모두 지혜와 지식과 교양을 겸비했습니다.

어느 날 딤나가 칼릴라에게 물었습니다.

"사자왕이 두문불출하는 이유가 뭘까?"

"왜 그런 일에 관심을 쏟는 거니? 우리는 오로지 왕의 명령에 복종하는 미천한 신분일 뿐이야. 왕의 의논 상대가 되는 고위 관리가 아니라고! 그러니 주제넘게 왕의 일에 관심을 갖지 말렴. 남의 일에 선불리 간섭하다간 목수한테 혼쭐이 난 원숭이 신세가 되고 말 테니."

딤나가 "어떤 일이 있었는데?"라고 묻자 칼릴라가 이야기를 시작했습니다.

목수와 원숭이 이야기

어느 목수가 통나무를 쪼개고 있었어. 그는 통나무 위에 올라타 양끝에 쐐기를 박는 작업을 하고 있었지. 이 모습을 지켜보던 원숭이가 호기심을 냈어.

마침 목수가 잠깐 외출을 하자 원숭이는 "옳지, 좋은 기회다" 하고 쾌재를 부르며 목수 흉내를 내기 시작했어. 원숭이는 통나무 위에 올라타서 망치로 나무를 두들겨보기도 하고 쐐기도 만지작거렸지. 신바람이 난 원숭이는 자기 꼬리가 통나무 틈새에 빠진 줄도 모르고 장난을 치다 쐐기 하나를 뽑아냈어. 그러자 통나무 틈새가 좁아지면서 꼬리를 꽉 물어버린 거야. 원숭이는 너무 아파서 거의 기절할 지경이었지.

얼마 후 목수가 돌아와서 이 광경을 보고는 원숭이를 마구 때려주었어. 목수한테 얼마나 맞았던지 나무 틈새에 꼬리가 꼈던 것보다 몇 배나 더 아팠단다.

딤나가 말했습니다.

"그 얘기는 나도 들은 적이 있어. 하지만 칼릴라야, 내가 사자왕에게 접근하는 일은 내 일신의 영달을 위해서가 아니야. 왕에게 접근한다고 해서 모두가 사리사욕을 채우려는 욕심을 가진 건 아니잖아. 난 우리 모두의 행복을 추구하면서 외적의 침입을 사전에 방비하는 데 목적이 있는 거야.

용기와 덕망이 부족한 사람은 작고 보잘것없는 것에도 쉽게 만족해.

마치 딱딱한 뼈다귀 하나를 얻고서도 좋아서 어쩔 줄 모르는 개처럼 말이야. 반면에 용기와 덕망을 갖춘 사람은 작고 하찮은 것에는 만족하지 않아. 자신의 격에 어울리는 가치 있는 일에만 만족할 수 있지. 마치 토끼를 쫓던 사자가 낙타를 보면 토끼는 놔두고 낙타를 쫓는 일과 같아.

너도 알겠지만 개는 작은 부스러기만 던져줘도 꼬리를 흔들며 좋아한단다. 반면에 힘이 세고 덕망 있는 코끼리는 먹이를 받았다 하더라도 그것이 정결하고 입맛에 맞을 때에만 비로소 먹지.

도량이 넓고 경제적으로 넉넉해서 가족과 친지에게 덕을 베풀며 사는 사람은 짧게 살아도 오래 산 것과 다름이 없는 반면, 편협하고 쪼들리게 사느라 자신과 가족에게 인색한 사람은 무덤 속에 갇힌 신세만도 못한단다. 오로지 자신의 배를 채우기 위해 일하는 사람은 금수와 다를 바 없어."

그러자 칼릴라는 대꾸했습니다.

"네 말은 알겠어. 하지만 딤나야, 정신 차려! 누구든지 각자 분수와 능력이 있는 법이야. 자기가 처한 위치에서 열심히 살아갈 때 진정한 만족을 얻을 수 있어. 우리가 현재의 위치에서 더 낮아지지만 않아도 다행이 아니겠어?"

이 말을 듣고 딤나가 말했습니다.

"지위라는 것은 말이야, 누구에게나 도전 가능한 거야. 용기가 그 성

남의 일에 섣불리 간섭하다 곤경에 처한 원숭이.

패를 좌우하는 거지. 용기 있는 사람은 신분 상승을 할 수 있지만 용기 없는 사람은 오히려 신분 강등을 당하지.

용기 없는 사람은 높은 지위에 오르기는 힘들지만 좌천되기는 쉬워. 마치 무거운 돌을 땅에서 하늘로 던지기는 어렵지만 하늘에서 땅으로 던지기는 쉽듯이 말이야.

우리는 신분 상승을 꿈꿀 만해. 그리고 용기를 가지고 그 방법을 모색해야 하고. 우리의 신분을 변화시킬 수 있는 상황에서 어찌 현실에 안주할 수 있겠어?"

"그렇다면 어떤 복안이라도 세운 거니?"

"이번이 사자왕을 알현할 수 있는 절호의 기회야. 사자왕은 식견이 부족하거든. 바로 이때 접근해서 좋은 자리를 하나 얻는 거지."

"그럼 너는 사자왕이 무슨 일로 고민하는지 알고 있단 말이니?"

"직감과 생각이라는 게 있거든. 식견이 풍부한 사람은 주변 인물의 표정과 태도만 보고서도 그가 처한 상황과 그가 안고 있는 문제의 핵심까지도 꿰뚫을 수 있는 법이지."

칼릴라가 걱정스럽게 물었습니다.

"너는 왕의 측근도 아니고 왕을 보좌하는 법도도 모르면서 어떻게 높은 지위를 얻겠다는 거니?"

"워낙에 힘이 세고 튼튼한 사람은 평소에 짐을 져본 적이 없다 하더라도 무거운 짐을 거뜬히 운반할 수 있거든. 하지만 몸이 허약한 사람은 짐을 나르는 일이 그의 직업이라 할지라도 무거운 짐은 감당 못하지."

칼릴라가 먼 산을 바라보며 말했습니다.

"왕은 신하들 중 누가 뛰어난 인재인지 정확히 파악하지 못하고 있어. 그러다보니 측근들에게만 마음을 의지하며 중책을 맡기지."

딤나가 응수하며 말했습니다.

"그래, 맞아. 선현들께서는 '왕이 측근 가운데서만 중신을 기용하는 것은 포도 넝쿨이 가까이 있는 나무에 감기는 이치와 같다'고 하셨거든."

"그런데 너는 사자왕의 측근도 아니면서 어떻게 중책을 얻을 생각을 하는 거니?"

"올바른 지적이야. 하지만 칼릴라야, 능력도 없으면서 왕을 가까이 섬기는 사람보다는 자격을 갖추고 능력을 인정받은 뒤 왕을 가까이 모시게 되는 사람이 훨씬 쓸모 있다는 사실을 알아둬!

나로 말하자면 이미 능력을 갖추었으니 이제 나에게 걸맞은 지위만 찾으면 돼. 옛말에 '왕을 섬기려면 자신을 낮추고 매사에 인내하며 분노를 표출하지 않고 원만한 대인관계를 유지하면서 비밀을 잘 지켜야 한다'고 했어. 이런 점들을 잘 실천하며 왕에게 가까이 가면 얼마든지 뜻을 이룰 수 있을 거야."

"그래, 좋다. 사자왕에게 접근한다고 하자. 그후엔 어떻게 왕의 총애를 얻을 것이며 또 어떤 직책을 차지하길 바라는 거니?"

"우선 사자왕에게 가까이 가서 그의 기질을 파악하는 거야. 그리고 극진히 순종하며 보필하면 돼.

그가 건전하고 유익한 일을 계획하면 용기를 북돋워주면서 적극 보좌하고 칭송도 아끼지 않는 거야. 그러면 나한테 점점 호감을 갖게 되지. 반면에 그가 공정하지 못한 일을 계획하면 그 일이 안고 있는 문제와 위험성을 지적하며 여러 가지 방법을 동원해서 그 계획을 취소하도록 조언하겠어. 이렇게 하다보면 사자왕은 다른 신하들에게서는 볼 수 없는 나만의 장점을 발견하고는 나를 확실히 신임하게 될 테지.

무릇 현명하고 교양 있는 사람은 무엇이든 해낼 수 있는 법이야. 마치 입체적인 벽화를 그려내는 능숙한 화가처럼 말이야. 훌륭한 화가는 나오지 않은 것을 나온 것처럼, 들어가지 않은 것을 들어간 것처럼 묘사하는 데 뛰어나지."

"네 말에도 일리가 있지만 어쩐지 나는 네가 왕과 가까이한다는 일이 두렵구나. 왕을 보좌하는 일은 중요하면서도 위험한 일이니까. 선현들은 '어리석은 사람들만이 하는 일이 세 가지 있으니 첫째, 왕을 보좌하는 일이요, 둘째, 여자에게 비밀을 털어놓는 일이요, 셋째, 시험삼아 독약을 마시는 일이니라. 실로 이 세 가지 일을 하다가 무사한 사람은 찾아보기 힘드니라' 하셨거든.

또한 선현들은 '권력이란 높고 험준한 산과 같으니, 그 산에는 맛있는 과일과 값진 보석, 희귀한 약초들과 함께 호랑이, 늑대 같은 무시무시한 맹수들이 득실거리느니라. 그 산에 오르기란 여간 어려운 일이 아니며 그곳에 머무르기란 더더욱 어려운 일이니라' 말씀하셨지."

　"옳은 말이군. 하지만 도전하지 않는 사람은 아무것도 성취할 수 없어. 능히 해낼 수 있는 일임에도 실패가 두려워 지레 포기하는 사람은 결코 큰 뜻을 이룰 수 없지.

　옛말에 이런 말이 있지. '고도의 지략을 요하는 매우 위험한 일이 세 가지 있으니 첫째, 왕의 직무요, 둘째, 해상 무역이요, 셋째, 전투니라.' 또 선현들은 이렇게도 말씀하셨어. '덕망 있고 지혜로운 사람의 가치가 돋보이는 두 가지 경우가 있으니, 왕의 측근으로서 높은 지위에 있을 때와 수도승과 함께 경건히 기도드릴 때이니라. 이는 코끼리의 위상과 수려함이 돋보이는 경우가 그 야성적 면모를 보일 때와 왕을 태우고 다닐 때인 것과 같느니라.'"

　이 말을 듣고 칼릴라는 "알라의 가호가 있기를!" 하고 말하며 딤나의 앞날을 기원했습니다. 얼마 후 딤나는 사자왕을 찾아가 인사를 올렸습니다. 그러자 사자왕은 주위에 있는 신하들에게 "이 청년이 누군고?"라고 물었고, 신하들은 "아무개의 아들인 누구누구이옵니다"라고 대답했습니다.

그러자 사자왕은 "옳지, 짐은 그의 아버지를 알고 있도다" 하며, 딤나에게 "너는 지금 무슨 직책에 있느냐?" 물었습니다.

"저는 궁궐 문지기이옵니다. 신명을 바쳐 전하를 도울 수 있는 일이 있기를 바라고 있사오니, 비록 미천한 계급에 속해 있기는 하지만 제 나름대로의 능력과 가치를 발휘하고 싶사옵니다. 땅바닥에 버려진 나뭇가지라도 요긴하게 쓰일 수 있다 하니, 누군가가 그것을 주워 귀이개로 쓰거나 유용한 연장으로 만들 수 있을 것입니다."

사자왕은 딤나의 말을 듣고 감탄하며, 그에게서 좋은 충고와 조언을 얻을 수 있으리라고 생각했습니다. 그리하여 사자왕은 딤나에게 말했습니다.

"지식과 용기를 겸비한 인재가 등용되지 못하고 미천한 지위에 있었다니 애석하구나. 불꽃이 높이 솟아오르듯이 그대의 지위도 격상되어야 하겠도다."

딤나는 사자왕이 자기를 흡족하게 여기는 것을 알고서는 이렇게 말했습니다.

"전하, 이 나라 백성과 신하 중에는 자신의 풍부한 지식이 전하에게 인정받게 되기를 원하며 기다리는 인재들이 있사옵니다. 그들은 땅속에 파묻힌 씨앗과 같아서 땅을 뚫고 싹을 틔웠을 때에야 비로소 그 진가를 발휘할 수 있사옵니다. 무릇 성군은 인재를 발굴하여 그들의 능력과 적성에 따라 적재적소에 등용하셔야 옳을 줄 아옵니다.

옛말에 이르기를, 목걸이를 발목에 걸거나 발찌를 목에 거는 일만큼 우스꽝스러운 모습도 없다고 하였으니, 전하께서 인재를 등용하실 때에는 옥석을 가리셔야 할 줄 아옵니다. 세상사 가운데는 반드시 우열이 판가름 나는 일이 두 가지 있다고 들었사옵니다. 첫째는 전쟁 중인 양쪽 진영 간의 우열로서 승부가 결정되어야 종지부가 찍히는 연유이옵니다. 둘째가 학자 간의 우열이니, 탁월한 학자는 결정적인 시기에 가치를 발휘하기 때문이옵니다.

전하! 아무리 많은 조력자가 있다 하더라도 그들이 제대로 자질을 갖추지 않았다면 오히려 일에 방해가 되옵니다. 무능한 신하들만 많이 거느리고 있는 왕은, 쓸모도 없이 무거운 돌을 힘겹게 메고 다니다가 마침내는 그 돌에 깔려 죽고 마는 어리석은 사람의 처지와 같습니다. 그러나 현명한 사람이라면 무거운 돌 대신 사파이어를 들고 갈 것이니, 그것을 팔아서 힘들이지 않고 큰돈을 벌 것이옵니다.

전하! 지혜와 지략이 필요한 일에는 명석한 두뇌를 가진 인재가 적격이옵니다. 성공하려면 많은 양의 도움보다는 진실하고 적절한 도움이 중요하옵니다. 나무 밑동을 원하는 사람에게 나뭇가지를 아무리 많이 준다 한들 무슨 도움이 되겠사옵니까?

전하! 이 미천한 신하의 용기를 저버리지 말아주소서. 보잘것없는 것이 크게 쓰일 때가 있사옵니다. 동물의 시체에서 뽑은 힘줄로 활을 만들면 귀하게 쓰이듯이 말이옵니다. 활은 군왕들이 전쟁터나 사냥터에 나갈 때 필수적인 무기가 되지 않사옵니까?"

이 말을 마친 뒤 딤나는 자신이 순전히 용기와 지혜로 사자왕의 신임을 얻었다는 사실을 다른 신하들 앞에서 강조하고 싶었습니다. 혹시 다른 신하들이, 사자왕이 그를 신임하는 이유가 그의 부친과의 친분 관계 때문이라고 오해할지도 모르기 때문이었습니다.

딤나는 여러 신하들 앞에서 당당한 어조로 말했습니다.

"군왕은 인재를 등용할 때 사적인 친분 관계에 좌우되지 않고, 오로지 능력 위주로만 발탁합니다. 또한 왕은 멀리서 발굴한 인재에게서 큰 도움을 받습니다. 마치 우리 몸이 중병에 걸렸을 때 멀리서 구해 온 약재의 효험을 보듯이 말입니다."

사자왕은 딤나의 말을 듣고 매우 감탄하여 그를 더욱 신임하게 되었습니다. 곧이어 사자왕은 여러 신하들에게 말했습니다.

"짐은 유능하고 선량한 인재를 발견하면 즉시 등용할 것이니라. 그리고 측근이라 할지라도 무능하고 패악한 자는 과감히 파직시킬 것이니라. 무릇 사람은 두 부류로 나눌 수 있으니 첫째, 뱀처럼 악한 본성을 지닌 부류로서 우리가 항상 경계해야 할 대상이며, 둘째, 백단향나무처럼 선한 본성을 지닌 부류로서 우리가 항상 믿고 보살펴야 할 대상이니라.

원래 뱀이란 사악하기 이를 데 없는 존재로, 언젠가는 우리를 멸망시키느니라. 뱀을 밟고서도 다행히 물리지 않았다고 방심해서는 안 될 것이니, 뱀이란 언젠간 결국 우리를 꼭 물고 말 것이기 때문이니라.

한편 백단향나무란 본디 차갑고 향기로운 존재로서 우리가 부드럽게 어루만지면 시원함과 상쾌함을 선사하며 한낮의 열기까지 식혀주느니라. 하지만 우리가 선한 사람들을 대할 때 명심해야 할 점이 있으니, 우리 역시 선량하고 정중한 자세를 지켜야 함이다. 백단향나무를 날카로운 도구로 긁으면 무서운 열과 독을 뿜어내듯이 선한 사람을 함부로 대하면 무섭게 분노하기 때문이니라."

이제 딤나는 사자왕에게서 완전히 신임을 얻어 항상 그를 가까이서 보필하며 지낼 수 있게 되었습니다.

어느 날 딤나는 사자왕에게 물었습니다.

"전하! 어인 일로 늘 한자리에만 머물러 계시옵니까? 요사이 통 외출을 안하시니 전하답지 않으시옵니다. 전하께서는 이 왕국의 막강한 군주이시옵니다. 전하의 명령 한마디에 천하가 벌벌 떨고 있사온데, 어떤 연유로 전하의 심기가 불편하신지 감히 여쭙고 싶사옵니다. 혹시 제가 도울 수 있는 일이 있사옵니까? 무슨 일이든 마음에 숨겨두지 마시옵소서. 툭 털어놓고 의논하실 때 비로소 대책을 세울 수 있사옵니다."

그때 마침 소 샤트라바가 큰 소리로 울어댔고 사자왕은 잔뜩 겁에 질렸습니다. 그래도 겉으로는 태연한 체했으나 눈치 빠른 딤나는 그 심정을 읽을 수 있었습니다. 곧 딤나는 사자왕에게 물었습니다.

"전하, 저 소리가 두려우시옵니까?"

"짐을 두렵게 하는 유일한 소리로구나. 바로 저 울음소리 때문에 짐이 꼼짝 못하고 있도다. 저토록 우렁찬 소리는 들어본 적이 없느니라. 목소리는 몸집에 비례하니 아마도 저놈의 몸집은 어마어마할 테지! 그렇다면 우리가 살아남을 수 있겠느냐?"

"전하, 저 소리 때문이라면 걱정 마시옵소서. 선현들께서는 소리가 크다고 해서 모두 대단한 것은 아니라고 하셨사옵니다."

사자왕이 "무슨 말인고?"라고 묻자 딤나가 이야기를 시작했습니다.

여우와 북 이야기

숲속의 한 나무에 북이 걸려 있었사옵니다. 바람이 불 때마다 나뭇가지가 흔들리면서 북을 때렸고 그 소리는 굉장히 컸사옵니다. 여우 한 마리가 소리 나는 쪽으로 다가가서 덩치가 큰 북을 발견하고는 기대에 부풀었사옵니다. 그 안에 기름진 살코기가 꽉 차 있을 거라는 확신 때문이었사옵니다. 그리하여 서둘러서 북을 찢었으나 그 속은 아무것도 없이 텅 비어 있었사옵니다. 여우는 "아뿔싸! 몸집이 크고 소리가 요란할수록 실속이 없다는 것을 미처 몰랐구나"라고 말했사옵니다.

"제가 이 얘기를 들려드리는 이유는 우리를 놀라게 한 저 소리를 확인하고 나면 우려한 것만큼 대단한 존재가 아니라는 사실을 아뢰옵기 위함이옵니다. 전하께서 허락하신다면 제가 가서 알아보고 오겠나이다."

사자왕은 딤나의 청을 받아들여 그를 소리의 진원지로 보냈습니다.

딤나가 떠난 뒤 사자왕은 이번 일을 곰곰이 생각하다 딤나에게 중대한 임무를 맡긴 것을 후회하며 혼잣말을 했습니다.

'내가 딤나에게 너무 속을 털어놓은 것은 아닐까? 그는 불과 얼마 전까지도 미천한 신분이었단 말이야. 그가 음흉한 뜻을 품고 나에게 계획적으로 접근한 것은 아닐까? 가만있자…… 무릇 왕이 가까이하거나 믿어서는 안 될 인물 중에는 왕에게서 핍박받은 자, 왕으로 인해 억울한 옥살이를 한 자, 탐욕을 품은 자, 극도의 분노에 사로잡힌 자, 죄를 저지르고 두려움에 휩싸인 자, 사리사욕을 채우기 위해 왕을 해치려는 자, 자신의 치부가 드러날까 불안에 떠는 자, 이적 행위를 하는 자 등이 있지. 혹시 딤나가 이런 부류에 속하는 인물은 아닐까? 딤나는 영리하고 달변이거든. 그가 미천한 신분이었던 점을 감안한다면 나한테 적개심을 품고 있을 수도 있지. 나를 배반하고 내 약점을 적에게 알릴지도 몰

라. 만일 그 굉장한 울음소리의 주인공이 나보다 힘이 세다는 것을 확인한다면 그쪽 편에 붙어서 나를 공격할지도 모르지. 아! 저 우렁찬 목소리의 주인공한테 내가 직접 가서 담판을 벌여야 했던 건데……'

사자왕은 초조함을 못 이겨 자리에서 일어나 서성거리며 밖을 내다보았습니다. 잠시 후 딤나가 돌아오는 모습이 보이자 비로소 마음을 놓았습니다.

딤나가 도착하자마자 사자왕이 물었습니다.

"어떻게 되었는고? 뭘 보고 왔는고?"

"전하께서 들으신 우렁찬 목소리의 주인공은 소이옵니다."

"힘이 세던가?"

"전혀 공격적이지 않았사옵니다. 제가 그에게 가까이 가서 충분한 대화를 나누어보았는데 저에게 아무런 해코지도 하지 않았습니다."

사자왕이 우려 어린 어조로 말했습니다.

"그에게서 공격적인 면모를 볼 수 없다고 해서 그를 과소평가하다간 자칫 속임을 당할 수 있느니라. 강한 바람은 연약한 잔디는 그냥 놔두지만 키 큰 종려나무나 우람한 거목들은 뿌리째 뽑아놓는 위력을 가졌느니라."

"전하, 소를 두려워 마시옵소서. 그리 대단한 존재가 아니옵니다. 제가 그를 데려다 전하의 충복으로 만들겠사옵니다."

"알았도다. 그대의 판단에 맡기겠노라."

사자왕의 허락을 받은 딤나는 곧장 소 샤트라바에게 가서 의젓한 태도로 말을 걸었습니다.

"당신을 데려오라는 사자왕의 특명을 받고 왔소. 순순히 응하면 일찌감치 사자왕을 배알하지 않은 죄를 면해주겠소. 하지만 꾸물거리면 당신의 불손한 태도를 사자왕에게 당장 알리겠소."

소 샤트라바가 딤나에게 물었습니다.

"당신을 이곳으로 보낸 사자왕은 대체 누구시오?"

"맹수들의 왕으로, 많은 군대를 거느리고 계시오."

소 샤트라바가 그 말을 듣고 바짝 긴장하며 말했습니다.

"나의 신변 안전을 약속해준다면 당신과 같이 가겠소."

딤나는 소 샤트라바에게 신변 보장을 약속했고, 둘은 함께 사자왕에게 갔습니다. 사자왕은 소를 반가이 맞으며 친절하게 물었습니다.

"이 고장엔 언제 왔으며, 어떤 이유로 오게 되었소?"

소 샤트라바는 자신의 이야기를 들려주었고, 이야기를 다 듣고 난 사자왕은 말했습니다.

"그대에게 호감이 가는구려. 짐과 더불어 잘 지내도록 합시다."

그후 사자왕은 샤트라바와 급속히 친해졌습니다. 불과 며칠 사이에 사자왕과 샤트라바는 서로 존중하고 신뢰하는 사이가 되어서 어떤 일

딤나가 소 샤트라바를 찾아가서 사자왕을 알현하라고 충고하고 있다.

이든 마음을 열어놓고 의논하였습니다.

이제 샤트라바는 사자왕의 가장 가까운 측근이며 의논 상대이자 말벗이 되었습니다. 한편 딤나는 소 샤트라바가 사자왕의 신임을 독차지하게 되자 질투와 분노를 느꼈습니다. 딤나는 칼릴라에게 자신의 괴로운 심정을 토로했습니다.

"칼릴라, 나처럼 모자라는 놈이 또 있을까? 내 생각이 짧았어……내가 데려온 소가 나를 제치고 사자왕과 더 가까워지다니…… 남 좋은 일만 시켰다고."

"네 신세를 보니 한 수도승이 들려준 교훈이 떠오르는구나."

딤나가 "어떤 교훈인데?"라고 묻자 칼릴라는 이야기를 시작했습니다.

수도승이 들려준 교훈

옛날에 한 수도승이 왕으로부터 아주 귀한 옷을 하사받았어. 그 소식을 들은 도둑은 탐심을 품고 수도승에게 접근하며 말했지.

"수도승이시여! 저를 제자로 삼아주십시오."

수도승은 도둑의 부탁을 받아들여 제자로 삼았고, 도둑은 수도승의 가르침을 열심히 배우며 그를 극진히 모셨지. 얼마 후 도둑은 수도승의 완전한 신임을 얻자 적당한 기회를 엿보고 있다가 그 옷을 훔쳐 달아나 버렸어.

사실을 알아차린 수도승은 도둑을 뒤쫓아갔지. 가는 도중에 염소 두 마리가 피를 뚝뚝 흘리며 치열하게 싸우는 광경을 보았어. 그때 어디선 가 여우가 나타나더니 땅바닥에 떨어진 피를 핥아먹기 시작하는 거야. 여우는 피 맛을 보더니 감질이 났던지 이제는 철철 흐르는 피를 받아 마 시고 싶다는 욕심이 생겨서 염소들의 싸움을 부추겼지. 마침내 두 마리 염소는 여우의 얄밉고 괘씸한 소행을 알아차리고 힘을 합하여 여우를 뿔로 받아 죽였어.

수도승은 그 장면을 보고 적잖이 놀라면서 가던 길을 재촉했지. 얼마 쯤 걸었을까, 한 마을에 이르렀을 때 어느덧 날이 어두워졌어. 수도승은 하룻밤 지새울 곳을 찾다가 한 노파의 집에 머물게 되었어. 노파는 하녀 를 한 명 두고 살았는데, 그 하녀로 말하자면 멋진 청년과 사랑에 빠져 장래를 약속한 상태였어. 이 사실에 심술이 잔뜩 난 노파는 하녀와 청년 을 떼어놓을 방도를 찾다가 마침내 청년을 죽여야겠다는 결심을 했어.

수도승이 노파의 집에 묵던 바로 그날, 청년이 찾아왔어. 노파는 청년 에게 술을 잔뜩 먹여 깊은 잠에 빠지게 한 후, 미리 준비해두었던 독약 가루를 대롱에 넣어 청년의 코에 불어넣으려고 했어. 그런데 노파가 대 롱의 한 끝을 물고 다른 한 끝은 청년의 코에 대는 순간 청년이 갑자기

재채기를 하는 게 아니겠어? 독약 가루는 노파의 목으로 들어갔고 노파는 즉사했어.

이 사건을 목격한 수도승은 당장 그 집에서 나와 다른 거처를 물색했어. 그러던 중에 우연히 한 구두수선공을 만나서 그의 집에서 묵기로 했어. 구두수선공은 수도승을 모시고 집으로 들어간 뒤 아내에게 말했어.

"여보, 내가 수도승을 모셔왔으니 정성껏 대접해주시오. 나는 친구가 마련한 술잔치에 초대되었으니 그곳에 다녀와야겠소."

구두수선공은 이렇게 부탁을 한 후 집을 나섰어. 구두수선공이 집을 비우자마자 그의 아내는 재빨리 흡각사*의 부인을 불러 말했지.

"우리 남편이 집을 비웠다우. 친구 집에 술을 마시러 갔으니 보나마나 밤늦게 잔뜩 취해 돌아올 게 뻔해요. 이 기회에 우리 사윗감 좀 놀러 오라고 전해주지 않겠수?"

이 말이 떨어지기가 무섭게 흡각사의 부인은 그 사윗감에게 연락을 취했어. 알고 보니 흡각사의 부인은 구두수선공의 딸과 마을의 한 청년을 만나게 해준 중매쟁이였지. 그런데 문제는 구두수선공이 그 청년을 사윗감으로 탐탁해하지 않는 것이었어. 따라서 그 청년은 구두수선공이 집에 없을 때에만 신붓감을 만나러 올 수 있었던 거야.

★ 흡각(吸角, 고름이나 나쁜 피를 빨아내기 위하여 살갗에 붙이는 종지만한 단지. 보통 '부항'이라고 함)을 이용하여 시술하는 물리치료사.

한편 흡각사의 부인에게서 낭보를 전해 들은 청년은 서둘러 신붓감을 만나러 왔지. 그러고는 설레는 가슴으로 대문 앞에 쭈그리고 앉아 문을 열어줄 때만 기다리고 있었어. 그러나 그날 밤 공교롭게도 구두수선공이 일찍 귀가한 거야. 만취한 구두수선공은 자기 집 대문 앞에 낯선 남자가 앉아 있는 것을 보고 대뜸 아내를 의심했어. 화가 머리끝까지 치민 그는 낯선 청년에게 아무 말도 묻지 않은 채 집으로 들어가 다짜고짜 아내를 구타한 뒤 기둥에 묶어버렸어. 그러고는 씩씩거리며 잠에 곯아 떨어졌지.

잠시 후 흡각사의 부인은 자신이 주선했던 만남이 잘 성사되는지 궁금해서 다시 구두수선공의 집을 방문했어. 그런데 사윗감 청년이 집에 들어가지도 못하고 대문 앞에 앉아 있는 게 아니겠어? 흡각사의 부인은 '아마도 사윗감이 도착한 줄을 모르고 있는 게 분명해. 내가 알려줘야지' 라고 생각하며 집 안으로 들어갔어. 그러나 뜻밖에도 구두수선공의 부인이 기둥에 묶여 있는 모습을 보고는 소스라치게 놀라며 물었어.

"대체 어찌 된 일이에요?"

구두수선공의 아내가 대답했어.

"그 청년 때문에 내 꼴이 이렇게 되었다우. 그러나저러나 그 청년이 너무 오래 기다리고 있을 텐데 어쩐담? 아무래도 내가 직접 나가서 그 청년에게 사과하고 나중에 다시 오라고 일러야 할 텐데 걱정이라우. 미안하지만 날 좀 풀어주고 당신이 나 대신 이곳에 잠시만 묶여 있으면 어떻겠수? 잠깐이면 된다우."

홉각사의 부인은 남의 일에 끼어드는 것이 신이 나서 선뜻 동의했어. 그러곤 구두수선공의 아내를 풀어준 뒤 자신이 그 기둥에 묶였지. 그런데 큰일이 벌어졌어. 잠을 자던 구두수선공이 갑자기 아내를 부르는 거야. 홉각사의 부인은 숨을 죽인 채 부들부들 떨고만 있었어. 만일 목소리를 냈다간 모든 일이 들통 날 테니까 말이야.

구두수선공이 다시 아내를 불렀어. 그래도 대답이 없자 그는 분노를 이기지 못하고 칼을 집어들어 아내의 얼굴에 휘둘러 코를 베어버렸어. 그러고는 큰 소리로 내뱉었지.

"그 코 주워다가 네 애인녀석한테나 바쳐라. 그놈이 그걸 보면 네가 자기 여자라는 확신을 가질 거다!"

홉각사의 부인은 신음소리조차 내지 못하고 아픔을 꾹꾹 참았어. 구두수선공은 이 엄청난 일을 저지르고도 무심하게 다시 잠에 빠졌지.

얼마쯤 시간이 지났을까, 구두수선공의 아내가 방에 돌아와 이 끔찍한 모습을 보고 홉각사의 부인에게 백배 사죄한 뒤 그녀를 기둥에서 풀어주어 집으로 돌려보냈어. 그리고 자신을 기둥에 다시 동여맨 뒤 남편을 저주하며 알라께 간절히 기도했어.

"세상에 이렇게 잔혹한 남편이 또 있겠습니까? 알라여, 저의 결백을 인정하신다면 제 코를 원상으로 회복시켜주옵소서!"

이어서 아내는 큰 소리로 구두수선공을 향해 외쳤어.

"잔인한 폭군 같으니라고. 어서 일어나 내 얼굴을 똑똑히 보라구요! 알라께서 내 결백을 인정하시고 나에게 자비를 베푸셨어요. 당신이 베어버린 코를 이렇듯 멀쩡히 돌려주셨잖아요?"

구두수선공은 그 말에 놀라 벌떡 일어나서 불을 켠 후 아내의 얼굴을 유심히 들여다보았어. 정말 희한하게도 아내의 얼굴이 상처 자국 하나 없이 말끔한 거야. 그때서야 구두수선공은 아내에게 용서를 빌며 자신의 죄를 뉘우치고 알라께도 용서를 구했지.

한편 흡각사의 부인은 잘린 코를 부여잡고 집으로 돌아와서 남편과 자식들에게 이 사건을 어떻게 해명해야 할지 고민에 빠졌어. 그녀는 남편이 자고 있는 방으로 살며시 들어가 앉았어.

날이 밝자 남편이 깨어나 말했어.

"여보, 내 기구들 좀 챙겨줘. 오늘은 높으신 양반들을 치료하기로 되어 있으니까 일찍 나가야 해."

그러나 그녀는 남편에게 피 뽑는 데 쓰이는 칼만 갖다주었어. 남편이 짜증나는 목소리로 소리쳤지.

"기구들을 모두 가져오라니까!"

그녀가 이번에도 사혈용(瀉血用) 칼만 가져다주자 그는 화가 치밀어 그 칼을 아내에게 휘둘렀어. 그 순간 아내는 날카로운 비명을 질렀지.

"아이구, 내 코, 내 코……! 나 좀 살려줘요."

얼마나 큰 소리로 울어댔던지 가족은 물론이고 온 마을 사람들까지 몰려와 이 광경을 목격했어. 이윽고 홉각사는 재판관 앞으로 끌려갔지. 수도승은 이 사건을 처음부터 끝까지 목격한 사람으로서 재판을 지켜보기 위해 따라갔어.

법정에서 재판관은 홉각사에게 물었지.

"어찌하여 아내의 코를 베었소?"

홉각사는 묵묵부답일 뿐이었고, 재판관은 그에게 코 절단형을 선고했어. 잠시 후 절단 집행인이 홉각사 앞에 도착하자 그동안 재판을 지켜보던 수도승이 자리에서 일어나 재판관에게 말했어.

"재판관님, 홉각사는 자기 아내의 코를 베지 않았소이다."

그러자 재판관은 수도승에게 자세한 사건 정황을 물었고, 수도승은 자신이 왕에게서 하사받은 옷을 도둑에게 절도당한 일부터 염소의 싸움에 끼어든 여우 이야기, 하녀의 애인을 죽이려던 노파 이야기, 그리고 구두수선공과 홉각사의 이야기까지 들려준 후 교훈적인 결론을 설파했어.

"모든 것은 자승자박이로소이다. 도둑은 내 옷을 훔치지 않았소. 다만 내가 잃어버린 것일 뿐. 내가 만일 왕이 하사하는 옷을 고사했더라면 도둑맞을 일도 없었을 테니 말이오. 또한 두 마리 염소는 여우를 죽이지 않았소이다. 여우의 과욕이 죽음을 자초한 것일 뿐이외다. 여우가 만일 땅바닥에 떨어진 염소 피를 핥는 일에 만족했더라면 염소 뿔에 받혀 죽는 일도 없었을 것 아니오. 역시 노파의 목숨을 빼앗은 것은 독약이 아니라, 노파의 사악한 심술이외다. 노파가 만일 독살 흉계를 꾸미지 않았더라면 독약 가루를 들이마실 일도 없었을 테니. 또한 흡각사는 아내의 코를 베지 않았소이다. 다만 아내의 넓은 오지랖이 스스로 코를 베이게 한 것이외다. 그의 아내가 남의 일에 시시콜콜 간섭하지 않았더라면 코 베일 일은 없었을 것 아니오. 멸망의 원인은 결국 자신에게서 비롯되는 법이라오."

재판관은 수도승의 이야기를 듣고 흡각사를 풀어주었어.

조용히 이야기를 듣고 난 딤나가 말했습니다.

"칼릴라, 잘 들었어. 정말이지 나는 화를 자초했어. 자업자득이야. 하지만 이대로 가만있을 수 없잖아. 묘안을 세워 현실을 극복해야 해."

그러자 칼릴라가 물었습니다.

"그래, 넌 앞으로 이 문제를 어떻게 풀어나갈 작정이니?"

딤나가 심각한 어조로 대답했습니다.

"지금의 나로서는 나의 지위가 과거보다 높아지는 것은 바라지도 않

남의 일에 참견하기 좋아하던 홉각사의 아내는 결국 구두수선공에게 코를 베이고 만다.

아. 다만 과거의 내 지위로 돌아갈 수 있기를 바랄 뿐이야. 세상을 지혜롭게 살기 위해서는 철저하게 과거를 반성하고, 냉철하게 현실을 파악하며, 정확하게 미래를 예측해야지.

내 지위를 되찾기 위해서는 저 초식동물을 속여서 죽음으로 몰고 가는 수밖에 없어. 그놈이 사라지면 당연히 내가 사자왕의 총애를 독차지하게 될 거야. 그리고 사자왕을 위해서라도 그놈을 제거해야 해. 사자왕이 그놈을 지나치게 가까이 두다간 화를 당할 것이 뻔하거든."

칼릴라가 걱정스러운 눈빛으로 말했습니다.

"내가 보기에는 사자왕이 소를 매우 아끼고 신임하고 있어."

딤나가 반박하듯이 말했습니다.

"무릇 왕을 몰락과 파멸로 이끄는 여섯 가지 일이 있으니 독선, 내전, 쾌락, 폭정, 세월, 우매함이 바로 그것이야. 첫째, 독선이라 함은 정직하고 지혜로운 신하들을 멀리하고 그들의 견해를 배척하는 것이며, 둘째, 내전이라 함은 백성들끼리 다투어 나라가 혼란에 빠지는 것이고, 셋째, 쾌락이라 함은 잡담, 오락, 술, 사냥 등에 탐닉하는 것이고, 넷째, 폭정이라 함은 권력을 지나치게 휘둘러서 나라 안에 비방과 폭력이 난무하는 것이고, 다섯째, 세월이라 함은 사람이면 누구나 겪는 늙음, 죽음을 비롯하여 흉작, 외세 침략 등을 일컫는 것이고, 여섯째, 우매함이란 온유해야 할 때 강하고 강해야 할 때 온유한 것이지.

사자왕은 지금 소 샤트라바한테 푹 빠져 있다고. 자기를 몰락과 파멸의 길로 끌고 가는 존재인 줄도 모르고 말이야."

"하지만 소 샤트라바는 너보다 힘도 세고 사자왕에게서 받는 신임도 훨씬 두터운데 어찌 그를 당해내겠어?"

"내가 비록 작고 약하긴 하지만 자신 있어! 일의 성패는 힘의 유무나 몸집의 크기와는 상관없지. 작고 약한 사람들이 지략을 써서 힘센 사람들을 물리친 경우가 많거든.

칼릴라야, 독사를 유인해서 죽인 약하디약한 까마귀 이야기를 들어 보았니?"

칼릴라가 "어떤 이야기인데?"라고 묻자 딤나가 이야기를 시작했습니다.

까마귀와 독사 이야기

산속 어느 나무 위에 까마귀가 둥지를 틀고 살았어. 그 나무 밑에는 독사가 살고 있었는데 까마귀가 알을 낳기만 하면 기다렸다는 듯이 올라가 알을 먹어치우는 거야. 까마귀는 너무 분하고 애통해서 친구인 재칼을 찾아가 하소연하며 자신의 비장한 결심을 밝혔지.

"내가 언제까지 독사한테 당하고 살아야 하니? 더 이상은 못 참겠어. 당장에 독사를 죽여버리고 말 거야."

그러자 재칼이 놀라며 물었어.

"뭐? 네가 독사를 죽이겠다고? 어떻게 죽일 작정인데?"

까마귀가 대답했어.

"좋은 수가 있지. 독사가 잠들었을 때 몰래 다가가서 두 눈을 도려내는 거야."

재칼이 걱정스럽게 타일렀어.

"참으로 무모한 전략이구나. 자칫하다간 네 목숨까지 잃을 수 있다는 걸 모르니? 게를 죽이려다 도리어 자기 목숨을 잃은 두루미의 신세가 되기 십상이구나."

까마귀가 "어떤 일이 있었는데?"라고 묻자 재칼이 이야기를 시작했어.

두루미와 게 이야기

두루미 한 마리가 시냇가에 살고 있었어. 그 시내엔 물고기가 많아서 두루미는 먹이 걱정 없이 잘 지내고 있었지. 그러나 점점 나이가 들면서 기력이 떨어지자 예전처럼 물고기 사냥을 할 수 없게 된 거야. 굶주림에 시달리는 날이 계속되자 두루미는 묘책을 강구했어. 그리고 어느 날 수심이 가득 찬 모습으로 시냇가에 앉아 있었지. 그때 마침 지나가던 게가 그 모습을 보더니 말을 걸었어.

"여보시오, 두루미 양반, 대체 무슨 일이오? 당신이 그렇게 비통한 모습으로 앉아 있는 것은 처음 본다오."

그러자 두루미가 대답했어.

"엄청난 소식을 들었기 때문이오. 오늘 낚시꾼 두 명이 이곳을 지나가며 나누는 대화를 들었다오. 낚시꾼 중 한 사람이 그의 친구에게 '여기에 물고기가 아주 많은데 낚시하지 않겠는가?' 물었더니, 친구는 '여기보다 물고기가 더 많은 곳이 있네. 그곳에 가서 먼저 낚시를 한 다음 여기로 돌아와 모조리 잡아버리세' 했소. 그 낚시꾼들이 돌아오면 이곳에 사는 물고기는 한 마리도 남지 않을 거요. 물고기들을 먹고 사는 나로서 어찌 슬프지 않겠소? 내 인생도 끝나게 될 테니 말이오."

이 소식을 들은 게는 곧장 물고기들한테 가서 사실을 알렸고, 당황한 물고기들은 두루미를 찾아와 의논했어.

"두루미 양반, 당신의 자문을 구하러 왔습니다. 현명한 사람은 적의 자문도 무시하지 않는답니다. 더군다나 당신의 생존이 우리네 물고기들의 생존에 달려 있는 상황에선 더욱 말할 나위 없지요."

두루미가 진지한 표정으로 입을 열었어.

"낚시꾼들의 횡포에는 나도 어쩔 도리가 없소. 다만 여기서 가까운 다른 시냇물로 이사 가는 방법은 남아 있소. 거기엔 물도 많고 수초도 무성해서 물고기들이 많이 살고 있다오. 당신네들이 그곳으로 갈 수만 있다면 안전하고 풍족하게 지낼 수 있소."

이 말을 듣고 물고기들은 이구동성으로 말했어.

"두루미 양반, 우리네 물고기들을 도와줄 분은 당신뿐입니다."

그리하여 두루미는 매일 물고기 두 마리씩을 다른 시내로 나르는 척하며 멀리 떨어진 언덕에 갖다놓고 맛있게 먹어치웠어.

그러던 어느 날 두루미가 물고기 두 마리를 또 나르려던 참에 게가 와서 부탁했어.

"왠지 여기에 남아 있기가 두렵고 외롭다오. 나도 다른 시내로 데려다주오."

그래서 두루미는 게를 데리고 날아올랐지. 얼마쯤 날았을까, 언덕 위에 수북이 쌓인 물고기 뼈가 게의 시야에 들어온 거야. 게는 그것이 두루미의 소행임을 단번에 알아차렸고, 자기도 곧 물고기들과 같은 운명이 될 것임을 깨닫고는 마음속으로 다짐을 했지.

'위태롭다고 몸을 도사리다간 꼼짝없이 죽게 돼. 모든 전략을 동원해 죽기 살기로 싸워야 해! 그 길이 목숨도 지키고 용맹도 떨칠 수 있는 방법이지.'

그러면서 게는 양쪽 집게발로 두루미의 목을 잡아 죄었어. 그렇게 해서 두루미는 죽었고, 게는 남아 있는 물고기들에게로 돌아와서 이 사실을 알렸어.

"내가 이 이야기를 들려주는 이유는 두루미처럼 어설픈 지략을 쓰다간 오히려 자기 수명을 단축하게 된다는 사실을 말하고 싶어서야.

까마귀야, 내가 훌륭한 방법을 알려줄 테니 들어보겠니?"

그러자 까마귀가 "어떤 방법이야?"라고 물었고, 재칼은 이야기를 시작했어.

"네가 여인네의 목걸이를 물어 오면 되는 일이지. 하늘을 날면서 세상 풍경을 유심히 살피다가 여인네의 목걸이를 발견하면 재빨리 물어 와야 해. 그러고는 여인네가 너를 따라올 수 있도록 나지막하게 날다가 독사 굴에다 그 목걸이를 빠뜨리는 거야. 그러면 그 광경을 목격한 사람들이 몰려와 목걸이를 꺼낼 것이고 독사는 더 이상 너를 해치지 못할 거야. 네가 그렇게 할 수만 있다면 목숨을 거는 위험 부담 없이 독사를 죽일 수 있지."

이 말을 듣고 까마귀는 하늘 높이 날아올라 세상 풍경을 살피다가 으리으리한 집 옥상에서 목욕을 하고 있는 한 규수를 발견했어. 그 규수는 옷가지와 장신구를 한쪽에 벗어두고 몸을 씻고 있었지. 까마귀는 살짝 내려앉아 목걸이 하나를 얼른 물고서 날아갔어. 사람들이 우르르 쫓아왔지. 까마귀는 잡히지 않을 만큼 천천히 나지막하게 날다가 독사 굴에 이르자 목걸이를 그 굴 속에 던져 넣었어. 그러자 사람들이 몰려와서 독사를 죽이고는 목걸이를 꺼냈어.

"칼릴라야, 내가 이 이야기를 들려준 까닭은 좋은 전략은 물리적인 힘을 능가한다는 사실을 말하기 위해서야."

칼릴라가 우려를 나타내며 말했습니다.

"무슨 뜻인지 알겠어. 하지만 소가 힘만 센 존재라면 네 예상대로 될 거야. 문제는 소가 뛰어난 식견과 판단력까지 갖추고 있다는 데 있지. 어찌 그를 이겨내겠어?"

딤나가 자신 있게 대답했습니다.

"네 말대로 소는 힘도 세고 머리도 좋지. 하지만 나를 전적으로 신뢰하고 있으니 그 점을 잘 이용하면 돼. 소란 놈이 아무리 지혜가 뛰어나다 해도 나를 따라오지는 못할걸?

칼릴라야, 사자를 물리친 토끼 이야기를 들어보았니?"

칼릴라가 "어떤 일이 있었는데?"라고 묻자 딤나가 이야기를 시작했습니다.

토끼와 사자 이야기

　물이 많고 목초가 무성한 땅에 사자를 비롯하여 많은 동물들이 살고 있었어. 참으로 살기 좋은 곳이었지만 사자를 제외한 다른 동물들은 행복하지 않았어. 사자에 대한 공포 때문에 하루도 편안할 날이 없었거든. 마침내 동물들은 사자를 찾아가 건의했지.

　"귀하께서 저희 미물들을 사냥하시느라 얼마나 고충이 많으십니까? 그래서 귀하의 불편도 덜어드리고 저희들의 불안도 덜 수 있는 방법을 말씀드리고자 합니다. 다름 아니오라, 귀하께서 저희들을 마구잡이로 잡아잡숫지 않겠다고 약속해주시면 저희들이 자발적으로 먹이가 되겠습니다. 귀하의 점심시간에 맞추어 매일 한 명씩 귀하를 찾아가겠습니다."

　사자는 이러한 제안에 흡족해했고, 동물들은 그와의 약속을 어김없이 이행했어.

　어느 날 사자의 점심식삿감으로 토끼의 차례가 되자 토끼는 여러 동물들 앞에 나서서 말했어.

　"여러분이 나를 믿고 도와주신다면 내가 여러분을 사자로부터 영원히 해방시켜드리지요."

　동물들이 "어떻게 도와주면 되겠소?"라고 묻자, 토끼는 "내가 사자에게 조금 늦게 출발하도록 해주세요"라고 대답했어.

동물들은 그 부탁에 동의했고, 토끼는 느긋하게 출발해서 점심시간이 한참 지난 후에야 사자 앞에 도착했어. 그리고 사자 쪽으로 천천히 다가갔지. 배가 고파서 잔뜩 화가 치민 사자는 자리에서 벌떡 일어나 토끼에게 다가오며 "왜 이제 오느냐?" 하고 다그쳤고, 토끼는 이렇게 대답했어.

　　"저로 말씀드리자면, 귀하의 먹잇감을 차출하여 이송하는 임무를 띠고 있습죠. 그런데 오늘은 뜻밖에도 이상한 일이 일어났습니다. 글쎄, 제가 토끼 한 마리를 데리고 오는데 웬 낯선 사자가 나타나서 그 토끼를 빼앗아가는 게 아니겠어요? 그래서 저는 '이 토끼는 동물들이 숲속의 왕께 진상하는 점심식사이니 빼앗지 말고 돌려주세요' 라고 애원했죠. 그랬더니 그는 '이 일대에서는 내가 왕이야!' 라고 큰소리치며 귀하를 모욕하는 언사를 퍼붓는 게 아니겠습니까? 귀하께 그 사실을 보고하려고 이렇게 급히 달려왔습니다."

　　이 말을 듣고 흥분한 사자가 말했어.

　　"그놈이 사는 곳이 어딘지 앞장서라."

　　토끼는 사자를 데리고 맑은 물이 가득 찬 연못으로 갔어. 그리고 물속을 들여다보며 "바로 여기 있습죠"라고 말하자 사자도 들여다보았지. 물에 비친 자신과 토끼의 그림자를 본 사자는 "저놈을 당장!" 하고 외치며 물속으로 뛰어들었어. 그후 토끼는 동물들에게 돌아와서 무용담을 들려주었어.

이야기를 듣고 난 칼릴라가 말했습니다.

"딤나야, 사자왕에게 해를 끼치지 않으면서 소를 해치울 수 있다면 네 계획대로 해봐. 사실 소는 너나 나를 비롯한 기존의 신하들에게 달갑지 않은 존재거든. 어쨌든 명심해야 할 일은 소를 죽이려다 사자왕의 목숨까지 잃게 해서는 절대로 안 된다는 거야. 그건 신하의 도리가 아니거든."

그후 딤나는 한동안 사자왕에게 문안을 가지 않다가 어느 날 사자왕이 혼자 있을 때 찾아갔습니다. 사자왕은 그를 반기며 물었습니다.

"오랜만이로구나. 그간 무슨 일이 있었는고? 말 못할 사연이라도 있는고?"

딤나가 대답했습니다.

"예, 사연이 있사옵니다."

사자왕이 "무슨 일이냐?"라고 묻자 딤나가 어렵게 말을 꺼냈습니다.

"전하를 비롯하여 어느 누구도 바라지 않는 일이 일어났사옵니다."

사자왕이 "대관절 무슨 일이 있었는고?"라고 묻자, 딤나가 "중대한 일이옵니다"라고 대답했습니다. 그 말을 들은 사자왕은 "어서 말하거라"라고 재촉했고 딤나는 어렵사리 입을 열었습니다.

"전하, 듣기도 민망하거니와 아뢰올 면목조차 없사옵니다. 하지만 전하! 진실한 충고자의 말에는 귀를 기울이셔야 하옵니다. 비록 믿기지

사자를 연못으로 유인해 목숨을 구하는 토끼.

않거나 귀에 거슬리는 이야기라도 말이옵니다.

덕망 높으신 전하께옵서는 송구한 말씀을 드리는 저의 괴로운 심정을 이해하시리라 믿사옵니다. 또한 목숨을 바쳐서라도 전하께 충성하고자 하는 제 뜻을 헤아려주시리라 생각하옵니다.

전하께옵서는 제가 아뢰는 말씀이 사실 무근이라고 여기실 수도 있사옵니다. 저도 처음 들었을 때는 좀처럼 믿기 어려웠사오나 나라의 앞날과 전하의 운명이 걸린 문제라서 결코 묵과할 수가 없었사옵니다. 전하께 사실을 알리는 일이 제 도리라고 생각하옵니다. 옛말에 이르기를, '왕에게 충언을 아끼고, 형제에게 진실을 감추고, 의사에게 병을 숨기는 일은 자신을 속이는 행위이니라' 고 했사옵니다."

눈이 휘둥그레진 사자왕이 "어떤 일인지 참으로 궁금하구나"라고 말하자 딤나는 조심스럽게 말을 이었습니다.

"저의 절친한 친구에게서 들었사온데, 소 샤트라바가 전하 휘하의 군지휘관들을 만난 자리에서 '내가 사자왕의 힘과 지략, 학식을 시험해보았더니 형편없더군. 그와 한판 대결을 벌여야겠어' 라고 했다지 않사옵니까? 저는 이 소식을 듣고 샤트라바가 간교한 모사꾼임을 대번에 알아차렸사옵니다. 전하께서 그를 두텁게 신임하며 친구처럼 대해주셨더니 감히 전하를 넘보고 있사옵니다. 속히 대처하지 않으면 그에게 왕위를 빼앗기게 되시옵니다. 그는 아무런 노력도 들이지 않고 다만 전하의 측근이었다는 행운 때문에 왕위를 차지할 것이옵니다. 옛말에 '군왕은 왕권을 넘보거나 노리는 신하를 발견하는 즉시 제거해야 하느니라. 머뭇거리다간 왕권을 찬탈당하느니라'고 했사옵니다.

샤트라바는 매사에 능숙하고 도통하옵니다. 전하께서 그를 제거하시지 않는 한 결코 무사하실 리 없사옵니다. 무릇 현명한 사람은 사전 대책을 철저히 세우는 법이옵니다. 예로부터 사람은 지혜의 정도에 따라, 지혜로운 사람, 아주 지혜로운 사람, 우둔한 사람, 이렇게 세 등급으로 나눌 수 있다고 했사옵니다. 지혜로운 사람은 어떤 일이 닥쳤을 때 당황하지 않고 정신을 똑바로 차려서 해결책을 마련하옵니다. 아주 지혜로운 사람은 이보다 한발 앞서서 시련이 닥치기 전에 대책을 세우옵니다. 그는 엄청난 결과를 예견하며 마치 이미 경험했던 일을 처리하듯 만반의 준비를 해두옵니다. 흡사 몸이 병들기 전에 미리 예방하는 것처럼 매사에 사전 조치를 철저히 하옵니다. 반면에 우둔한 사람은 우유부단하여 주춤거리다가 멸망하옵니다.

이러한 이치를 잘 보여주는 이야기가 있사옵니다."

사자왕이 "어떤 이야기인고?"라고 묻자 딤나가 이야기를 시작했습니다.

세 마리 물고기 이야기

어느 시냇물에 물고기 세 마리가 살았사옵니다. 매우 영리한 것, 영리한 것, 우매한 것이었사옵니다. 그 시냇물은 사람들의 발길이 뜸한 곳에 위치해 있었고 바로 옆으로는 큰 강물이 흐르고 있었사옵니다.

어느 날 낚시꾼 두 명이 강가를 지나다가 우연히 시냇물을 발견하고 기뻐하며 "이곳에 시냇물이 있는 줄 몰랐군. 내일 그물을 갖고 다시 이리로 오세"라고 말했사옵니다.

그 말을 들은 세 마리 물고기의 행동은 각각 달랐사옵니다. 매우 영리한 물고기는 상황이 심상치 않음을 인식하고 강물로 통하는 길을 따라 재빨리 도망쳤사옵니다. 한편 영리한 물고기는 낚시꾼들이 그물을 갖고 왔을 때에야 비로소 위험 상황을 알아차렸사옵니다. 뒤늦게 대책을 마련하느라 분주해하며 그는 강물과 연결된 물길을 찾아갔사옵니다. 그러나 낚시꾼들이 이미 그 통로를 막아놓은 것을 보고 '아차, 내가 너무 방심했구나'라고 후회했사옵니다. 당황하면 묘안이 떠오르지 않사옵니다. 그러나 현명한 사람은 그 상황에서 자포자기하지 않고, 정신을 모아서 최선을 다하옵니다. 마침내 그 물고기는 죽은 척 물 위에 둥둥 떠다니면서 몸을 뒤척여 배와 등을 번갈아 내보였사옵니다. 낚시꾼들은 그 물고기를 건져서 시냇물과 강 사이의 둔덕 위에 놓아두었사옵니다. 그러자 그 물고기는 얼른 강으로 뛰어들어 살아남게 되었사옵니다. 한편 우매한 물고기는 갈팡질팡 오락가락하다가 잡히고 말았사옵니다.

이 이야기를 듣고 사자왕이 말했습니다.

"무슨 뜻인지 잘 알겠노라. 하지만 아무리 생각해보아도 소 샤트라바가 짐을 배반하고 음해할 리는 없느니라. 짐이 그에게 적대감을 표시한 적이 전혀 없는데 어찌 그가 악의를 품겠느냐? 짐은 그에게 덕을 베풀었고 희망을 심어주었도다."

딤나가 반론을 제기했습니다.

"전하! 샤트라바는 그동안 본성을 감추어왔사옵니다. 전하에게서 전적인 신임을 얻자 이제는 왕좌를 차지하려는 야심을 품은 것이옵니다.

사악한 자는 자신이 목표한 지위에 이를 때까지는 충성을 다하옵니다. 그러나 일단 그 지위에 도달한 후에는 큰 욕심을 품고 야욕을 키워갑니다. 비열하고 부도덕한 인격의 소유자들이 따르는 수순이옵니다.

아첨을 떠는 간신배들은 공포에 사로잡혀 있을 때에만 왕에게 충성하고 헌신하옵니다. 그러나 힘을 얻고 공포에서 해방된 후에는 제 본색을 드러내기 마련이옵니다. 마치 개의 꼬리와도 같아서 묶여 있을 때에는 똑바로 서지만 일단 풀려나면 그 꼬리는 제멋대로 구부러지지요.

전하! 귀에 거슬린다고 제 충언을 무시하신다면, 이는 의사의 지시는 따르지 아니하고 먹고 싶은 대로 마구 먹는 환자와 같사옵니다. 충신은 악한 무리들이나 타락의 요소로부터 군왕을 보호함으로써 군왕이 덕치를 베풀도록 보좌하는 데 최선을 다해야 하옵니다. 무릇 좋은 벗이나 충신은 아첨을 하지 않으며, 좋은 일은 선한 결과를 낳으며, 좋은 아내는 남편과 화합하며, 선량한 사람은 진실한 충고를 하며, 위대한 왕은 교만하지 않으며, 훌륭한 인격은 경건한 심성에서 우러나옵니다. 불을 베개로 삼고 뱀을 침대로 삼는 사람은 결코 편안한 잠을 이룰 수 없다고 들었사옵니다. 이와 마찬가지로 주변 인물 중 누군가가 자신을 향해 적개심을 품었다는 것을 알게 된 사람은 결코 편안할 수 없사옵니다.

대저 무능한 왕은 한 치 앞도 분간하지 못할 만큼 성이 난 코끼리와 같아서 미래에 대한 통찰력이 부족하옵니다. 그는 심각한 문제가 발생해도 무사안일하게 대처하옵니다. 그러다가 일이 그릇되면 신하들의 탓으로 돌리옵니다."

사자왕은 이 말을 듣고 언짢은 표정을 지으며 말했습니다.

"말이 지나치구나. 하지만 충정에서 우러나온 발언인 만큼 기꺼이 받아들이겠노라. 네 말대로 샤트라바가 짐을 해치려 한다고 가정해도 그가 짐에게 덤벼든다는 것은 불가능하다. 감히 초식동물이 육식동물을 어찌 이길 수 있겠느냐? 그는 짐의 먹이가 될 수도 있지 않겠느냐? 짐은 전혀 두렵지 않다. 또한 짐은 그에게 신변보장을 약속했고 온갖 칭찬을 아끼지 않았으며 두터운 신임까지 주었는데 이제 와서 그 믿음을 깰 수는 없느니라. 짐이 과거의 약조를 번복하고 신의를 저버리는 일은 짐 자신을 기만하고 무시하는 일이니라."

딤나가 말했습니다.

"전하의 말씀대로 샤트라바는 전하를 위협할 만한 존재도 아니거니와 전하의 먹잇감까지 될 수도 있는 존재이옵니다. 하지만 그를 결코 가벼이 여기지는 마시옵소서! 그가 혼자서 전하를 대적할 수 없다면 다른 자들을 동원해서 음모를 꾸밀 것이옵니다.

낯선 손님에게 호의를 베푸는 일은 위험하옵니다. 손님의 성품도 확인하지 않은 채 단 한 시간이라도 집에 머물게 했다간 그로 인해 직접적이든 간접적이든 큰 화를 입게 된다는 옛말이 있지 않사옵니까? 벼룩에게 친절을 베풀었다가 죽음에 이른 이의 경우처럼 말이옵니다."

사자왕이 "어떤 일이 있었는고?"라고 묻자 딤나가 이야기를 시작했습니다.

이와 벼룩 이야기

이 한 마리가 어느 부잣집 남자의 침대에 터전을 마련했사옵니다. 이는 살금살금 기어다니며 주인 남자가 잠들었을 때 몰래 피를 빨아먹으면서 오랫동안 아주 잘살아왔사옵니다.

그러던 어느 날 밤 낯선 벼룩 한 마리가 찾아오자 이는 그 벼룩에게 "푹신한 침대와 맛있는 피가 있는 저희 집에서 하룻밤 묵고 가시지요"라고 권하며 친절하게 대해주었사옵니다.

벼룩은 뜻밖의 호의에 기뻐하며 거기서 머물게 되었는데 그의 성급한 식욕이 사고를 불렀사옵니다. 벼룩은 주인 남자가 잠이 들기도 전에 달려들어 마구 물었던 것이옵니다. 화가 머리끝까지 치민 주인 남자는 자리에서 벌떡 일어나 하인들을 모두 불러서 침대를 샅샅이 뒤지게 했사옵니다. 이는 몸을 숨길 데가 없어서 쩔쩔매다가 남자에게 발견되어 그의 손톱 사이에서 눌려 죽었사옵니다. 물론 벼룩은 일찌감치 도망친 뒤였사옵니다.

"제가 전하께 이 이야기를 들려드리는 연유는 악인을 곁에 두시면 절대로 무사하지 못한다는 이치를 아뢰기 위함이옵니다. 악인이 비록 실력 행사를 직접 하지 않는다 하더라도 간접적인 재앙은 얼마든지 불러올 수 있사옵니다. 만일 전하께서 샤트라바가 두렵지 않으시다면 그의 사주를 받고 있는 군대 내부의 인물들을 주의하셔야 하옵니다."

사자왕은 딤나의 이야기에 귀가 솔깃해지면서 물었습니다.

"그래, 짐이 앞으로 어찌하면 되겠는지 구체적으로 말해보아라."

딤나가 대답했습니다.

"어금니가 썩어서 심한 통증을 일으키면 빼내야 시원하옵니다. 뱃속에 있는 썩은 음식은 배설해야 편안하옵니다. 위험천만의 적은 죽여버리는 것이 상책이옵니다."

사자왕이 말했습니다.

"샤트라바와 헤어지라는 얘기로구나. 알았도다! 짐이 그를 찾아가서 '덕분에 즐겁고 유익한 나날을 보냈도다. 이제는 너도 이 숲을 떠나 네가 가고 싶은 곳으로 가거라' 하고 통보해야겠구나."

딤나는 사자왕의 말을 듣고 몹시 불안해졌습니다. 사자왕이 샤트라바와 직접 대화를 하다보면 자신이 꾸민 음모가 드러나서 자신의 거짓과 속임수가 낱낱이 밝혀질 것이기 때문이었습니다. 그래서 딤나는 사자왕에게 말했습니다.

"전하께서 직접 샤트라바를 만나시는 건 현명치 못한 일이옵니다. 혹시라도 전하께서 그의 음모를 알아챘다는 기미를 보이시면 그는 전하께 무모하게 덤벼들 터인즉 전하의 목숨이 위태롭게 되옵니다. 전하께서는 조용히 그의 동태를 주시하시는 것이 옳은 줄 아옵니다.

무릇 현명한 왕은 비밀리에 역모를 꾀한 죄인에 대해 말없이 행동으로 처벌하옵니다. 은밀히 지은 죄에는 은밀한 처벌로, 공개적으로 지은 죄에는 공개적인 처벌로 대처하셔야 하옵니다."

"죄의 여부를 정확히 확인도 하지 않고 다만 혐의만 갖고서 처벌을 내리는 일은 짐 자신에게 형벌을 내리는 행위이니라. 훗날 양심의 가책으로 고통 받게 될 터이니 말이다."

"전하의 뜻이 정 그러하시다면 샤트라바를 이곳에 대령토록 하소서. 그가 전하 앞에 나타나는 순간 그의 모습을 유심히 살피시면 심상찮은 징후를 발견하실 것이옵니다. 우선 그의 안색이 변하면서 다리 마디가 떨릴 것이고, 이어서 좌우를 살피며 양쪽 뿔을 흔들어 들이받을 태세를 취할 것이옵니다. 그것은 바로 그가 역모를 도모했다는 증거이옵니다.

전하! 제가 아뢰는 말씀을 결코 가벼이 여기지 마시옵소서. 샤트라바를 철저히 경계하심이 마땅한 줄 아옵니다. 샤트라바는 용의주도한 자이니 그를 부르시기 전에 만반의 태세를 갖추소서. 한순간이라도 방심하시면 큰 화를 당하시옵니다."

"알겠도다. 짐은 그놈을 조심하겠노라. 네가 말한 대로 그놈의 태도가 수상쩍을 때에는 즉각 응징하겠노라."

딤나는 자신의 음모가 순조로이 진행됨을 확인하고 신이 나서 속으로 말했습니다.

'일차 작전은 성공이야! 사자왕은 샤트라바를 단단히 경계하며 전투 태세를 갖추겠지? 이제 남은 일은 한시바삐 샤트라바를 찾아가서 사자왕을 모함하는 것이로군.'

그리고 사자왕에게 건의했습니다.

"전하, 제가 샤트라바에게 가서 그의 동태를 살피고 그의 말을 들어보는 것이 어떠하겠사옵니까? 뭔가 비밀을 탐지해낼 수 있으리라 여겨지옵니다. 얼른 다녀와서 그 결과를 소상히 보고해 올리겠사옵니다."

사자왕은 딤나로 하여금 샤트라바를 만나고 오도록 허락했습니다. 딤나는 곧바로 출발하여 슬프고 절망에 빠진 표정을 지은 채 샤트라바를 만났습니다.

샤트라바는 딤나를 보자 매우 반가워하며 안부를 물었습니다.

"요사이 며칠간 통 안 보이시더이다. 별일 없으십니까?"

딤나가 탄식하며 대답했습니다.

"선량하게 사는 사람들은 풍전등화와 같은 신세라오. 그들의 운명은 악인들의 수중에 달려 있으니 위험과 공포에서 헤어날 수 없다오. 한시라도 마음놓을 수 없다오."

샤트라바가 놀라며 물었습니다.

"무슨 말씀입니까?"

딤나가 한숨을 쉬며 대답했습니다.

"이미 운명 지어진 일이 일어나고 있소. 운명을 이겨낼 사람이 어디 있겠소? 세상을 손아귀에 거머쥔 사람치고 오만하지 않은 사람이 어디 있겠소? 부족할 것 없이 자신만만한 사람치고 신실한 사람이 어디 있겠소? 쾌락을 좇다 낭패 보지 않은 사람이 어디 있겠소? 외간 여자에게 한눈팔다 무사한 사람이 어디 있겠소? 악인과 사귀면서 목숨을 보전한 사람이 어디 있겠소? 왕을 섬기면서 신변이 안전한 사람이 어디 있겠소? 무릇 신하를 교묘하게 이용해먹음으로써 충신들을 배겨나지 못하게 하는 왕은 흡사 들고나는 손님을 갈아치우는 여관 주인과 같다오."

"당신의 말 속에는 사자왕을 의심하고 경계하는 뜻이 담긴 듯하오."

"그렇소. 사자왕이 의심스럽소. 나와 관련된 일은 아니지만……"

"그렇다면 누구의 일로 사자왕을 의심하는 것이오?"

"샤트라바! 당신과 나는 막역한 사이가 아니겠소? 내가 사자왕의 특사로 처음 당신을 찾아왔을 때 당신에게 드렸던 약조를 기억하시오? 난 당신을 보호하고 싶소. 그러기에 당신이 위험에 처해 있다는 사실을 알려주러 왔소."

샤트라바가 놀라며 물었습니다.

"무슨 일인지 어서 말씀해보시오."

"나의 가까운 친구가 전해준 소식인즉…… 아주 확실한 정보라오. 사자왕이 일부 신료들에게 말하기를 '살진 소가 먹음직스럽도다. 샤트라바는 더 이상 필요 없는 존재로다. 그대들도 짐과 더불어 쇠고기 잔치를 벌이는 것이 어떠하겠는가?'라고 했다지 않소. 내가 그 소식을 듣고 사자왕의 비열함과 파렴치함에 치를 떨었소. 그래서 이렇게 급히 달려

왔소. 어서 대책을 세우시오."

샤트라바는 이 말을 듣고서 생각에 잠겼습니다. 우선 딤나가 자기를 처음으로 찾아왔을 때 했던 약속을 상기해보았습니다. 그리고 사자왕에 대해서도 여러모로 곰곰이 생각해보았습니다. 그러고는 딤나가 믿을 만한 친구이며 좋은 충고자라는 결론에 도달하면서 딤나의 말을 수긍하게 되었습니다.

샤트라바는 딤나에게 자신의 심정을 밝히며 의논을 청했습니다.

"내가 사자왕을 만났던 첫 순간부터 지금까지 그에게나 그의 신하들 중 어느 누구에게도 잘못을 저지른 적이 없거늘 그가 갑자기 나와의 약속을 저버리고 나를 속이는 이유가 뭐겠소? 누군가가 나를 모함해서 오해를 일으킨 것이 분명하오. 사악한 무리들이 사자왕 곁에서 거짓과 왜곡을 일삼고 있음이 확실하오.

악한 자를 곁에 두면 진실을 왜곡하게 되어서 어느 오리가 저지른 실수와 똑같은 잘못을 범하게 된다오."

오리와 별빛 이야기

오리 한 마리가 물에 비친 별빛을 보고 그것이 물고기인 줄 알고 잡으

칼릴라와 딤나. 소 샤트라바를 질투하는 딤나에게 칼릴라는 진심 어린 충고를 해준다.

려고 애를 썼소. 여러 번 시도해도 소용이 없자 그것은 잡을 수 없는 것임을 깨닫고 포기하였소. 오리는 그날 이후로 진짜 물고기를 보고서도 예전에 본 것과 같은 것이라고 여기고 아예 잡을 생각도 하지 않았소.

"이와 마찬가지로 나에 관해 떠도는 험담을 사자왕이 사실로 믿었다면 비록 그 험담이 더 이상 그의 귀에 들리지 않는다 하더라도 계속 나를 불신하게 될 거요. 아무 잘못도 저지르지 않은 나를 혐오하게 되다니 참으로 어처구니없는 일이오.

옛말에 이르기를 '친구를 기쁘게 해주었는데도 친구가 전혀 기뻐하지 않음은 이상한 일이다. 그러나 더욱 이상한 일은 친구를 기쁘게 하려고 더 노력했더니 친구가 오히려 화를 내며 외면하는 것이다'라고 했소. 이유 없는 분노를 가리키는 말이라오.

이유가 있는 분노에는 화해와 용서의 여지가 있소. 분노하는 이유가 있다면 그 이유 속에는 화해의 가능성이 잉태되어 있기 때문이오. 그러나 아무런 이유도 없이 일어난 분노에는 어떠한 희망도 걸 수 없소.

곰곰이 생각해보았습니다만 나와 사자왕 사이에는 크건 작건 간에 아무런 문제도 없소. 물론 서로 가까이 지내다보면 사소한 의견 차이 정도는 있을 수 있소. 또한 서로의 심기를 불편하게 할 때도 있기 마련이오. 하지만 현명하고 신실한 사람이라면 친구가 잘못을 저질렀을 때 성급하게 분노하지 않으리라 믿소. 침착하게 생각해서 그것이 고의였는지 실수였는지 판단한 후 용서 여부를 결정할 것이오. 용서했다가 후일 큰코다칠 염려가 있다면 절대 용서하지 않을 테지요. 그러나 용서의 여지가 있다면 친구를 책망하지 않을 거요.

아마도 내 행동이 사자왕의 눈에 거슬린 적이 있는가보오. 기억을 되살려보건대, 내가 그의 견해에 관해 다소 반박하고 충고한 경우들이 있기는 하오. 추측건대, 그러한 나의 태도를 괘씸하게 여기고 왕권에 대한 도전과 불복으로 결론지었나보오. 하지만 나의 반박과 충고는 오로지 사자왕을 위한 충정에서 비롯되었던 것이었소. 그가 비합리적인 판단으로 일을 그르칠 우려가 있을 때, 또는 종교적인 대화를 나눌 때 등 극히 제한된 경우에만 충고를 했소. 그것은 결코 잘못된 행동이 아니었소. 더군다나 나는 충고를 하는 방법에서도 신중했었소. 다른 신료들이 없을 때 사자왕을 독대하여 조용하고 공손하게 말을 했소. 그러나 사자왕은 당장 듣기 좋은 달콤한 충고만을 원했나보오.

아첨에 귀를 기울이는 사람은 매사에 특별히 대우받기를 고집한다오. 이런 사람은 친구들과 의논할 때나 병이 나서 의사의 지시를 따를 때, 또는 신학자에게 종교적인 자문을 구할 때에도 예외적인 특권을 고집하기 때문에 진정한 조언을 구할 수 없다오. 따라서 독불장군 신세를 면치 못하고 편견과 노여움에 사로잡히기 쉽다오.

아! 그러나…… 사자왕이 아무리 아첨에 약하고 편협한 인품의 소유자라 가정하더라도 이렇듯 갑자기 나를 배반할 리는 없소. 아무래도 그가 돌발적인 폭군 기질에 사로잡힌 듯하오. 참으로 왕을 섬기는 일은 영광스럽지만 위험스러운 일임을 실감하오. 왕에게 능력을 인정받아 영화롭게 살다가도 바로 그 능력 때문에 죽음을 당하기 쉽소. 장점이 바로 치명적인 요소가 될 수 있다는 말이오. 마치 달콤한 과실을 맺는 나무가 사람들의 등쌀에 가지가 휘고 꺾이는 수난을 면할 수 없고, 아름다운 깃털을 가진 공작새가 그 깃털이 뽑히는 고통과 수모를 피할 수 없고, 수려한 준마가 몸이 부서질 때까지 사람들에게 봉사해야 하고, 아름다운 목소리를 가진 나이팅게일이 다른 새들과 어울리지 못하고 새장에 갇혀 지내야 하듯이 말이오.

나는 사자왕에게 충성을 다했건만 결국 버림받게 되었구려. 충성을 다 바쳐 왕을 모시다가 단 한번이라도 실수하면 그 실수는 결코 만회될 수 없고 목숨도 부지하기 힘들다는 말이 맞는가보오.

아, 그러나…… 사자왕이 나를 죽이려는 진짜 이유가 뭘까요? 지금까지 이모저모로 그 이유를 추정해보았지만 도무지 납득이 가지 않소. 만일 간신들의 모함 때문도 아니고 돌발적인 폭군 기질 때문도 아니라면 어쩔 수 없는 운명 탓으로 돌릴 수밖에 없소. 운명의 힘이란 사자왕에게서 권력을 빼앗아 그를 무덤으로 밀어 넣을 수도 있고, 연약한 사람으로 하여금 성난 코끼리의 등에 올라타게 할 수도 있고, 날카로운 뱀 이빨이 누군가에게 뽑혀 장난감으로 쓰이게 할 수도 있고, 날아가는 화살을 멈추게 할 수도 있고, 가난한 사람을 부자로 만들 수도 있고, 나약한 사람을 강인하게 변화시킬 수도 있고, 용감한 사람을 비겁하게 만들 수도 있소. 운명의 힘은 어떤 일이든 할 수 있다오."

딤나가 말했습니다.

"이보시오, 샤트라바! 사자왕이 당신을 죽이려 하는 것은 어느 누구의 모함 때문도 아니고 그의 돌발적인 폭군 기질 때문도 아니고 그 이외의 어떤 이유 때문도 아니라오. 그것은 바로 그의 타락한 성품 때문이오. 그는 맛있는 음식에 치명적인 독약을 숨겨놓은 무자비한 악한이라오."

샤트라바가 한숨지으며 말했습니다.

"내가 달콤한 맛에 탐닉하다가 죽음이라는 종말에 이르게 되었음을 인정하오. 초식동물인 내가 육식동물인 사자왕과 더불어 지낸다는 것은 죽음이 예고된 일이었소. 지금의 내 상황은 흡사 백수련 위에 앉았다 죽음을 맞이한 벌과 같소. 꽃의 달콤함과 향기에 사로잡혀 떠날 때를 놓친 벌은 어둠이 엄습하자 그만 꽃에 파묻혀 최후를 맞이한다오.

내가 욕심을 내었던 것이 잘못이었소. 모자랄 것 없이 풍족하게 살면서도 더 큰 욕심을 부리다 화를 입은 사람은 흡사 푸른 나뭇잎과 미풍에 만족하지 못하고 코끼리 귀에서 흐르는 진물을 맛보다가 결국 코끼리의 귀에 철썩 맞아 죽는 파리의 신세와 같다오.

내가 사자왕을 잘못 보았나보구려. 감사할 줄 모르는 사람에게 충고를 하고 정성을 바치는 일은 마치 늪에 씨를 뿌리는 일과 같음을 깨달았소. 자만심에 빠진 사람에게 조언하는 일은 마치 시체와 상의하거나 귀머거리에게 귓속말을 하는 일과 같구려."

샤트라바의 말을 듣던 딤나가 조바심을 내며 말했습니다.

"그런 연설 따위는 그만두고 살아남을 궁리나 하시오."

"이 시점에서 내가 어떤 대책을 세울 수 있단 말이오? 당신도 말했다시피 사자왕은 악하며 이미 나를 잡아먹을 결심을 했소. 만일 사자왕이 나를 살려두고자 하더라도 그의 측근들이 간교한 계략을 세워서 나를 그냥 놔두지 않을 거요. 간사한 무리들이 작당해서 음모를 꾸민다면 정직하고 순수한 사람은 그 흉계에 희생될 수밖에 없다오. 정직한 사람이 간교한 무리들보다 아무리 힘이 세다 하더라도 별수 없소.

늑대와 까마귀와 재칼이 간악한 속임수를 써서 낙타를 죽인 경우처럼 말이오."

딤나가 "어떤 일이 있었소?"라고 묻자 샤트라바가 이야기를 시작했습니다.

늑대와 까마귀와 재칼 그리고 낙타 이야기

사람들의 통행이 잦은 대로변의 어느 숲속에 사자가 살고 있었소. 그 사자는 신하 셋을 거느리고 있었는데 늑대, 까마귀, 재칼이 바로 그들이었소.

어느 날 목동들이 낙타떼를 이끌고 그 숲 근처를 지나갔소. 그때 낙타 한 마리가 뒤처져서 두리번거리다가 숲속으로 들어가게 되었소. 낯선 곳을 여기저기 헤매던 낙타는 사자와 마주쳤소. 사자가 낙타에게 "어찌하여 이곳에 들어왔는고?"라고 묻자 낙타가 사정을 설명했소. 그러자 사자는 "장차 어디로 떠날 계획인고?"라고 물었고, 낙타는 "그저 처분만 내려주소서"라고 대답했소. 사자는 흐뭇해하며 "그렇다면 이 숲에서 편안하고 안전하게, 그리고 마음껏 먹으며 살도록 하라"라고 허락했소. 그리하여 사자와 낙타는 오랜 세월 동안 더불어 살았소.

그러던 어느 날 사자가 사냥을 나갔다가 거대한 코끼리를 만나 격렬한 싸움을 벌였소. 안타깝게도 사자는 코끼리의 엄니에 찔리는 중상을 입고 많은 피를 흘렸소. 사자는 그의 처소에 도착하자마자 기진맥진하여 쓰러졌고 그날 이후로는 더 이상 사냥을 나갈 수 없게 되었다오.

그동안 사자가 먹고 남긴 먹이로 살아오던 늑대와 까마귀와 재칼은 이제 굶을 수밖에 없었소. 그들은 심한 허기에 시달리며 점점 야위어갔소. 이러한 상황을 잘 알고 있는 사자가 그들에게 말했소.

"나로 인해 너희들까지 고통을 겪는구나. 몹시 배가 고플 텐데……"

그러자 그들은 머리를 조아리며 말했소.

"저희들은 괜찮습니다. 오로지 전하가 염려될 뿐입니다. 저희들이 양식을 구해 와서 전하의 건강을 회복시켜드릴 수 있다면 오죽 좋겠습니까?"

사자는 기뻐하며 말했소.

"고맙구나. 그래, 너희들이 각자 나가서 사냥을 해 오면 우리 모두가 먹을 양식이 마련될 게다."

그리하여 늑대와 까마귀와 재칼은 길을 떠났소. 그리 멀리 가지 않아 그들은 불만을 털어놓기 시작했소.

"저 이방인 초식동물 낙타를 놔두고 우리가 이게 무슨 고생이람? 그 놈을 잡아먹자고 사자에게 말해볼까?"

그러자 재칼이 난색을 표하며 말했소.

"사자에게 그런 제의는 할 수 없어. 그는 이미 낙타에게 신변 안전을 보장했고 서로 두터운 신의를 지키고 있으니 말이야."

까마귀가 나서며 말했소.

"그런 문제라면 걱정 마. 내가 해결하지."

까마귀는 이렇게 말한 뒤 사자에게 갔고, 사자는 까마귀에게 물었소.

"그래, 먹이를 구해 왔느냐?"

까마귀는 대답했소.

"사냥을 하려면 민첩하고 안목이 있어야 하는데 저희들은 그렇지 못합니다. 그저 허기가 질 뿐입니다. 그래서 저희들이 의견을 모았는데, 전하께서도 동의해주시면 감사하겠습니다."

사자가 궁금해하며 "무슨 일이냐?"라고 물었더니 까마귀가 대답했소.

"초식동물 낙타는 빈둥거리며 무위도식하고 있습니다. 도무지 생산적인 존재가 못 되는 무용지물을 그냥 모셔둘 필요가 있습니까?"

사자는 이 말을 듣고 버럭 화를 내며 호통을 쳤소.

"어찌 그런 생각을 할 수 있느냐? 모질고 악하도다. 우의와 연민이 그리도 없는고? 감히 내게 그런 건의를 하다니…… 내가 이미 낙타에게 신변 안전을 보장했고 그를 두텁게 신임하고 있다는 것을 익히 알면서도 내게 그런 말을 하려고 찾아오다니 괘씸하구나. 두려움에 떠는 영혼을 보호하고 죽어가는 생명을 살리는 일보다 더 큰 자선이 없다는 사실을 모르느냐? 나는 낙타를 보호할 것이며 그와의 약속을 절대로 깨지 않을 것이다."

까마귀가 사자에게 호소했소.

"전하의 뜻을 헤아릴 수 있습니다. 그러나 한 사람의 희생으로 온 가족을 살릴 수 있고, 한 가족의 희생으로 온 부족을 살릴 수 있고, 한 부족의 희생으로 온 백성을 살릴 수 있고, 온 백성의 희생으로 나랏님을 살릴 수 있음을 유념해주십시오.

전하께서는 지금 위중한 상태에 처해 계십니다. 하루속히 회복하시어 이 나라를 굳건히 통치하셔야 합니다. 대를 위해 소를 희생해야 하는 명분 앞에서 굳이 낙타와의 약조를 고수하실 필요가 있으십니까?

제가 다 알아서 처리할 테니 전하께서는 가만히 지켜만 봐주십시오. 전하께서 손수 약조를 파기하실 부담도 없습니다. 편안한 마음으로 쉬고 계시면 전하를 비롯하여 저희들 모두가 잘살 수 있는 길이 열립니다."

사자는 이렇게 까마귀가 늘어놓는 연설조의 호소를 듣고 침묵했소. 눈치 빠른 까마귀는 얼른 늑대와 재칼에게 와서 말했소.

"내가 사자에게 낙타를 잡아먹자고 말했어. 일단 운을 떼놓았으니 우리 셋이 지금 당장 낙타를 데리고 사자를 찾아가자고! 그리고 사자의 부상을 애통해하며 쾌유를 빌면서 사자의 심금을 울리는 거야. 이어서 각자 사자 앞에 나가서 각자의 몸을 사자의 먹이로 바치겠다고 자원하는 거지. 그러면 우리 셋 중 나머지 둘은 자원자를 만류하며, 자원자의 고기를 먹으면 사자에게 해롭다고 겁을 주는 거야. 이렇게 하면 우리 모두가 무사하면서 사자에게 생색도 낼 수 있지 않겠어?"

늑대와 재칼은 까마귀의 의견에 동의한 후 낙타를 데리고 사자에게 갔소.

그리고 제일 먼저 까마귀가 사자 앞에 나아가 말했소.

"전하! 옥체를 보전하셔야 합니다. 저희들을 전하께 바치겠으니 부디 받아주십시오. 저희들은 전하의 은혜로 살고 있습니다. 전하께서 돌아가시면 저희들 중 아무도 살아남을 수 없습니다. 삶의 의미가 없어집니다. 전하! 저를 잡수십시오. 간절히 바라옵니다."

그러자 늑대와 재칼이 이구동성으로 말렸소.

"무슨 소릴 하고 있어? 너처럼 몸집이 작은 것은 전하의 요깃감이 될 수 없어!"

그러고는 재칼이 사자 앞에 나아가 말했소.

"전하! 저는 전하를 배부르게 해드릴 수 있습니다. 저를 잡수십시오. 간절한 소원이옵니다."

그러자 까마귀와 늑대가 만류했소.

"너는 지저분하고 냄새가 고약해서 못쓴다고."

이번에는 늑대가 사자 앞에 나서며 말했소.

"저는 더럽지도 않고 냄새도 안 납니다. 저를 잡수십시오. 간절한 소망이옵니다."

그러자 까마귀와 재칼이 막았소.

"전하! 의사들 말에 따르면, 자살하고 싶거든 늑대 고기를 먹으라고 했습니다."

이 광경을 보고 있던 낙타는 자신도 자청해서 나서면 다른 동물들이 적극 만류할 것이고, 따라서 사자에게 체면도 서게 되리라 생각했소. 그리하여 사자 앞에 나서며 말했소.

"전하께서 저를 잡수시면 갈증도 푸시고 포만감도 느끼실 겁니다. 제 살은 연하고 맛있습니다. 제 뱃속은 깨끗합니다. 저를 잡수시고 부하들에게도 먹이소서. 간절한 소망입니다."

이 말이 떨어지기가 무섭게 늑대와 까마귀와 재칼이 말했소.

"낙타 말이 맞아! 마음이 넓은 친구로군. 당연한 말을 했어."

그러고서 그들 셋은 낙타에게 달려들어 그를 마구 뜯어먹었소.

"내가 당신에게 이 이야기를 들려주는 까닭은, 사자왕 측근의 간신들이 나를 죽이려고 모의했다면 내가 살아남을 길이 없음을 말하려 함이오. 비록 사자왕이 아무리 나를 아끼고 신임한다 하더라도 간신들의 계략 앞에선 속수무책이 될 거요. 사실 왕이 그토록 주관이 약해서는 안 되는 바이지만……

옛말에 '무릇 훌륭한 왕이란 시체들에 둘러싸인 독수리 같아야지, 독수리들에 둘러싸인 시체 같아서는 아니 되느니라' 고 했소.

사자왕은 나에 대해 연민과 자비심을 품고 있음이 확실하오. 하지만 그것도 도움이 되지 않는다오. 간신배들이 여기저기서 나를 모함해대면 사자왕의 마음속에 있던 연민과 자비심은 사라져버린다오. 사람의 말은 흐르는 물과 같다고 하지 않소? 낙숫물이 돌을 뚫듯이 입에서 흘러나온 말은 사람의 마음을 능히 움직일 수 있다오. 돌이 사람의 마음보다 훨씬 강하고 단단하다는 사실에 비추어보면, 낙숫물이 돌을 뚫는 것보다 말이 마음을 움직이는 편이 훨씬 쉽다는 이치가 성립된다오. 사람의 마음이란 참으로 약하고 흔들리기 쉬운 것이라오."

딤나가 샤트라바에게 물었습니다.

"그래, 어찌 대처할 생각이오?"

샤트라바가 대답했습니다.

"사자왕과 한판 결투를 벌이는 수밖에 없소. 죽기 살기로 싸워야지요. 자신의 목숨을 지키기 위한 정당방어는 세상에서 가장 신성한 일이라오. 우리가 예배를 올리고, 자선을 베풀고, 경건히 수행하는 일보다 훨씬 신성하다오. 따라서 내세의 보상도 그만큼 크다오."

딤나가 걱정스럽다는 듯 말했습니다.

"위험을 무릅쓰는 일은 가능한 한 피해야 하오. 지혜로운 사람은 우회적인 지략을 먼저 쓴다오. 직접적인 결투는 최후의 수단으로 써야 하오. '상대편이 작고 약하다고 무시하지 마라. 그에게는 뛰어난 지략과 원조자가 있을 수 있느니라' 는 옛말이 무엇을 의미하겠소? 싸움을 승리로 이끄는 것은 바로 머리를 어떻게 쓰느냐에 달려 있다는 말이 아니 겠소? 당신이 머리만 잘 쓴다면 천하무적 사자왕도 거뜬히 물리칠 수 있다오. 거대한 바다와 싸워 이긴 작은 바닷새처럼 말이오."

샤트라바가 "어떤 일이 있었소?"라고 묻자 딤나가 이야기를 시작했 습니다.

바다와 바닷새 이야기

옛날에 티타와라고 불리는 바닷새가 아내와 더불어 해변에 보금자리 를 마련하고 살았다오. 알을 낳을 때가 되자 아내가 그에게 말했소.

"여보, 안전한 장소를 찾아서 알을 낳아야 하겠어요. 파도가 밀려와 우리 알을 휩쓸어 갈까봐 걱정이 돼요."

그가 대답했소.

"아무 걱정 말고 이곳에서 낳아. 바다가 우리 사정을 봐줄 거야. 물과 꽃은 우리하고 친하다는 사실을 몰라?"

아내가 화를 내며 말했소.

"정말 무사태평이군요. 왜 그렇게 생각이 없어요? 파도가 우리 알 을 휩쓸어 갈 게 뻔하다니까요!"

그는 느긋하게 대꾸했소.

"파도가 그런 짓은 안할 거야. 그냥 이곳에서 낳아."

아내가 답답하다는 표정으로 말했소.

"고집쟁이로군요. 바다의 위력을 모른단 말이에요? 당신 자신의 능력을 좀 아시라고요!"

그와 아내 사이에는 날카로운 설전이 오갔으나 그는 끝내 아내의 말을 듣지 않았소. 참다못한 아내가 그에게 쏘아붙였소.

"당신처럼 충고를 듣지 않다간 오리들의 충고를 무시하다 변을 당한 거북 신세가 될 거예요."

그가 "어떤 일이 있었는데?"라고 묻자 아내가 이야기를 시작했소.

두 마리 오리와 거북 이야기

푸른 초원 한가운데에 연못이 있었어요. 거기엔 오리 두 마리와 거북 한 마리가 사이좋게 지내고 있었지요. 그러나 언제부터인지 물이 점차로 줄어들기 시작했고, 불안해진 오리들은 그 연못을 떠나기로 마음먹고 거북에게 작별인사를 했어요.

"잘 있어요. 물이 줄어서 더 이상 여기서 살 수 없군요. 우리들은 떠

오리들이 거북을 데리고 하늘을 날자 사람들이 놀라 쳐다보고 있다.

납니다."

　그러자 거북이 말했어요.

　"나도 마찬가지라오. 나는 선박과 같아서 물 없이는 살 수 없다오. 당신들이 가는 곳으로 나도 데려가주오."

　오리 두 마리는 거북의 부탁을 들어주기로 했고 거북은 기뻐하며 그들에게 물었어요.

　"고맙소. 하지만 내가 하늘을 날 수가 없으니 어떡하오?"

　그랬더니 오리들이 설명했어요.

　"좋은 방법이 있어요. 우리가 막대기의 양쪽 끝을 물고 날 테니 당신은 막대기 가운데를 꽉 물고 매달리세요. 혹시 사람들이 놀라서 수군거리더라도 절대 입을 열면 안 돼요."

　오리 두 마리는 거북을 데리고 공중으로 날아올랐고 그 광경을 본 사람들은 놀라서 소리쳤어요.

　"아니, 저럴 수가! 오리들이 거북을 데리고 날다니……"

　거북은 이 소리를 듣고서 말했어요.

　"알라께서 당신들의 눈을 멀게 하시길!"

　거북은 이렇게 입을 열자마자 땅으로 떨어져 죽고 말았어요.

　이 이야기를 들은 후에도 티타와는 단호한 태도를 굽히지 않고 아내에게 말했소.

"당신 말이 무슨 의미인지 알겠어. 하지만 걱정할 것 없어."

얼마 후 아내는 알을 낳았고, 그 알은 파도에 휩쓸려 갔소. 아내는 울면서 그를 다그쳤소.

"그것 보세요. 이런 일을 당할 줄 알았다고요!"

그러자 티타와가 바다를 향해 소리쳤소.

"바다야, 내가 반드시 복수하겠다!"

그는 곧바로 바닷새 연맹을 찾아가서 호소했소.

"형제들이여, 날 좀 도와주시오."

바닷새들이 물었소.

"우리가 어떻게 도와주면 되겠습니까?"

티타와가 대답했소.

"우리 바닷새들이 모두 함께 육지에 있는 조류 총연합을 찾아가서 바다가 나에게 부렸던 횡포를 알리고 '당신들도 우리와 동족이니 꼭 좀 도와주시오' 라고 호소하는 거요."

바닷새들은 그의 말에 동의하며 말했소.

"좋소. 바람의 딸인 안카*에게 갑시다. 그분은 육지 조류 총연합의 여왕이라오. 그분을 만나서 억울한 사정을 하소연하고 원군을 청합시다."

그는 바닷새들과 함께 안카를 찾아가서 사정을 고하며 도움을 청했고, 안카는 선뜻 동의했소.

한편 바다는 새들의 이러한 움직임을 알아차리고 벌벌 떨었소. 안카 군단의 막강한 전력에 대적할 수 없었기 때문이오. 바다는 곧 티타와의 알을 돌려주며 화해했고, 안카는 출전 명령을 철회했소.

"내가 당신에게 이 이야기를 들려주는 이유는 사자왕과의 결투는 최선책이 아님을 알려주려 함이오."

그러자 샤트라바가 말했습니다.

"알겠소. 내가 사자왕과 결투를 벌인다 하더라도 만나자마자 무턱대고 맞붙어 싸우지는 않을 거요. 내가 왜 그에게 분노했는지, 내가 왜 결투를 벌여야 하는지 알릴 것이오. 은밀하게든 공개적으로든 선전포고를 한 후에야 싸우겠소."

딤나는 이 말을 듣자 불안하고 초조해졌습니다. 만일 사자왕이 소 샤트라바를 보았을 때 어떠한 전투태세도 발견하지 못한다면 딤나 자신이 의심을 받고 궁지에 몰릴 것이 확실하기 때문이었습니다.

그래서 딤나는 샤트라바를 재촉하며 말했습니다.

★ 독수릿과의 일종으로 아랍의 전설적인 새. 몸집이 매우 거대한 육식 조류로서, 그가 코끼리를 채어 가는 일은 마치 솔개가 쥐를 채어 가는 일과 같고, 그의 알은 산처럼 크며, 그가 하늘을 날 땐 천둥처럼 우렁찬 소리가 난다고 전해진다. 힌두교 신화의 가루다(Garuda)나 페르시아 전설의 시모르그(Simorg) 등과 견줄 수 있다.

"지금 당장 사자왕에게 가보시오. 그의 태도를 보는 순간 그가 살의를 품고 있음을 확인하게 될 것이오."

샤트라바가 "그의 태도라니요? 무슨 말씀이오?"라고 묻자 딤나가 설명했습니다.

"당신이 사자왕 앞에 나타나면, 그는 꼬리를 받치고 앉아서 당신을 향해 가슴을 내밀고 당신의 눈을 뚫어지게 노려볼 것이오. 그의 귀는 이미 쫑긋이 서 있고 입은 벌어져 있을 거요. 그것이 당신을 즉각 덮칠 태세라는 걸 알아두시오."

샤트라바가 말했습니다.

"알겠소이다. 사자왕에게서 당신이 일러준 바와 같은 태도를 발견하면 즉각 대응하겠소."

딤나는 여기까지 일을 진행시키고서 칼릴라에게 갔습니다. 칼릴라는 딤나를 보자마자 물었습니다.

"네가 꾸미고 있는 일은 끝난 거니?"

"거의 끝나가고 있지. 순조롭게 진행되고 있으니까 두고 봐! 곧 사자왕과 소 샤트라바의 직접 대면이 이루어질 테니, 가서 보자."

칼릴라와 딤나는 사자왕의 궁궐로 가서 숨을 죽인 채로 사건의 전개를 기다렸습니다.

이윽고 소 샤트라바가 궁궐에 도착했습니다. 소는 사자왕의 모습을 보자마자 과연 딤나의 말이 옳았음을 확인했습니다. 딤나의 말대로 사자왕은 꼬리를 받치고 앉아 가슴을 내밀고 소를 응시하고 있었기 때문이었습니다.

소는 의미심장한 어조로 사자왕을 향해 말했습니다.

"과연 왕을 섬기는 일은 언제 달려들지 모르는 뱀을 데리고 자는 일과 같소이다."

사자왕 또한 소와 마주친 순간에 딤나의 말이 옳았음을 확신할 수 있었습니다. 딤나가 일러준 대로 소의 태도가 수상쩍었기 때문이었습니다. 사자왕은 소가 결투를 벌이러 온 것이 틀림없다고 확신하며 소에게 와락 달려들었습니다. 소 역시 있는 힘을 다해 싸웠습니다.

싸움은 갈수록 치열해져 양측 모두 피를 흘렸으나 전혀 끝날 기미가 보이지 않았습니다. 시간이 경과함에 따라 사자왕의 흥분이 극에 치달으면서 소를 짓누르기 시작했습니다.

그 광경을 지켜보던 칼릴라가 딤나를 질책했습니다.

"딤나야, 참으로 어리석고 간악하구나! 너는 네 죗값을 톡톡히 치를 것이다."

딤나가 "뭘?"이라고 대꾸하자 칼릴라가 퍼부어댔습니다.

"사자왕은 부상당했고 소는 죽어가고 있어. 세상에서 가장 어리석고 비열한 사람은 친구를 모함하는 사람이란 걸 모르니?

딤나야, 부탁건대 현명하게 살아라. 무릇 현명한 사람은 선하고 가치 있는 일만 추구하는 법이야. 그러므로 어떤 일을 실행하기 전에 충분히 심사숙고한 후 그것이 옳은 일이라고 판단되면 즉각 추진하지만 그른 일이라고 판단되면 과감히 포기한단다.

딤나야, 나는 네가 어떤 형벌을 받을지 심히 두렵구나. 너는 말과 행동이 일치하지 않았어. 네가 이번 일을 시작할 당시 사자왕에게는 절대 해를 끼치지 않겠다고 다짐했던 약속은 어디로 간 거니? 선현들은 말씀하시길, '실천이 따르지 않는 말은 가치가 없으며, 경건함이 토대가 되지 않은 신학 연구는 가치가 없으며, 진실이 깃들이지 않은 자선 행위는 가치가 없으며, 적재적소에 쓰이지 않는 돈은 가치가 없으며, 신실함이 담겨 있지 않은 우정은 가치가 없으며, 건강하지 못한 삶은 가치가 없으며, 기쁨이 없는 평화는 가치가 없도다' 라고 하셨지.

현명한 사람이 자비심을 품으면 한층 신중해지지만 어리석은 사람이 자비심마저 버리면 한층 무모해진단다. 마치 두 눈 가진 모든 피조물은 해가 뜨면 더욱 눈이 밝아지지만 유독 박쥐만은 해가 뜰수록 눈이 어두워지듯 말이야.

실로 지혜로운 사람은 높은 지위에 올랐다고 해서 오만해지거나 권력을 마구 휘두르지 않아. 마치 세찬 바람에도 끄떡없는 산과 같지. 반면에 어리석은 사람은 약한 바람에도 흔들리는 풀과 같아서 조금만 지위가 높아져도 횡포를 부린단다.

딤나야, 지금 너에게 들려주고 싶은 선현들의 말씀이 떠오르는구나. 선현들은 이렇게 말씀하셨지. '왕이 아무리 덕망이 높다 할지라도 간신을 측근으로 두면 덕치를 베풀지 못하느니, 간신이란 충직한 신하가 왕에게 다가가는 기회를 차단하기 때문이니라. 흡사 맑은 물에 악어가 들어와 물을 흐려놓으면 아무도 그 물을 쓸 수 없는 것과 같도다.'

딤나야, 너는 다른 신하들이 사자왕에게 접근하지 못하도록 하고 싶지? 그건 잘못된 생각일 뿐 아니라 결코 이루어질 수 없는 일이야. 바다에는 파도가 일기 마련이고 왕에게는 신하들이 있기 마련이라는 옛말도 모르니?

자고로 어리석은 사람은 거짓으로 친구를 사귀고, 위선을 행하면서 내세의 복을 바라고, 폭력으로 여자에게 구애하는 사람이란다.

딤나야, 내가 지금까지 너에게 들려준 충고를 명심하거라. 만일 내 말을 무시하다간 행인(行人)의 충고를 듣지 않아 죽음을 자초한 새의 신세가 된단다. 지나가던 행인은 새에게 이르기를 '고칠 수 없는 것을 고치려고 무리하지 말며, 호의를 받아들일 줄 모르는 사람에게는 호의를 베풀지 말라'고 했지."

딤나가 "어떤 일이 있었는데?"라고 묻자 칼릴라가 이야기를 시작했습니다.

충고를 무시한 새 이야기

옛날에 한 무리의 원숭이들이 산에서 살고 있었어. 어느 날 밤 비바람이 몰아치며 추워지자 원숭이들은 불씨를 찾아 이곳저곳을 헤매었지. 그러던 참에 반짝반짝 날아다니는 반딧불이를 보았어. 원숭이들은 그것이 불씨라고 생각하고서 장작을 모아다 그 위에 반딧불이를 얹어 놓고 열심히 불었어. 얼른 불이 타올라서 몸을 녹일 수 있기를 간절히 바라면서 말이지.

한편 그 근처 나무 위에는 남의 일에 참견하기 좋아하는 새 한 마리가 살고 있었어. 그 새는 원숭이들이 하는 행동을 지켜보다가 안타까운 듯이 말했어.

"원숭이 여러분, 공연히 애쓰지 말아요. 당신들이 본 것은 불씨가 아니에요."

원숭이들은 들은 체도 하지 않았어. 그러자 그 새는 원숭이들에게 좀더 가까이 다가가서 알려줘야겠다고 생각했어.

그때 지나가던 행인이 그 새의 결심을 알아차리고 충고했지.

"새야! 바로잡을 수 없는 일을 바로잡으려고 무리하게 애쓰지 말아라. 무릇 잘라지지 않는 단단한 돌에는 애당초 칼을 대지 말아야 하며, 휘어지지 않는 나무로는 아예 활을 만들 생각조차 말아야 한단다."

딤나의 모함과 이간으로 사자왕과 소 샤트라바가 결투를 벌인다.

그러나 그 새는 행인의 말을 듣지 않고서 기어이 원숭이들에게 다가가 반딧불이가 불씨가 아님을 알렸어. 그 순간, 새의 잔소리를 성가시게 여긴 몇몇 원숭이들이 새를 붙잡아 바닥에 내동댕이쳐 죽였어.

"딤나야, 행인의 말을 듣지 않은 새의 경우와 내 말을 듣지 않는 너의 경우가 너무 같구나. 네 머릿속은 온통 모략과 타락으로 꽉 차 있어. 모략이나 타락은 둘 다 사악한 일이지만, 모략을 했을 때 받는 벌이 타락했을 때 받는 벌보다 훨씬 크지.
내가 한 가지 이야기를 더 들려줄 테니 들어보렴."
딤나가 "어떤 이야기인데?"라고 묻자 칼릴라가 이야기를 시작했습니다.

사기꾼과 얼간이 이야기

어느 마을에 사기꾼과 얼간이가 살았는데, 그들은 함께 장사를 하기로 약속하고 먼 길을 떠났어.
길을 가는 도중, 얼간이는 이럭저럭 꾸물거리다가 뒤처지게 되었어. 그러다가 우연히 돈주머니를 발견했는데 그 속을 열어보니 1,000디나르*가 들어 있는 게 아니겠어? 얼간이가 어리둥절해 있으려니까 앞서 가던 사기꾼이 재빨리 기미를 알아채고 달려왔어. 사기꾼은 그 돈을 몽땅 차지하려는 욕심으로 가슴이 부풀어 올랐지.

그들 둘은 뜻밖에 횡재를 하게 되자 발길을 돌려 다시 고향으로 향했어. 마을 어귀에 다다라서는 돈도 나눌 겸 휴식도 취할 겸 해서 잠시 앉았어. 그때 얼간이가 사기꾼에게 제안했어.

"우리 이 돈을 절반씩 나누어 갖자."

그러자 사기꾼이 반대했어.

"이봐, 그러지 말자. 공동의 재산으로 간직하는 편이 우리의 우정과 신의를 위해서 훨씬 좋거든. 지금 우리에게 당장 필요한 만큼만 나누어 갖고 나머지는 이 나무 밑에 묻어두는 거야. 우리 둘밖에 모르는 일이니 안전하잖아? 이다음에 우리가 돈이 필요할 때는 함께 이 나무 밑에 와서 파내는 거야. 아무도 우리의 비밀 장소를 알 수 없을 테니 문제없다고."

얼간이는 사기꾼의 말에 쉽게 넘어갔어. 그래서 그들은 돈주머니에서 약간의 돈을 꺼내어 나누어 가진 뒤 나머지는 큰 나무 밑에 묻었어.

★ Dinar. 7세기 무렵부터 아랍에서 통용되어온 화폐로, 지중해무역이 융성했을 때는 국제통화로 기능을 하며 대내외적으로 중대한 역할을 했다. 오늘날 이라크, 요르단, 바레인, 리비아 등의 국가에서 통용된다.

그리고 각자 집으로 돌아갔지.

　얼마 후 사기꾼은 나무 밑에 묻어놓았던 돈을 모두 꺼낸 뒤 감쪽같이 흙으로 덮어놓았어. 그후로 몇 달이 지난 뒤 얼간이가 사기꾼을 찾아와 말했어.

　"돈이 좀 필요해. 우리 함께 비밀 장소로 가서 돈을 꺼내자!"

　그리하여 사기꾼과 얼간이는 돈을 묻어두었던 곳으로 갔어. 나무 밑을 아무리 파보아도 돈이 보일 리가 없었지. 그때 사기꾼이 얼간이의 따귀를 후려치며 소리쳤어.

　"친구를 속이고 돈을 몰래 훔쳐가?"

　기가 막힌 얼간이는 끝까지 결백을 주장했어. 그러나 그럴수록 사기꾼은 얼간이의 따귀를 더욱 세차게 때리며 다그쳤지.

　"너말고 누가 훔쳐가겠어? 너말고 그 장소를 아는 사람이 누가 있어?"

　그들은 시비를 벌이다 마침내 재판관을 찾아가 자초지종을 얘기했어. 사기꾼은 재판관 앞에서 얼간이가 도둑임이 확실하다고 주장했고, 얼간이는 자신의 결백을 호소했어.

　이윽고 재판관이 사기꾼에게 물었어.

　"당신의 주장을 입증할 증거가 있소?"

　그러자 사기꾼이 당당하게 대답했어.

"물론입니다. 돈을 묻어두었던 장소의 나무가 증언할 겁니다."

사기꾼이 그렇게 당당할 수 있었던 이유는 이미 자신의 아버지를 나무 안에 숨겨놓았기 때문이지.

사기꾼이 아버지를 설득해서 나무 안에 숨기는 일로 말하자면 그리 순탄치만은 않았어. 아버지가 반대했기 때문인데, 사기꾼이 아버지에게 사건의 내막을 설명하고 도움을 청했을 때 아버지는 그에게 이렇게 타일렀지.

"얘야, 모사꾼은 제가 놓은 덫에 걸리기 마련이란다. 네가 가엾은 두루미의 신세처럼 될지 걱정이구나."

사기꾼이 "어떤 일이 있었습니까?"라고 묻자 그의 아버지는 이야기를 시작했어.

가엾은 두루미 이야기

옛날에 두루미 한 마리가 살았단다. 그의 둥지 근처에는 뱀 굴이 있었는데, 두루미가 알을 낳기만 하면 뱀이란 놈이 올라와 먹어치우곤 했어. 두루미는 참다못해 게를 찾아가 의논을 했고, 게는 두루미에게 한 가지 묘책을 가르쳐주었단다.

"두루미야, 너희 집 부근에 족제비가 살고 있지? 족제비는 뱀을 잡아먹으니까 그 점을 잘 이용하면 되는 거야. 너는 지금 물고기들을 많이 잡아다가 족제비 굴 앞에서부터 뱀 굴 입구까지 뿌려놓으렴. 족제비가 물고기들을 다 먹고 나면 그다음에는 뱀을 잡아먹지 않겠니?"

두루미는 게가 시키는 대로 했지. 역시 게의 말대로 족제비는 물고기들을 모두 먹어치운 후 뱀까지 잡아먹었단다. 여기까지는 괜찮았는데 그다음이 문제였지. 족제비는 그 많은 물고기들을 비롯해 뱀마저 먹고서도 성에 차지 않았는지 두루미의 집에까지 쳐들어와 두루미는 물론 그의 알들도 모조리 잡아먹었단다.

"얘야, 내가 너에게 이 이야기를 들려주는 이유는 서툰 계략을 쓰다간 화를 자초하게 된다는 사실을 알려주기 위함이란다."

사기꾼은 아버지의 이야기를 들은 후 말했어.

"아버지, 무슨 말씀인지 알겠어요. 하지만 너무 걱정 마세요. 이번 일은 아주 간단하고 쉽거든요."

사기꾼은 이렇게 그의 아버지를 안심시킨 후 아버지를 데리고 나무로 갔지. 그리고 나무 몸통 속으로 아버지를 들여보내며 어떤 질문을 받더라도 잘 답변하라고 당부해놓았던 거야.

한편 재판관은 나무가 증언을 할 거라는 사기꾼의 말을 기이하게 여기며 부하들과 사기꾼, 그리고 얼간이를 대동하고 그 나무가 있는 곳으로 갔어. 그리고 나무에게 물었지.

"이곳에 묻혀 있던 돈을 누가 훔쳐갔는가?"

그러자 나무 안에서 노인의 목소리가 들려왔어.

"그거야 얼간이의 짓입니다."

재판관은 이 대답을 듣고 놀라움과 의심에 휩싸였어. 그래서 나무 주위를 돌면서 어디 구멍이 난 데라도 있는지 유심히 살펴보았으나 이상한 점은 전혀 발견하지 못했어.

마침내 재판관은 부하들을 시켜 나무 주위에 장작을 쌓고 불을 피우게 한 뒤 그 나무까지 태워버리라고 명령했어. 나무 주위에서 불길이 치솟자 사기꾼의 아버지는 살려달라고 소리쳤고, 잠시 후 초주검이 된 채 나무 안에서 끌려나왔지.

재판관은 사기꾼의 아버지에게 사건의 진상을 물었고, 사기꾼의 아버지는 모든 사실을 낱낱이 털어놓았어. 이윽고 재판관은 사기꾼에게 곤장형을 내린 뒤 당나귀에 태워 조리를 돌렸고, 그의 아버지에게는 따귀를 맞는 형을 내렸지.

사기꾼은 가져갔던 돈을 모두 반납했고, 재판관은 그 돈을 얼간이에게 주었어.

얼간이와 사기꾼 이야기. 얼간이의 돈을 빼앗으려는 사기꾼의 거짓말이 들통나는 장면.

"내가 이 이야기를 들려주는 까닭은 모략이나 사기 행각은 결국 스스로 무덤을 파는 행위임을 일깨우기 위해서야.

딤나야, 너는 사악한 협잡꾼이며 모사꾼이고, 한 입으로 두말을 하는 거짓말쟁이야. 반드시 네 죗값을 치를 텐데 과연 어떤 벌을 받을지 심히 두렵구나.

강물의 달콤한 맛이 바닷물과 섞이면 제 맛을 잃듯 훌륭한 가문에 죄인이 끼여 있으면 그 가문의 명예는 실추되는 법이지.

딤나야, 너는 두 개의 혀를 가진 독사와 같구나. 너의 혀에는 독이 흐르고 있어. 앞으로 어떠한 독이 또 흐를지 무시무시하구나.

사악한 사람을 형제로 두거나 친구로 삼는 일은 뱀을 기르는 일과 같지. 뱀에게 온갖 정성을 바쳐 먹이고 키우고 쓰다듬으며 떠받들어도 남는 것은 그 뱀한테 물리는 일뿐이지.

옛말에 이르기를 '현명하면서도 너그러운 사람과 사귀게 된다면 더할 나위 없이 좋은 일이다. 그러나 현명하지만 너그럽지 못한 사람과도 친하게 지내라. 그에게서 지혜는 얻되 나쁜 성품은 경계하면 되기 때문이니라. 그리고 현명하지는 못하지만 너그러운 사람과도 친하게 지내라. 그에게서 지혜는 얻을 수 없지만 좋은 성품을 배우면서 너의 지혜를 그에게 전할 수 있기 때문이니라. 하지만 현명하지도 못하고 너그럽지도 못한 사람과는 결코 가까이하지 말라'고 했지.

딤나야, 나는 진정 너와 의절하련다. 사자왕이 너를 그토록 신임하고 존중했건만 너는 어떤 보답을 했니? 왕을 배반한 너에게서 어찌 우애를 바랄 수 있겠니?

딤나야, 남을 속이려다 오히려 큰코다친 사람의 얘기를 하나 더 들려주고 싶구나. 한 젊은 상인이 그의 친구에게 '쥐들이 100로틀*이나 되는 쇠붙이를 감쪽같이 먹어치우는 세상에 하늘을 날던 매가 코끼리를 낚아채 간다 한들 뭐 그리 대수로운가?' 라고 큰소리쳤던 경우지."

딤나가 "어떤 이야기인데?" 라고 묻자 칼릴라가 이야기를 시작했습니다.

쇠를 먹는 쥐 이야기

어느 마을에 젊은 상인이 살고 있었어. 장사를 하기 위해 먼 길을 떠나면서 그가 갖고 있던 쇠붙이 100로틀을 친구에게 맡겨두었지. 그리고 얼마 후에 귀향해서 친구를 찾아가 맡겨두었던 쇠붙이를 달라고 했어. 그랬더니 친구가 대답했어.

★ rotl. 아랍에서 통용되어온 무게 단위로, 지역에 따라 큰 차이를 보인다. 이집트 등지에서는 1로틀이 약 450그램, 레바논과 시리아 등지에서는 약 3킬로그램으로 통용된다.

"미안하네. 쥐들이 다 먹어치웠다네."

젊은 상인은 놀라거나 분노한 기색을 전혀 보이지 않고 천연덕스럽게 대꾸했어.

"아, 그런가? 쥐가 송곳니로 쇠를 맛있게 씹어 먹는다는 얘기를 들은 적이 있네."

친구는 자신의 거짓말에 쉽사리 속아넘어가는 젊은 상인을 보고 흐뭇함과 안도감을 얻었어.

한편 젊은 상인은 친구에게 정중하게 인사를 하고 그 집을 나섰어. 그러다가 대문 밖에서 놀고 있던 친구의 아들을 보고서 슬그머니 그 아이를 자기 집으로 데려갔어.

다음날 친구가 젊은 상인을 찾아와 애타는 목소리로 물었어.

"여보게나, 혹시 내 아들 못 보았는가?"

그러자 젊은 상인이 대답했어.

"응, 어제 자네 집에서 나올 때 보니 매 한 마리가 아이를 낚아채 가더군. 아마 자네 아들인 듯싶어."

친구가 어이없다는 듯 제 손으로 머리를 치며 말했어.

"이 사람아, 어떻게 매가 아이를 낚아채 갈 수 있단 말인가?"

그러자 젊은 상인이 반문했어.

"쥐들이 100로틀이나 되는 쇠붙이를 감쪽같이 먹어치우는 세상에 하늘을 날던 매가 코끼리를 낚아채 간다 한들 뭐 그리 대수로운가?"

그제서야 친구가 호소했어.

"여보게, 내가 쇠붙이를 챙겼네. 자, 여기 그 값을 내놓을 테니까 내 아들을 돌려주게."

"딤나야, 내가 너에게 이 이야기를 들려주는 까닭은 진실은 반드시 밝혀지며 남을 속이면 그 대가를 치르고야 만다는 이치를 일깨우기 위해서란다.

딤나야, 네가 사자왕과 소를 기만한 것을 보니 다음번엔 누구를 또 기만할지 두렵구나. 너의 간교함을 파악한 사람이면 누구든지 너를 피할 거야. 너 같은 존재와는 우정을 나눌 가치도 없거든. 무릇 군신의 의리를 저버리거나 절친한 친구를 배반하는 사람은 그 밖의 다른 사람들도 얼마든지 배신할 수 있는 법이니까.

자고로 신의가 없는 사람에게 우정을 베푸는 일만큼 큰 손실이 없으며, 감사할 줄 모르는 사람에게 선물을 주는 일만큼 큰 손실이 없으며, 배우려고 하지 않는 사람을 가르치는 일만큼 큰 손실이 없으며, 입이 가벼운 사람에게 비밀을 털어놓는 일만큼 큰 손실이 없으며, 쓴 열매를 맺는 나무에 꿀을 바르는 일만큼 큰 손실이 없단다.

선한 사람을 사귀면 덕을 입고, 악한 사람을 사귀면 화를 입기 마련이지. 마치 꽃이 있는 곳에 바람이 불면 향기가 퍼지고, 오물이 있는 곳에 바람이 불면 악취가 퍼지듯이 말이야.

　그러고 보니 내 말이 너무 장황했네."

　칼릴라가 말을 마쳤을 때는 사자왕이 이미 소 샤트라바를 죽인 뒤였습니다. 사자왕은 소를 죽인 후 격분이 가라앉자 자신의 행동을 돌이켜 보며 회한에 잠겼습니다.

　'내가 샤트라바를 죽였다니…… 비통하도다. 지혜롭고 덕망 있는 충신이었는데…… 그는 결백했을지도 몰라. 음모에 휘말렸을지도 모르는 것을……'

　사자왕의 침통한 안색을 본 딤나는 칼릴라와의 대화를 접고 재빨리 사자왕에게 다가갔습니다.

　"전하, 승리를 경하드리옵니다. 알라께서 전하의 적을 물리치셨사옵니다. 그런데 어찌하여 그렇게 비통해하시옵니까?"

　딤나가 계속 말했습니다.

　"전하, 그를 애도하지 마소서. 현명한 사람이라면 위협적이던 존재를 추도하지 않사옵니다.

　무릇 지혜로운 사람은 자신의 유익과 발전을 위해서라면 혐오스러운 존재에게도 접근할 줄 압니다. 마치 질병을 치유하기 위해 쓴 약을 복용하듯이 말입니다. 또한 지혜로운 사람은 자신의 생명을 위협하는 존재를 발견했을 때는 그것이 아무리 소중한 것이라 하더라도 단호하게 물리치는 용단을 보입니다. 마치 뱀에게 물린 손가락을 잘라버림으로써 온몸으로 독이 퍼지는 것을 차단하듯이 말입니다."

사자왕은 딤나의 말을 듣고 위안을 얻었습니다.

그러나 얼마 가지 않아서 딤나의 음모와 사기 행각을 알게 되어 그를 극형에 처했습니다.

딤나의 죄를 수사하는 장

다브샬림 왕은 현자 바이다바에게 말했다.

"간교한 모사꾼의 계략으로 절친했던 친구 사이가 원수지간으로 변한 경우에 관해 잘 들었소. 이제 그 뒷이야기를 들려주시오. 소 샤트라바가 죽은 후 딤나의 계략은 어떻게 드러나게 되었소? 딤나는 자신의 계략이 드러나자 뭐라고 항변했소? 그리고 어떤 증거로 딤나의 죄가 입증되었소?"

현자가 대답했습니다.

"지금부터 그 뒷이야기를 들려드리겠습니다."

사자왕은 소 샤트라바를 죽인 후 몹시 후회하였습니다. 샤트라바는 사자왕의 가장 충직하고 막역한 신하였기에 그가 떠난 빈자리는 너무 컸습니다. 사자왕은 샤트라바를 애도하며 깊은 슬픔에 빠져 있었습니다.

한편 사자왕에게 소 다음의 충신은 호랑이였습니다. 어느 날 저녁, 호랑이가 사자왕을 문안하고 밤늦도록 위로한 후 궁궐을 나섰습니다. 집으로 가는 도중에 칼릴라와 딤나가 사는 집 앞을 지나게 되었습니다. 그 집 창문 옆을 지나치려는데 칼릴라가 딤나를 질책하는 소리가 들려왔습니다. 호랑이가 발걸음을 멈추고 가만히 귀를 기울여보니 딤나의 모략으로 소 샤트라바가 목숨을 잃은 데 대하여 칼릴라가 딤나를 통렬히 비난하는 내용이었습니다. 호랑이는 딤나의 음해공작이 있었음을 알아차린 후 그들의 대화를 엿듣기 시작했고, 칼릴라가 딤나를 질타하는 소리는 계속 이어졌습니다.

"너는 엄청난 죄를 저질렀어. 다시는 빠져나올 수 없는 좁은 구멍으로 들어간 거라고. 파멸을 자초했으니 악의 열매를 거두고 말 거야. 너의 음모와 사기 행각이 만천하에 드러나면 끔찍한 운명을 면할 수 없을 거야. 아무도 네 편에 서줄 사람은 없지. 너처럼 사악한 존재 곁에 있다가 어떤 재앙을 당할지 모르니 모두들 피할 것이 분명해. 네게 남은 것은 온갖 지탄과 모진 죽음뿐이야.

나도 오늘 이후로는 너와 의절할 거야. 선현들은 '악인을 멀리하라'고 하셨거든. 너와 함께 지내다간 나까지도 혐의 선상에 오르게 될 거야."

호랑이는 이들의 대화를 듣고서 곧장 궁궐로 되돌아가 사자왕의 모후(母后)를 찾아갔습니다. 그리고 이 제보를 익명에 부치기로 약조한 후 그가 들은 내용을 소상히 전달했습니다.

다음날 아침, 사자왕의 모후는 아들의 처소로 찾아가 비탄에 빠진 아들에게 물었습니다.

"아들아, 무엇 때문에 그렇게도 근심과 슬픔에 빠져 있느냐?"

사자왕이 대답했습니다.

"샤트라바가 죽었기 때문입니다. 그가 제게 바쳤던 충성과 조언이 그립습니다. 저는 항상 그와 진지하게 의논했고 그의 충고에 귀를 기울였습니다."

사자왕의 모후가 말했습니다.

"네가 샤트라바를 죽이고 나서 후련함을 느낀 것이 아니라 오히려 슬픔에 잠기게 된 것을 보니 일이 잘못 처리되었음이 분명하구나.

마음이 바로 증거이니라. 선현들은 '누가 진정한 벗인지, 누가 적인지 가려내기 위해서는 자신의 마음을 관찰해보아라. 누군가를 떠올렸을 때 마음이 편안해지면 그는 벗이요, 마음이 불안해지면 그는 적이니라' 고 하셨다.

아들아, 다시 한번 마음을 가다듬고 곰곰이 생각해보거라. 샤트라바를 죽인 일이 정당했는지 부당했는지 스스로 깨닫게 될 것이다."

조금 후 사자왕이 입을 열었습니다.

"어머님의 말씀이 지당하십니다. 생각할수록 온통 후회뿐입니다. 샤트라바의 충직함이 점점 그리워지고, 그가 엄청난 음모에 휘말려 희생되었다는 확신이 듭니다. 철저히 진상을 조사하면 사실과 거짓이 판명될 것입니다.

그런데 어머님의 말씀을 듣고 보니 어머님께서는 사건의 내막을 알고 계신 듯합니다. 어떤 비밀이라도 들으셨습니까?"

"무릇 자신의 잘못을 스스로 깨닫기란 몹시 어려운 노릇이니라. 너는 큰 실수를 저질렀음이 분명하다. 정확한 사전 조사도 없이 어찌 소를 죽였느냐? '비밀 누설은 수치이며 죄악이다' 라는 선현들의 말씀만 아니라면 내가 들었던 사실을 그대로 알려주련만……"

"어머님의 말씀이 옳습니다. 하지만 선현들의 말씀은 다양한 측면과 의미로 해석될 수 있다고 봅니다. 선현들은 '죄인들을 은닉하여 그 처벌 기회를 막는 사람은 최후 심판의 날에 징벌을 면치 못하리라' 고 하셨습니다.

사건 해결을 위해서는 어머님께서 도와주셔야 합니다. 어떤 비밀을 들으셨는지 제게 말씀해주십시오. 어머님께 비밀을 제보한 사람은 그 제보가 저의 귀로 흘러들어가기를 의도했을 것입니다.

또한 이번 사건에 관한 어머님의 의견도 기탄없이 말씀해주십시오. 간단하게 말씀해주셔도 좋습니다."

사자왕의 모후는 비밀 제보자의 이름을 밝히지 않고서 모든 사실을 사자왕에게 알려준 후 말했습니다.

"선현들은 '세상이 혼탁해지고 타락하는 데는 두 가지 원인이 있으니, 첫째는 비밀 누설이고 둘째는 죄인을 방치하는 일이니라'고 하셨다. 내가 이러한 말씀을 모르는 바 아니지만, 지금의 상황에서 볼 때 비밀을 누설하는 편이 죄인을 방치하는 일보다 낫다고 판단했기에 너에게 모든 사실을 알려준 것이다.

실로 죄인은 단호히 처벌해야 한다. 그렇지 않으면 악인들이 활개 치는 무법천지가 된다. 딤나는 간교한 계략으로 너와 샤트라바를 이간했다. 왕을 기만한 대역 죄인을 살려둔다면 나라의 기강이 흔들린다."

사자왕은 모후의 말을 들은 후 신료들과 군대를 소집했습니다. 그리고 딤나를 데려오도록 명령했습니다.

얼마 후 딤나가 사자왕 앞에 불려 나왔습니다. 딤나는 사자왕의 비통한 모습을 보자마자 의아해하며 신료들에게 물었습니다.

"무슨 일이 있었습니까? 전하께서 어찌하여 이토록 슬픔에 잠겨 계십니까?"

그러자 사자왕의 모후가 딤나를 바라보며 말했습니다.

"바로 너 때문이다. 오늘 이후로는 너를 결코 살려두지 않을 테다!"

딤나가 어리둥절한 표정으로 물었습니다.

"도대체 무슨 일이기에 제가 죽어야 한단 말이옵니까?"

사자왕의 모후가 대답했습니다.

"너의 사악한 죄상이 이미 드러났다. 결백한 샤트라바를 모함해 죽음으로 몰아넣고서도 목숨을 부지할 줄 알았느냐?"

딤나가 눈을 휘둥그렇게 뜨며 말했습니다.

"무슨 영문인지 도무지 모르겠사옵니다. 제가 뭘 잘못했기에 그러시옵니까?

악행을 근절시켜 사회를 정화시키려는 전하의 높은 뜻은 알겠사옵니다. 그러나 지나친 경계심은 과도한 의심을 낳아 역효과를 부릅니다. 옛말에 '악을 지나치게 경계하는 사람이 가장 먼저 악의 덫에 걸린다' 고 했사옵니다. 바라옵건대, 전하를 비롯한 신료들과 군사들께선 그러한 전철을 밟지 마소서.

전하! 전하께 불충하는 무리가 많사옵니다. 옛말에 '악인들과의 교분은 화를 자초하는 일이다' 라고 했사옵니다. 그러기에 수도승들은 속인들과의 인연을 끊고 알라를 위한 삶을 선택하여 세상을 등지고 은둔하옵니다.

선덕(善德)을 선덕으로, 은혜를 은혜로 갚아주실 분은 오직 알라뿐이옵니다. 인간들에게 선행을 베풀고 그 보답을 받으려고 기대한다면 배반의 쓴맛을 삼켜야 합니다. 지고하신 알라만이 선을 선으로 갚아주시옵니다.

저는 억울하옵니다. 덕을 입어야 할 사람이 도리어 화를 입게 되다니 참으로 원통한 일이옵니다. 저는 역모를 꾀하는 샤트라바에 관한 첩보를 전하께 알려드렸을 뿐이옵니다. 더군다나 전하께서는 제가 아뢰었던 역모의 증표들을 샤트라바에게서 직접 확인하셨사옵니다. 제가 과연 죽을죄를 지었사옵니까?”

사자왕은 딤나의 하소연을 들은 후, 이 사건을 신중하게 처리해야겠다고 판단했습니다. 서둘러 처리하다가 또다시 일을 그르치면 안 되겠기에 철저한 수사를 벌이도록 할 계획이었습니다. 그리하여 사자왕은 딤나로 하여금 물러가 있도록 명령했습니다. 이때 딤나는 사자왕에게 감사의 절을 올리며 말했습니다.

“전하, 저를 서둘러 처형하지 마시옵소서! 악인들의 말에 귀를 기울이시면 아니 되옵니다. 저의 진실이 밝혀질 때까지 철저히 수사해주시기 바랍니다. 현자들은 ‘부싯돌을 쳐야 그 속에 숨겨진 불씨가 살아 나온다’고 했사옵니다.

제가 진정 죄를 지었다면 감히 전하 안전에 이렇게 서 있을 수 있겠나이까? 전하, 저에 대해 추호라도 의심이 있으시다면 알라께서 보시기에 손색이 없는 경건한 사람으로 하여금 이번 사건을 심리하게 하시옵소서. 지고하신 알라만이 저의 유일한 위안처이옵니다. 알라께서는 그의 종들의 양심과 비밀을 파악하고 계시기 때문이옵니다.

전하, 이 나라 백성들의 소망은 전하께서 예리한 판단력과 덕망을 바탕으로 선정을 베푸시어 그 명성을 길이길이 남기시는 일이옵니다. 부디 심사숙고하소서.

전하, 사건이나 사물을 피상적으로 판단하시면 아니 되옵니다. 선현들은 '진실과 거짓을 분별하지 못하는 사람은 현자의 대열에 들 수 없으며 경멸받아 마땅하다'고 하셨사옵니다. 진실과 거짓을 판별하기란 어려운 일이기 때문에 자칫하다간 돌이킬 수 없는 실책을 범하실 수 있사옵니다. 마치 자기 집 하인에게 몸을 바친 주인마님처럼 말이옵니다."

사자왕이 "어떤 일이 있었는고?"라고 묻자 딤나가 이야기를 시작했습니다.

바람난 아낙과 화가 이야기

어느 도시에 부유한 상인이 살았사옵니다. 그에게는 미모와 교양을 겸비한 부인이 있었는데, 그 부인은 이웃에 사는 뛰어난 화가와 몰래 정을 통하고 있었사옵니다.

어느 날 상인의 부인이 화가에게 물었사옵니다.

"우리가 자유롭고 쉽게 만날 방법은 없을까요? 남의 눈치를 봐가며 손짓으로 연락하기도 여간 힘들지 않아요. 보고 싶을 때 마음대로 보고 남의 의심도 받지 않을 길이 있지 않겠어요?"

화가가 대답했사옵니다.

"좋은 묘안이 떠올랐소. 그대도 매우 흡족해할 방법이라오. 다름 아니라 내가 만든 멋진 망토를 이용하면 된다오. 나는 그 망토를 예술적인 무늬와 화려한 장식으로 꾸며놓았다오. 그대를 만나고 싶을 땐 그 망토를 걸치고 나가리다."

상인의 부인은 이 말을 듣고 기뻐했으며 그날 이후로 그들의 만남은 멋진 망토를 통해 이루어졌사옵니다. 즉 화가가 망토를 걸치고 상인의 집 앞에서 서성이면 상인의 부인은 조용히 집을 빠져나가 그와 밀회를 즐겼사옵니다.

그러던 어느 날 상인의 집 하인이 이 광경을 목격하고 크게 놀랐사옵니다. 그 놀라움은 곧 호기심으로 바뀌어 그 망토를 꼭 걸쳐보고 싶다는 마음이 일었사옵니다. 그래서 하인은 화가의 집에 찾아갔사옵니다. 마침 그 하인은 화가의 하녀와 연인 사이였기 때문에 쉽게 말을 꺼낼 수 있었사옵니다.

"이것 봐, 부탁이 하나 있어. 오늘 내 친구를 만나기로 했는데, 네 주인나리의 멋진 망토를 빌려줄 수 있겠어? 친구한테 자랑하고 싶어서 그래. 네 주인나리가 돌아오기 전에 얼른 돌려줄게."

거짓과 진실을 분별하지 못한 아낙과 화가 이야기.

이 부탁을 들은 하녀는 그 하인에게 망토를 내주었사옵니다. 하인은 신바람이 나서 망토를 걸치고 화가가 늘 서성거리던 길목에 나타났사옵니다. 상인의 부인은 그 망토를 보자마자 화가가 찾아왔다고 생각했사옵니다. 망토를 걸친 사람의 얼굴은 안 보고 오직 망토만 보았기 때문에, 망토를 걸친 사람이 자기 집 하인이라곤 꿈에도 상상하지 못했던 것이옵니다. 상인의 부인은 반갑게 그를 따라나가 늘 했던 대로 밀회를 즐겼사옵니다.

하인은 뜻밖의 황홀한 경험을 한 후 화가의 하녀에게 망토를 돌려주었사옵니다. 하녀는 망토를 원래의 위치에 감쪽같이 걸어놓았사옵니다.

그날 밤 늦게 집에 돌아온 화가는 예전처럼 망토를 걸치고 상인의 부인 앞에 나타났사옵니다. 상인의 부인은 그를 보고서 깜짝 놀라 물었사옵니다.

"아니, 금세 또 오셨어요? 오늘 초저녁에 이미 달콤한 시간을 가졌잖아요?"

이 말을 들은 화가는 뭔가 심상치 않음을 느끼고 집으로 돌아와 하녀를 다그쳤사옵니다. 하녀는 처음에는 입을 다물고 있었으나 화가한테 죽을 정도로 매를 맞은 후 이실직고를 했사옵니다. 화가는 즉시 망토를 불태워버렸사옵니다.

"전하! 제가 이 말씀을 올리는 이유는 이번 사건을 부디 신중하게 처리하시라는 뜻에서이옵니다. 제가 죽기 싫어서 이런 말씀을 올리는 건 아니옵니다. 죽기 싫다고 해서 죽음을 면할 수 있겠사옵니까? 살아 있는 모든 존재는 죽기 마련이옵니다.

만일 제게 백 개의 목숨이 있는데 전하께서 그것들을 모두 원하신다면 기꺼이 바치겠사옵니다. 선현들은 '죽을죄를 짓지 않았음에도 죽음을 자청하는 사람은 알라의 용서와 가호로 내세의 불의 고통에서 건지우리라'고 하셨사옵니다."

그때 이러한 딤나의 발언을 듣고 일부 군사들이 말했습니다.

"딤나는 전하에 대한 충성심에서 저런 발언을 하는 것이 아니옵니다. 살아남기 위해 변명을 늘어놓으며 아첨을 떨고 있사옵니다."

그러자 딤나가 즉시 반박했습니다.

"원, 세상에! 내가 나 자신을 변호하는 것도 죄가 된단 말이오? 자기 자신만큼 가까운 존재가 이 세상에 어디 있소? 내 목숨을 내가 지키지 아니하면 도대체 누가 지켜준단 말이오? 당신들은 나에 대한 증오와 시기심을 억누르지 못하고 있음이 역력하오. 당신들의 발언을 들은 사람이라면 누구든 당신들이 남이 잘되는 것을 절대 용납하지 못하는 소인배들임을 곧 알아차릴 거요.

당신들은 아마도 자신의 목숨을 헌신짝처럼 취급할 수도 있는가보오. 딱하시오. 자기 목숨만큼 소중한 것이 또 어디 있소? 자신의 목숨이 얼마나 고귀한지도 모르는 당신들은 금수만도 못하오. 그런 사람들이 어찌 궁궐을 지키고 왕을 호위할 수 있단 말이오?"

이처럼 딤나가 맹공격을 해대자, 군사들은 당황하고 침통해져서 슬금슬금 자리를 떠났습니다. 이 광경을 지켜보던 사자왕의 모후가 딤나에게 호통을 쳤습니다.

"실로 파렴치한 모사꾼이로다. 양심이라곤 털끝만치도 없을뿐더러 약삭빠른 말재간까지 갖춘 것을 보니 참으로 기가 막히는구나."

그러자 딤나는 변명을 늘어놓았습니다.

"그것은 대비마마께서 한쪽 눈으로만 저를 보시고, 한쪽 귀로만 제 이야기를 들으시는 까닭이옵니다. 크나큰 재앙이 저를 완전히 짓밟고 있사옵니다. 모두들 저를 모함하고 있사옵니다. 이 군사들만 해도 그렇사옵니다. 이들은 궁궐을 수비하는 본연의 임무를 잊은 채 남을 모함하는 일에 열성을 쏟고 있사옵니다. 감히 전하의 안전에서 그런 불경스러운 짓을 하다니 이는 전하의 은혜를 잊은 채 전하를 모욕하는 일이 아니고 무엇이겠나이까?

악하고 어리석은 무리들은 언제 말을 해야 하고 언제 침묵을 지켜야 하는지조차 모르고 있사옵니다. 모두들 거짓을 일삼고 있으니 만사가 왜곡되고 세상이 거꾸로 돌아가고 있사옵니다."

사자왕의 모후가 딤나를 향해 말했습니다.

"이런 악한이 또 있겠는가. 큰 죄를 짓고도 가장 결백한 척을 하고 있구나."

딤나가 곧바로 대꾸했습니다.

"주제넘게 남의 일에 나서는 사람들치고 일을 제대로 성취하는 사람은 없사옵니다. 그들은 자신의 행동이 얼마나 우스꽝스러운 조롱거리가 되는지조차 모르고 있사옵니다. 그들로 말하자면, 불이 났을 때 모래 대신 재를 뿌리거나 똥을 퍼붓는 사람과 같으며, 여자 옷을 입는 남자 또는 남자 옷을 입는 여자와 같으며, 주인 행세를 하는 손님과 같으며, 청중 앞에서 잘난 체하기 위해 묻지도 않은 말에 답변하는 사람과 같사옵니다.

대비마마, 무릇 악한이라 함은 사리분별을 전혀 못하여 악의 굴레에서 헤어나지 못하는 자를 일컫사옵니다. 어찌 저를 그렇게 부르시옵니까?"

사자왕의 모후가 크게 소리쳤습니다.

"추악한 모사꾼이로구나! 그럴듯한 말로 왕을 속이려 드느냐? 왕이 너를 용서할 줄 아느냐?"

딤나가 대답했습니다.

"무릇 모사꾼이라 함은 치밀한 계획 아래 상대방을 용의주도하게 해치우는 자를 일컫사옵니다. 어찌 저를 그렇게 몰아붙이시옵니까?"

사자왕의 모후가 분기충천하여 호통을 쳤습니다.

"이 간악한 협잡꾼 같으니, 네가 죗값을 면할 수 있다고 생각하느냐? 이렇듯 계략을 쓴다고 해서 너의 엄청난 죄가 덮일 줄 아느냐?"

딤나가 말했습니다.

"대비마마, 무릇 협잡꾼이라 함은 사실을 날조하고 거짓 소문을 유포하는 자를 일컫사옵니다. 하지만 제 발언은 근거가 있고 분명하옵니다. 감히 여기가 어디라고 거짓을 입에 담을 수 있겠사옵니까? 옛말에 '결백한 사람이 가장 용감하고, 진실한 사람이 가장 달변이다'라고 했사옵니다."

사자왕의 모후는 자리에서 벌떡 일어나 밖으로 나가며 말했습니다.

"아들아, 딤나의 죄상을 철저히 밝혀야 하느니라."

그리하여 사자왕은 재판관을 불러 이번 사건을 맡겼고, 재판관은 딤나를 구속시켰습니다. 딤나는 목에 밧줄이 묶인 채 투옥되었습니다.

한편 칼릴라는 딤나의 투옥 사실을 한밤중에 전해 듣고서 몰래 그를 면회하러 갔습니다. 좁은 감옥에 결박당해 있는 딤나를 보자마자 울음을 터뜨리며 말했습니다.

"결국 올 것이 오고야 말았구나. 올바른 충고는 무시한 채 간교한 술책에만 몰두하더니 이런 신세로 전락했구나. 내가 그토록 만류하고 상황에 적절한 설득을 했건만 너는 끄떡도 하지 않았지. 너의 세도가 하늘을 찌를 때 나마저 너의 기세에 눌려 충고를 게을리 했더라면 지금쯤 너와 공범자가 되어 있을 거야.

너는 오만함 때문에 이성과 판단력을 잃었어. 그래서 내가 들려준 많은 비유와 교훈, 그리고 선현들의 말씀이 귀에 안 들린 거야. '모사꾼은 제명에 못 죽는다'는 선현들의 말씀이 꼭 들어맞는구나."

딤나가 입을 열었습니다.

"네 말은 충분히 알겠어. 하지만 난 낙심하지 않아. 선현들은 '죄를 지어 벌을 받더라도 너무 슬퍼하지 말라. 현세에서 받는 벌이 내세에서 받는 벌보다는 가벼우니라'하고 말씀하셨거든."

칼릴라가 말했습니다.

"무슨 말을 하려는지 알아. 하지만 네 죄는 너무 커. 사자왕이 혹독한 형벌을 내릴 거야."

한편 딤나의 바로 옆방에는 스라소니가 수감되어 있었는데, 우연히 칼릴라와 딤나의 대화를 엿듣게 되었습니다. 스라소니는 칼릴라가 딤나를 질책하는 내용, 그리고 딤나가 중죄를 지었고 아직도 반성의 기미가 없다는 점을 알아차리고 모든 대화 내용을 잘 기억해두었습니다. 혹시 증인으로 나설 기회가 올지도 모르기 때문이었습니다.

칼릴라는 딤나를 면회한 후 동이 트기 전에 집으로 돌아갔습니다.

다음날 아침, 사자왕의 모후는 사자왕을 찾아가 말했습니다.

"너는 동물의 왕이니라. 한순간이라도 위엄을 잃어서는 아니 된다.

딤나에 대한 수사가 철저히 진행되도록 강력히 주관하여라. 그것은 알라와의 약속을 지키는 일이기도 하다. 선현들은 '사람은 항상 알라를 경외하면서 속세의 범죄를 준엄히 척결해야 하느니라' 하셨다."

사자왕은 모후의 말을 들은 후 즉시 재판관인 호랑이를 불렀고 이어서 최고 수사관도 불렀습니다. 최고 수사관은 사자왕의 삼촌으로서 공정하기로 정평이 나 있었습니다. 사자왕은 재판관과 최고 수사관에게 말했습니다.

"두 분께서 이번 사건을 맡아주시오. 군대를 소집하고 군중을 동원하여 재판을 열어주시오. 딤나의 죄상을 철저히 규명하고, 재판 진행 과정을 재판록에 기록해서 매일 짐에게 보고하시오."

재판관과 최고 수사관은 "전하의 분부대로 이행하겠습니다" 하고 대답한 뒤 재판을 열기 위한 준비를 서둘렀습니다.

세 시간여의 회의 끝에 드디어 재판이 열렸습니다. 재판관과 수사관 그리고 군대와 군중이 집결한 가운데 딤나가 끌려 나왔습니다. 장내가 정리되자 군중 대표가 일어나 큰 소리로 연설했습니다.

"여러분, 우리의 왕께서는 샤트라바를 잃으신 후 줄곧 슬픔과 통한에 잠겨 심신의 안정을 못 찾고 계십니다. 딤나의 모함과 거짓말 때문에 죄 없는 샤트라바를 죽이셨음을 알고 가슴이 찢어지는 고통을 겪고 계십니다.

여기에 계신 재판관께서 이번 사건을 맡으셨습니다. 여러분 중에 딤나 사건에 관하여 조금이라도 알고 계신 분이 있으면 주저 없이 말씀해 주십시오. 좋은 일이든 나쁜 일이든 상관없습니다. 만인이 지켜보는 이 자리에서 증언해주십시오. 판결에 단서가 될 것입니다.

딤나는 당장 죽여 마땅한 죄인이긴 하지만 그를 처형하기 전에 철저한 수사를 하는 것이 공정한 절차가 아니겠습니까? 감정에 치우쳐서 일을 서둘러서는 안 됩니다. 올바르고 공정한 길을 따르면서 이번 재판에 협조합시다."

그러자 재판관이 말했습니다.

"군중 여러분, 여러분의 대표 말씀이 옳습니다. 이번 사건에 관하여 아는 바가 있으면 절대 감추지 마십시오.

저는 이 자리에서 군중 여러분을 비롯해서 죄인 딤나, 그리고 재판부가 명심해야 할 세 가지를 말씀드리고자 합니다. 첫째, 가장 중요한 것으로서 군중 여러분께 당부하는 말씀입니다. 여러분께서는 딤나가 저지른 범행의 중대한 심각성을 인식하셔야 합니다. 중상모략을 동원해서 결백한 사람을 죽이는 일은 가장 큰 죄에 속합니다. 죄 없는 사람을 음해한 이 모사꾼에 관하여 알면서도 입을 다물고 있는 사람은 공범자로서 처벌받게 됩니다. 둘째, 죄인 딤나에게 이르는 말입니다. 자신의 범행을 순순히 자백하면 왕과 군대로부터 용서를 받을 수 있습니다. 셋째, 재판부가 명심해야 할 일로서 악한 무리를 공정한 절차를 통해 엄단하는 것입니다.

여러분, 이 죄인에 관하여 알고 계신 점이 있으면 이 자리에서 증언해 주십시오. 여러분! '죽은 자의 결백을 숨기는 사람은 최후 심판의 날에 불 속에 던지우리라'는 선현들의 말씀을 기억하십니까?"

이 말을 들은 사람들 사이에서는 무거운 침묵이 흘렀습니다. 그때 딤나가 군중을 향해 말했습니다.

"여러분, 알고 계신 대로 말씀하십시오. 재판관이 그토록 당부했는데 입을 다물고 계실 겁니까? 그러나 여러분, 입을 열기 전에 반드시 명심해야 할 일이 있습니다. 선현들은 '눈으로 확인하지 않은 일을 증언하고, 알지 못하는 일을 입에 담는 사람은 유식한 체하던 일자무식의 엉터리 약사 꼴이 되느니라'고 하셨습니다."

사람들이 "어떤 일이 있었습니까?"라고 묻자 딤나가 이야기를 시작했습니다.

사람 잡은 엉터리 약사 이야기

어느 도시에 훌륭한 의사가 살았습니다. 그는 의술이 뛰어나고 덕망이 높기로 장안에 소문이 나 있었습니다. 그러나 흐르는 세월은 막을 수 없듯이 점차 나이가 들면서 시력이 약해졌습니다.

한편 그 도시를 다스리는 왕에게는 공주가 한 명 있었는데, 왕은 그 공주를 그녀의 사촌오라버니와 혼인시켰습니다. 어느 날 공주에게 임신의 징후가 나타나자 왕은 의사를 불렀습니다. 의사는 하녀한테서 공주의 증세를 전해 들은 뒤 처방을 내리면서 말했습니다.

"내 눈이 밝다면 직접 조제를 하련만…… 어찌하면 좋은가? 믿을 만한 사람은 하나도 없는데……"

마침 그 도시에 사는 한 무식한 남자가 소식을 듣고 찾아와 자신이 유능한 약사라고 자처했습니다. 그는 모든 약재 및 약초의 효능에 통달했을 뿐 아니라 조제 경험도 풍부하다고 자랑했습니다. 그래서 왕은 그 엉터리 약사를 약재 창고에 들여보내 조제를 하도록 했습니다.

창고에 들어간 엉터리 약사는 여러 가지 약재를 보고 어리둥절해하다가 어떤 약 뭉치를 집어들었습니다. 공교롭게도 그 속에는 사람을 즉사시키는 독약 성분이 들어 있었습니다. 그 사실을 알 리가 없는 엉터리 약사는 손에 든 약 뭉치의 약을 꺼내어 조제하였습니다.

조제가 끝난 후 하녀가 시음을 하다가 그 자리에서 죽고 말았습니다. 왕이 이 끔찍한 소식을 듣고서 엉터리 약사를 불러다가 그 약을 먹였습니다. 엉터리 약사도 역시 그 자리에서 죽고 말았습니다.

"내가 여러분들에게 이 이야기를 들려주는 까닭은 확실치 않은 일을 발설하거나 섣불리 남의 일에 끼어들다간 예상 밖의 엄청난 화를 입게 됨을 경고하기 위해서입니다. 모르고 저지른 실수 때문에 목숨까지 잃은 엉터리 약사의 신세가 되길 원하십니까? 선현들은 '말에는 반드시 책임과 대가가 따른다'고 하셨습니다. 여러분 자신을 위해 신중하시기 바랍니다."

그때 군중 가운데는 출세를 꿈꾸는 돼지가 있었습니다. 돼지는 이번 기회에 딤나를 맹공격함으로써 사자왕의 환심을 사고 자신의 입지를 굳혀야겠다는 계획을 품었습니다. 돼지는 군중을 향해 연설을 시작했습니다.

"학식과 덕망을 갖춘 어르신네들, 제가 드리는 말씀을 잘 들어보십시오. 선현들의 말씀에 따르면 정직한 사람은 외양과 말씨만 보아도 알 수 있다고 했습니다. 이곳에 계신 어르신네들은 알라의 은총과 자비로 탁월한 능력을 갖추신 훌륭한 분들이십니다. 어르신네들의 혜안으로 딤나의 형상을 가만히 살펴보십시오. 그가 악한이라는 증표들이 여기저기서 나타나고 있음을 확인하실 겁니다."

재판관이 돼지에게 물었습니다.

"딤나의 외모에 악인의 증표가 있다는 말이 아니오? 좀 상세히 설명해보시오."

돼지가 대답했습니다.

"선현들은 '왼쪽 눈이 오른쪽 눈보다 작으면서 파르르 떨리고 코가

오른쪽으로 삐뚤어진 사람은 사악한 불한당이니라' 고 기록하여 전하셨습니다. 그런데 딤나의 형상이 바로 그렇습니다."

그러자 딤나가 반박하기 시작했습니다.

"이 자리에 계신 분들께서는 사리분별이 확실하십니다. 지금부터 제가 드리는 말씀을 잘 들으시고 올바른 판단을 하시기 바랍니다. 제 외모에서 풍기는 악한 인상 때문에 제가 악인으로 몰린다는 점은 오히려 제가 부당한 의심을 받고 있음을 입증해줍니다. 타고난 외모 때문에 무조건 죄인으로 인식되다니요? 너무 억울합니다. 저는 결백합니다."

이어서 딤나는 돼지를 보고 쏘아붙였습니다.

"어리석기는! 돼지야, 쓸데없이 나서서 잘난 체하다가 너의 멍청함만 드러낸 꼴이 되었구나. 지금 네 처지는 질투심에 사로잡혀 시앗에게 샘을 내다가 남편에게 핀잔받은 여인네와 같아."

돼지가 "어떤 일이 있었는데?"라고 묻자 딤나가 이야기를 시작했습니다.

농부와 그의 두 벌거숭이 아내 이야기

어느 도시에 외적이 침입해서 주민들을 마구 학살하고 포로로 잡아가며 재산을 약탈하는 등 극심한 횡포를 부렸어. 그리고 마을마다 군사들이 주둔하면서 주민들을 감시하고 노예처럼 혹사시켰지.

그 도시의 어느 마을에 한 농부가 두 아내와 살고 있었는데, 그들은 주둔군에게 식량도 빼앗기고 옷가지도 모두 빼앗겼어. 어느 날 농부와 그의 두 아내는 모두 벌거벗은 채로 주둔군들을 위해 장작을 구하러 들판으로 나갔어. 그때 두 아내 중 한 여인이 길에서 낡은 누더기를 주워서는 군데군데를 가린 거야. 그랬더니 다른 한 아내가 농부에게 말했어.

"저 우스꽝스러운 모양새 좀 보세요. 그렇게 몇 군데만 가리면 되는 줄 아나보죠? 부끄러운 줄 알아야죠."

그러자 농부는 남의 흉을 보는 여인에게 한심하다는 듯이 말했지.

"남의 참견 말고 당신 모습이나 살펴보라고! 다 벗은 주제에 누굴 흉 보고 있어?"

"돼지, 이 추물아! 내가 들려준 얘기 이해하겠니? 제발 남의 일에 나서지 말아줘. 네 자신이나 돌아보라고! 너처럼 추하고 더러운 몰골이 사자왕의 요리사 노릇을 하고 있다니 참으로 기가 막히는구나. 자타가 인정하는 흉측하고 불결한 몸뚱어리로 어디에 나서는 거야? 발언을 하려거든 깨끗하고 수려한 몸으로 하시는 게 어떨까? 나뿐만이 아니라 여기에 있는 모든 참석자들이 너를 비웃고 있어. 나로 말하자면 너처럼 지저분하고 게으르고 뻔뻔스러운 존재와 상대할 수준이 아니라고. 그래서 일찍이 너 같은 건 거들떠보지도 않았지.

네가 지금 나를 모함하여 궁지로 몰아넣는 짓은 만인들 앞에서 '나는 거짓말쟁이요' 라고 선언하는 한심한 일이라는 걸 알기나 해? 결국 네 단점들만 들추어내는 꼴이지. 전하께서 이 사실을 전해 들으시면 너를 당장 파직시키실 거야. 하기야 너 같은 존재가 전하의 요리사라니 정말 과분하지. 너는 어떤 직업도 가질 수 없는 무능력자야. 네게 농사일을 시킨들 해낼 수 있겠니? 무두장이 일을 시킨들 해낼 수 있겠니? 흡각사 일을 시킨들 해낼 수 있겠니? 전혀 쓸모가 없는 존재야, 넌."

이 말을 듣고 돼지가 흥분하며 말했습니다.

"네가 나한테 이런 말을 할 수 있어? 이렇게 말할 수 있냐고!"

딤나가 말했습니다.

"그래, 바로 너한테 얘기한 거야. 배에는 살이 뒤룩뒤룩하고, 엉덩이에는 부스럼이 덕지덕지 나고, 두 불알은 축 처지고, 다리는 절룩거리는데다 입술은 둘로 쪼개진 이 추한 몰골아! 너야말로 겉볼안이구나."

딤나가 이렇게 퍼붓자 돼지의 안색이 변하더니 당혹스럽고 수치스러워 어쩔 줄 모르고 말을 더듬다가 기가 죽어 조용해졌습니다. 그리고 눈물을 흘렸습니다.

창피를 당한 돼지가 우는 것을 보고 딤나가 의기양양하게 말했습니다.

"실컷 울어 마땅하다. 너의 추함과 어리석음이 만천하에 드러났으니 전하께서도 널 파직시켜 멀리 쫓아보내실 거다."

한편 사자왕의 신임을 받는 신하 중에는 라우자바라는 재칼이 있었습니다. 사자왕은 그를 여러 각도로 시험해본 결과 믿을 만하다고 판단하여 측근에 두고서 그로 하여금 재판 진행 상황을 소상히 알아오도록 명령했습니다. 라우자바는 맡겨진 소임을 충실히 수행했습니다. 사자왕은 라우자바에게서 재판정에서 있었던 모든 사실을 보고받은 후 돼지의 파직과 딤나의 재투옥을 명령했습니다.

이렇게 해서 한나절 이상 소요되었던 일차 재판은 끝났고 재판관인 호랑이는 재판록에 날인을 했습니다. 참석자들도 모두 귀가했습니다.

사자왕의 두터운 신임을 받는 재칼 라우자바는 칼릴라와는 우정이 돈독한 사이였습니다. 칼릴라는 이번 사건이 터진 후 자신과 딤나의 향후 운명에 대해 노심초사하다가 병을 얻어 끝내 숨지고 말았습니다. 라우자바는 딤나를 면회 가서 이 사실을 알렸습니다. 딤나는 슬피 울며 말했습니다.

"그토록 착하고 순수했던 형제를 잃고 내 어찌 살아가야 합니까? 엎친 데 덮친 격이라 하더니 바로 제 신세가 그렇군요. 슬픔과 걱정이 사방에서 몰아닥치는군요.

그러나 지고하신 알라의 은총으로 당신과 같은 형제가 내 곁에 있으니 칼릴라는 죽지 않고 영원히 내 곁에 있는 셈입니다. 지고하신 알라의 은혜와 자비 덕분입니다. 당신이 내게 보여준 관심과 배려는 큰 위안이 됩니다. 앞으로 제가 유일하게 믿고 의지할 상대는 당신뿐입니다.

제가 당신에게 부탁드릴 일이 있으니 꼭 들어주시기 바랍니다. 다름 아니라 이러이러한 장소에 가시면 저와 칼릴라가 모아둔 돈이 있습니다. 그 돈은 저희들의 피와 땀, 그리고 지고하신 알라의 뜻에 의해 모은 돈입니다. 그걸 제게 가져다주십시오."

라우자바는 딤나의 부탁대로 돈을 찾아다주었고 딤나는 그 돈 중 일정액을 라우자바에게 떼어주며 말했습니다.

"사자왕에게 스스럼없이 출입할 수 있는 사람은 당신뿐이지 않겠습니까? 저를 꼭 도와주십시오."

라우자바가 딤나에게 "어떻게 도와주면 되겠소?"라고 묻자 딤나는 대답했습니다.

"사건 처리의 향방과 관련된 문제입니다. 사자왕이 재판 진행 상황을 보고받은 뒤 어떤 결심을 했는지 알아봐주십시오. 또 사자왕 모후의 견해는 어떠한지, 그리고 사자왕이 모후의 견해를 따를 것인지 아닌지의 여부도 알아봐주십시오."

라우자바는 딤나에게 적극 협조하겠다는 약속을 한 후 그에게서 받은 돈을 갖고 집으로 돌아갔습니다.

이튿날 아침, 사자왕은 일찌감치 일어나 두 시간 동안 생각에 잠겨 앉아 있었습니다. 그때 신하들이 만나기를 청하고 들어와 재판록을 펴 보였습니다.

사자왕은 재판록을 다 읽은 뒤 자신의 모후를 모셔와 그 내용을 보고했습니다. 사자왕의 모후는 아들의 보고를 들은 뒤 크게 진노하여 말했습니다.

"내가 심한 말을 하더라도 이해하여라. 너는 아직도 너에게 유익을 주는 일과 해악을 끼치는 일을 구별 못하고 있구나. 배은망덕한 악한의 억지 주장에 여태껏 귀를 기울이느냐?"

사자왕의 모후는 이 말을 마치고 화가 난 채 나가버렸습니다.

그 광경을 지켜본 라우자바는 황급히 딤나에게 달려가 상황을 전했습니다.

바로 그때 딤나의 재출두 명령을 전하는 전령이 와서 딤나를 끌고 재판정으로 나갔습니다. 딤나가 재판정에 도착하자 재판관은 개정 선언을 한 후 딤나에게 말했습니다.

"딤나, 너의 범행에 관한 확실한 첩보가 이미 입수되었다. 따라서 너를 더 이상 수사할 필요는 없겠으나, 전하께서는 너를 철저히 심문하여 사건의 진상을 낱낱이 규명하라고 명령하셨다.

선현들은 '지고하신 알라께서는 현세의 행위에 따라 내세에서 보상하시니라. 알라께서 사도들과 선지자들을 현세에 보내신 까닭은 인간들을 선도하여 천국으로 인도하고 지고하신 알라의 뜻을 깨닫게 함이니라'고 하셨다. 이 말씀을 깊이 새기면서 양심을 회복하고 네 죄상을 부인하지 말라."

딤나가 말했습니다.

"재판관님, 공정한 재판에 익숙지 않으시군요. 또한 사자왕의 처사도 정당치 못하십니다. 억울한 누명을 쓴 힘없는 백성에 관한 판결을 공정치 못한 재판관에게 맡기시니 말입니다. 오히려 핍박받는 자들의 권리를 보호하며 법정 투쟁의 기회를 주어야 옳지 않겠습니까? 제가 투쟁도 해보지 못한 채 죽을 수 있다고 생각하십니까? 재판관님은 사건을 서둘러 종결지으려 하십니다. 하지만 이번 사건이 발생한 지 아직 사흘도 지나지 않았습니다. 옛말에 '청렴한 사람은 비록 자신의 입지가 불리해지더라도 소신껏 일을 처리한다'고 했습니다."

재판관이 말했습니다.

"선현들의 책에는 '무릇 재판관은 선행과 악행을 구별하여 선행에는 상으로 악행에는 벌로 보상해야 하느니라. 그리하면 선한 자는 더욱 선행에 매진하고 악한 자는 악행을 삼가게 되느니라'고 기록되어 있다. 딤나, 네 죄를 네가 알고 있지 않느냐? 자백하고 회개함이 어떠하겠느냐? 현세에서 받는 벌이 내세에서 받는 벌보다 가벼우니라."

딤나가 대답했습니다.

"훌륭한 재판관들은 사적으로나 공적으로 절대 편견이나 의심을 갖지 않습니다. 편견이나 의심은 사실 규명에 전혀 도움이 되지 않음을 알고 있기 때문입니다. 그러나 재판관님께서는 저를 지나치게 의심하고 계십니다.

하지만 재판관님, 저는 결백합니다. 누가 뭐래도 결백합니다. 제 자신에 대하여 저보다 더 잘 알고 있는 사람이 누가 있겠습니까? 저는 남을 모함했다는 혐의로 이 자리에 서서 심판을 받고 있습니다. 그러나 제가 허위 자백을 함으로써 제 자신을 모함하여 죽음에 이르게 한다면 어떤 심판을 받아야 하는 겁니까? 그것 또한 죄가 아니겠습니까? 그러한 죄는 용납되는 겁니까?

저에게 제 자신은 가장 소중하고 성스러운 존재입니다. 재판관님의 회유와 강요로 인하여 허위 자백을 하게 된다면 그것은 종교적으로 위배되는 일인 동시에 제 명예도 실추시키는 일입니다. 제가 어찌 제 자신을 모함하고 배반할 수 있겠습니까? 저는 그렇게 못합니다.

재판관님, 부디 자백하라고 회유하지 마십시오. 그것은 상황에 적절치 않은 충고이며 가장 추악한 위협입니다. 협박과 회유는 지체 높고 훌륭하신 어르신네의 덕목이 아닙니다. 그것은 무식하고 비열한 사람들이나 하는 짓입니다. 덕망 있는 재판관은 바른길을 따라 판결을 내리지만 부덕한 재판관은 사악한 길을 따라 판결을 내린다고 들었습니다.

재판관님, 저는 재판관님이 심히 걱정됩니다. 저에게 자백을 권유하신 점이 재판관님께 불명예로 남을까 두렵습니다.

사자왕을 비롯하여 모든 신료들, 그리고 온 백성의 뇌리에는 재판관님이 고견을 지닌 덕망 있는 분이며 공정하고 현명한 판결을 내리시는 분으로 각인되어 있습니다. 그토록 현명하고 정의로우신 분이 유독 제 판결에서는 왜 그리 편파적인 견해를 보이십니까?

재판관님, 저는 거짓을 입에 담을 수 없습니다. 사실을 날조하고 위증을 행하는 사람은 장님이 된 매 조련사의 처지가 된다는 선현들의 말씀을 아직 못 들어보셨습니까?"

재판관이 "어떤 일이 있었는가?"라고 묻자 딤나가 이야기를 시작했습니다.

매 조련사와 앵무새 이야기

어느 도시의 총독은 아름답고 기품 있는 아내와 살고 있었습니다. 그리고 총독의 측근 중에는 매를 키우고 훈련시키는 데 능숙한 조련사가 있었습니다. 총독은 매 조련사를 매우 아끼며 가까이 대해주었기 때문에 매 조련사는 총독의 집을 스스럼없이 드나들었습니다.

그러던 어느 날 매 조련사가 무심코 내뱉은 말이 총독 부인의 심기를 불편하게 했습니다. 총독 부인이 아주 언짢아하며 화를 내자 매 조련사는 앙심을 품고 이 부인을 궁지에 몰아넣을 계획을 세웠습니다.

매 조련사는 사냥을 나갔던 길에 어린 앵무새 두 마리를 잡아다가 자기 집에다 두고 잘 키웠습니다. 앵무새들이 어느 정도 자라자 조련사는 그들을 따로따로 새장에 가둔 뒤 각각 다른 말을 가르쳤습니다. 한 마리에게는 "나는 총독님의 집에서 망측한 장면을 보았어요"라고 가르치고, 다른 한 마리에게는 "나는 아무 말도 하지 않을래요"라고 가르쳤습니다. 그리고 그들이 익숙하게 말을 할 때까지 여섯 달 동안 훈련을 시켰습니다.

드디어 앵무새들이 말을 익숙하게 구사하자 조련사는 새들을 데리고 총독의 집으로 갔습니다. 앵무새들은 총독의 앞에서 말을 했습니다. 그러나 앵무새들이 구사하는 말은 발라크 지방의 방언이었기 때문에 총독은 그 내용을 이해할 수 없었습니다. 다만 새가 말을 한다는 사실에 감탄하며 몹시 즐거워했습니다. 총독은 매 조련사에게 푸짐한 상품을 내렸습니다. 그리고 그 앵무새들을 자기 집에서 키우기로 하고 부인에게 그 일을 맡겼습니다. 총독 부인은 남편의 말을 따라 앵무새들을 정성껏 키우고 돌보았습니다.

얼마 후에 발라크 지방의 고위 관리들이 총독의 집을 방문했습니다. 총독은 푸짐한 요리와 갖가지 음료, 과일 그리고 많은 선물을 준비해 귀빈들을 대접했습니다. 그들이 식사를 마치고 담소하기 시작하자 총독은 매 조련사를 불러서 앵무새들을 데려오라고 명령했습니다. 앵무새들은 귀빈들 앞에서 그들이 배웠던 말을 구사했습니다. 귀빈들은 그 말을 듣자마자 민망하여 서로 눈치만 살피고는 고개를 들지 못했습니다. 아무것도 모르는 총독은 귀빈들에게 말을 했습니다.

"앵무새들이 무슨 말을 하는지는 모르겠습니다. 다만 새가 말을 한다는 사실이 놀랍고 신기합니다. 혹시 무슨 내용을 말하는지 알고 계십니까?"

그러나 귀빈들은 입을 다물고 대답을 하지 않았습니다. 총독이 자꾸 묻자 귀빈들은 마지못해 입을 열었습니다.

"자꾸 물으시니까 대답해드리겠습니다. 한 마리는 '나는 총독님의 집에서 망측한 장면을 보았어요' 라고 말하고, 다른 한 마리는 '나는 아무 말도 하지 않을래요' 라고 합니다. 유감스럽지만 저희들은 부정한 행위가 저질러진 집에서 더 이상 머물고 싶지 않습니다."

총독은 이 말을 듣고 적잖이 놀랐지만 침착함을 유지하며 귀빈들에게 부탁을 했습니다.

"그렇다면 이 앵무새들에게 발라크 지방의 방언으로 다른 말을 시켜

봐주십시오."

　귀빈들은 총독의 부탁대로 앵무새들에게 말을 시켜보았습니다. 그랬더니 앵무새들은 다른 말은 전혀 알아듣지 못하고 오로지 그들이 배웠던 두 문장만 반복할 뿐이었습니다. 결국 매 조련사의 흉계가 드러나고 말았습니다.

　총독은 매 조련사를 불렀고, 매 조련사는 손에 회색빛 매를 얹은 채 들어왔습니다. 그러자 총독의 부인이 내실에서 호통을 쳤습니다.

　"고약하구나. 근거 없는 사실을 날조해서 앵무새들에게 가르치다니. 스스로 화를 부르고 있구나!"

　그러자 매 조련사가 대답했습니다.

　"저는 분명히 보았습니다. 앵무새들의 말은 사실입니다."

　바로 그때 그의 손에 있던 회색빛 매가 그의 얼굴로 달려들어 발톱으로 눈을 도려내었습니다. 그때 총독 부인이 한마디 했습니다.

　"당연한 귀결이로다. 거짓 증언을 하는 너에게 지고하신 알라께서 내리시는 벌이로다."

　"재판관님, 제가 이 말씀을 드리는 이유는 거짓이나 위증의 죄가 현세와 내세에서 어떻게 심판받는지 알려드리려 함입니다."

　재판관은 딤나의 발언을 들은 후 자리에서 일어났습니다. 그리고 사자왕에게 가서 재판 상황을 직접 보고했습니다.

사자왕은 한동안 깊이 생각에 잠겨 있다가 모후를 모셔와 이 문제를 의논했습니다. 사자왕의 모후는 딤나가 법정에서 했던 발언들을 곰곰이 생각한 뒤 사자왕에게 말했습니다.

"딤나는 참으로 간교한 놈이구나. 그놈이 죄 없는 샤트라바를 죽음으로 몰아넣고도 반성은커녕 오히려 당당한 것을 보니, 앞으로 더욱 교활한 계략으로 너를 죽이고 왕권을 찬탈할까 두렵구나."

사자왕은 모후의 말을 듣고 굳은 결심을 한 뒤 물었습니다.

"어머님, 딤나의 범행 사실을 제보한 이가 누구입니까? 딤나를 사형에 처하려면 증거가 필요합니다."

사자왕의 모후가 대답했습니다.

"나를 믿고 비밀을 제보한 이의 신의를 저버리고 싶지 않다. 다만 한 가지 방법이 있기는 하다. 내가 직접 비밀 제보자를 찾아가서 그의 이름을 너에게 밝혀도 좋은지 묻는 일이다. 그리고 가능하다면 직접 법정에 나와서 증언하는 일도 부탁할 것이다."

사자왕의 모후는 이 말을 마치고 비밀 제보자인 호랑이에게 가서 말했습니다.

"사자왕이 당신의 도움을 필요로 하고 있소이다. 직접 나가서 사실대로 증언해주심이 어떠하겠소? 억울하게 죽은 사람을 위로하고 진실을

간교한 계략이 드러나 죽음을 맞이하는 딤나.

규명하기 위해 꼭 필요한 방법이오.

선현들은 '죽은 자의 결백을 숨기는 사람은 최후 심판의 날에 벌을 받으리라' 고 말씀하지 않으셨소?"

사자왕 모후의 계속적인 설득으로 호랑이는 사자왕을 찾아가 보고 들은 바를 증언했습니다.

호랑이가 증언을 하자 곧이어, 옥중에서 우연히 칼릴라와 딤나의 대화를 엿들었던 스라소니도 증언을 자청했습니다.

간수들이 스라소니를 사자왕 앞으로 데려가자 스라소니는 그가 들었던 내용을 증언했습니다. 그러자 사자왕이 두 명의 증인에게 물었습니다.

"이번 사건을 수사하느라 모두들 총력을 기울이고 있음을 알면서도 그대들은 왜 진작 증언을 하지 않았소?"

호랑이와 스라소니가 대답했습니다.

"한 사람의 증언은 실효가 없음을 알고 있기 때문이옵니다.* 효력이 없는 일에 나서고 싶지 않았사옵니다. 누군가가 먼저 증언해주기를 기다리고 있었사옵니다."

★ 이슬람교 교리에 따르면, 법정에서 증언이 효력을 발생하기 위해서는 반드시 공정한 두 명의 남자 증인에 의해 증언이 이루어져야 한다. 만일 여자 증인이 나설 경우에는, 두 명의 여자 증인이 남자 증인 한 명의 몫을 맡게 된다.

사자왕은 그들의 뜻을 이해하였습니다. 그리고 딤나를 사형시키라고 명령했습니다. 딤나는 묶여 있는 상태로 참혹한 죽음을 맞았습니다.

　　이 광경을 지켜본 사람들은 자신의 영달을 꾀하기 위해 교활한 계략으로 타인을 모함하는 자는 반드시 그 죗값을 치른다는 진리를 깨달았습니다.

멧비둘기의 장

다브샬림 왕은 현자 바이다바에게 말했다.

"간악한 모사꾼이 신의가 두텁던 친구 사이를 어떻게 이간하는지 알았소. 또한 모사꾼의 말로가 어떻게 되는지도 알았소. 이제 신실한 친구들에 관한 이야기를 들려주시오. 그들은 어떻게 친구를 사귀며 어떻게 서로 돕고 존중하오?"

현자 바이다바가 대답했다.

"무릇 지혜로운 사람은 친구의 소중함을 압니다. 친구란 즐거울 때엔 기쁨을 함께 나눌 수 있고 어려울 때엔 든든한 위안이 됩니다. 신실한 우정을 가꾼 예로서 멧비둘기와 큰 쥐, 까마귀, 거북 그리고 사슴의 이야기가 있습니다."

다브샬림 왕이 "어떤 일이 있었소?"라고 묻자 현자 바이다바가 이야기를 시작했다.

큰 쥐와 친구들 이야기

다하라 시 외곽에 사카완다쿼이라는 땅이 있었습니다. 그 땅은 사냥꾼들이 수렵을 즐기던 곳으로, 잎이 무성한 나무들이 우거져 있었습니다. 그중 한 나무 위에 까마귀가 둥지를 틀고 살았는데 어느 날 숲을 내려다보고 있노라니 사납고 험상궂게 생긴 사냥꾼이 어깨에 올가미를 메고 몽둥이를 든 채 다가오는 모습이 보였습니다. 까마귀는 겁에 질려 중얼거렸습니다.

"큰일이야! 사냥꾼이 나타났으니 우리 숲에 또 초상이 나겠군. 가만히 숨어 있는 게 상책이야."

까마귀는 숨을 죽이고서 사냥꾼의 움직임을 주시했습니다.

사냥꾼은 올가미를 설치하고 곡식알을 뿌린 뒤 몸을 숨겼습니다. 그때부터 얼마 지나지 않아 알무타와카라는 이름을 가진 멧비둘기 여왕이 무리를 이끌고 그곳을 지나게 되었습니다. 멧비둘기 무리는 곡식알에만 온 정신을 쏟은 나머지 올가미는 미처 보지 못했습니다. 그들은 먹는 즐거움을 만끽하다 모두 올가미에 걸려들었습니다.

사냥꾼은 만족스러운 웃음을 지으며 서서히 다가왔습니다. 올가미에 걸린 멧비둘기들은 서로 빠져나가려고 아우성을 쳤습니다. 그러자 여왕 비둘기 알무타와카가 말했습니다.

"서두르면 모두 죽는다. 자기 목숨만 소중히 여기지 말아라. 우리가 한 마음으로 힘을 합하면 이 올가미에서 벗어나 모두 살아남을 수 있다."

여왕 비둘기는 그 무리를 침착하게 지휘했습니다. 잠시 후 멧비둘기 무리는 "얏" 하는 여왕의 구령과 동시에 일제히 날갯짓을 하여 올가미를 쓴 채 하늘로 날아올랐습니다. 사냥꾼은 그들이 멀리 가지는 못할 것이라고 생각하며 열심히 쫓아갔습니다. 까마귀도 사태의 추이를 관찰하기 위해 따라갔습니다. 여왕 비둘기는 무리를 지휘하며 말했습니다.

"사냥꾼이 아직도 따라오고 있다. 우리가 계속 공중으로 날면 그의 시야에 잡히게 된다. 일단 인적이 드문 저쪽 낡은 건물 뒤로 숨자. 그러면 사냥꾼이 단념할 것이다. 그 건물 근처에는 나와 절친한 큰 쥐가 살고 있으니, 그가 우리를 구해줄 것이다."

멧비둘기 무리는 여왕 비둘기의 명령대로 움직였고 결국 사냥꾼을 따돌렸습니다. 까마귀는 호기심에 가득 차서 그들을 계속 따라갔습니다.

얼마 후 멧비둘기 무리는 큰 쥐가 살고 있는 곳에 당도했고 여왕 비둘기는 큰 쥐를 불렀습니다. 큰 쥐의 이름은 자이락이었습니다.

"자이락! 자이락!"

큰 쥐는 안전을 위해서 백여 개의 비상구가 있는 굴에서 살았는데, 그 중 한 구멍에서 목소리가 들려왔습니다.

"누구시오?"

여왕 비둘기가 대답했습니다.

"나예요. 당신의 친구 알무타와카예요."

큰 쥐는 얼른 달려나갔고 멧비둘기 무리의 모습을 보고는 깜짝 놀라서 물었습니다.

"아니, 어찌 된 일이오?"

여왕 비둘기가 대답했습니다.

"선과 악에서 비롯된 일이 아니에요. 다만 예정된 운명일 뿐이지요. 운명, 바로 그것이 나를 이 지경으로 만들었어요. 아무리 강한 존재라 하더라도 운명을 거역할 순 없어요. 운명의 힘 앞에서는 해와 달도 빛을 잃을 거예요."

말이 끝나자 큰 쥐는 여왕 비둘기가 갇혀 있는 쪽의 올가미를 이빨로 물어뜯어 끊기 시작했습니다. 그러자 여왕 비둘기가 말했습니다.

"다른 비둘기부터 구해주세요. 나는 제일 나중에 구해줘도 돼요."

그러나 큰 쥐는 계속 여왕 비둘기부터 구출하고자 힘썼습니다. 그러자 여왕 비둘기는 큰 쥐에게 애원하다시피 말했습니다.

"나는 괜찮으니까 어서 다른 비둘기들 먼저 구해주세요."

그때 큰 쥐가 한마디 했습니다.

"당신 목숨을 살릴 필요가 없단 말이오? 삶에 대한 애착도 없소? 어찌 자기 목숨을 그렇게 하찮게 취급하오?"

여왕 비둘기가 설명했습니다.

"나부터 구하느라 힘을 다 쏟고 나면 다른 비둘기들을 구할 수 없을 까봐 그래요. 내가 마지막으로 남게 되면 당신은 아무리 힘들어도 절대 포기하지 않을 테니까요."

큰 쥐가 넉넉한 미소를 지으며 말했습니다.

"역시 당신은 속이 깊소. 좋은 친구요."

큰 쥐는 이빨로 올가미를 끊어 모든 멧비둘기들을 구해주었고 그들 은 자유롭게 날아올랐습니다.

이 가슴 뭉클한 장면을 지켜본 까마귀는 큰 쥐의 행동에 감탄하여 그 와 사귀고 싶다는 생각을 갖게 되었습니다. 그래서 큰 쥐를 불렀습니다.

큰 쥐는 구멍 밖으로 머리만 내놓고서 영문을 물었습니다.

"무슨 일이오?"

까마귀가 대답했습니다.

"당신과 친구가 되고 싶소."

큰 쥐가 말했습니다.

"까마귀 양반, 당신과 나는 친구가 될 수 없소. 현명한 사람이라면 가 능성이 없는 일은 애초에 시작하지 말아야 하오. 당신과 내가 사귀는 일 은 마치 육지에서 배를 띄우고, 바다에서 마차를 굴리는 일처럼 불가능 하다오. 다시 말해, 당신은 나를 잡아먹을 수 있고 나는 당신의 먹이가 될 수 있지 않소?"

까마귀가 반박했습니다.

"내가 당신을 잡아먹을 수 있고 또 당신이 나의 먹이가 될 수 있다고 가정합시다. 도대체 그것이 뭐 그리 대단하단 말이오? 내겐 우정보다 중요한 것이 없소. 우정을 나누고자 찾아온 나를 이렇게 실망시켜도 된단 말이오? 당신은 무뚝뚝해 보이지만 좋은 성품의 소유자라는 걸 알고 있소. 나는 당신이 멧비둘기 무리를 도와주는 걸 보고 감탄했소. 그래서 친구로 지내고 싶은 거요.

당신은 훌륭한 성품과 덕행을 감추려 하고 있소. 그러나 당신처럼 현명한 사람의 덕망은 아무리 감추려고 해도 감추어지지 않는다오. 흡사 사향을 꼭꼭 싸둔다 해도 마침내는 그 아름다운 향기가 발산되는 것과 같소이다."

큰 쥐가 말했습니다.

"자고로 가장 날카로운 적대관계는 바로 천적 간이라오. 그런데 그 천적 관계로 말하자면 두 종류가 있다오. 첫째는 양자 간의 힘이 동등한 경우로서 코끼리와 사자의 예가 거기에 해당되오. 코끼리가 사자를 죽일 수도 있고 반대로 사자가 코끼리를 죽일 수도 있소. 둘째는 어느 한쪽의 힘이 다른 한쪽보다 센 경우로서 나와 고양이, 또는 나와 당신의 예가 거기에 해당하오.

나와 당신이 싸우면 단연 내가 상해를 입지 않겠소? 우리가 아무리 친하게 지내더라도 결정적인 순간에는 본연의 모습을 보이지 않겠소? 마치 물이 불 위에서 오랫동안 끓어 뜨거워졌다 하더라도 일단 엎질러졌을 때엔 불을 꺼버리듯이 말이오. 적과 화해하고 교분하는 일은 흡사 뱀을 옷소매 속에 넣고 다니는 일과 같소. 현명한 사람은 의심스러운 적과는 가까이하지 않는 법이라오."

　이 말을 듣고 까마귀가 입을 열었습니다.

　"무슨 뜻인지 알겠소. 하지만 내 진심을 믿어주오. 당신은 지혜와 덕성을 갖추었으니 나의 진심을 충분히 헤아릴 수 있을 거요. 우리가 친구가 될 수 없다는 말은 제발 그만 하시오. 무릇 지혜롭고 너그러운 사람은 우정을 가장해 친구를 이용하지 않는다오.

　선량한 사람들 간의 우정은 싹트기는 쉽지만 갈라지긴 어려운 법이라오. 마치 금으로 만든 주전자와 같아서 깨어지지도 않거니와 혹 흠집이 생긴다 해도 쉽게 수선할 수 있기 때문에 원형을 그대로 보존할 수 있소. 반면에 악인들 간의 우정은 싹트기는 어렵고 깨어지기는 쉬운 법이라오. 마치 도자기 주전자와 같아서 조금만 부딪혀도 깨어질 뿐 아니라 한번 깨어지면 다시 원상으로 회복시키기가 매우 어렵소.

　너그러운 사람은 너그러운 사람과 어울리고, 비열한 사람은 비열한 사람과 어울리기 마련이오. 나는 당신처럼 너그러운 사람과 우정을 나누고 싶소. 눈앞의 이익에 급급해 친구를 사귀는 비열한 부류는 나도 질색이오.

내가 당신을 해칠 생각이었다면 일찌감치 그렇게 했을 거요. 당신은 모르고 있었겠지만 당신이 멧비둘기 무리의 올가미를 끊고 있는 동안 나는 줄곧 당신 머리 위를 맴돌고 있었다오.

당신이 나를 친구로 삼을 때까지 당신네 집 문 앞에서 단식을 하며 기다리겠소."

큰 쥐가 대답했습니다.

"알았소. 당신을 친구로 삼겠소. 내가 당신의 호의를 이해하지 못했던 것은 절대 아니오. 다만 충분히 검토하고 확신을 얻은 후에 친구로 맞이하고 싶었기 때문이오. 까마귀 양반, 나를 속이고 나서 '큰 쥐는 잘 속아넘어가더군!' 하고 말하지는 않을 테지요?"

그러고 나서 큰 쥐는 구멍에서 나왔으나 경직된 모습으로 구멍 근처에 서 있었습니다.

그러자 까마귀가 물었습니다.

"왜 나한테 가까이 오지 않으시오? 왜 나를 반기지 않으시오? 아직도 나를 의심하고 계신 거요?"

큰 쥐가 대답했습니다.

"세상 사람들의 삶은 두 가지 측면으로 나뉠 수 있소. 정신적인 측면과 물질적인 측면이 그것이오. 정신적인 측면을 추구하는 사람들은 순수하고 정직한 사람들이오. 반면에 물질적인 측면을 추구하는 사람들은 이기적인 욕심을 채우느라 여념이 없는 사람들이오. 그들은 현실적인 이익을 얻기 위해 친구를 사귄다오. 사냥꾼이 새에게 곡식알을 던져주지만 그 곡식알은 먹이가 아니라 미끼인 것과 같소.

정신세계는 물질세계보다 아름답고 영원하오. 나는 당신이 정신세계를 중시하는 사람이라고 확신하고 있소. 당신도 나를 그렇게 믿어주길 바라오. 내가 당신에게 가까이 다가가지 못하는 이유는 당신을 의심하거나 오해하기 때문이 아니라오. 그것은…… 그것은 말이오, 당신네 까마귀들이 모두 당신과 같은 생각을 갖고 있지 않을 거라는 염려 때문이라오. 그들이 언제 나를 급습할지 모르기 때문이라오."

까마귀가 말했습니다.

"오! 당신의 적은 나의 적이고, 당신의 친구는 또한 나의 친구요. 나는 어떤 상황에서라도 당신을 보호하겠소. 그리고 나에겐 당신을 해칠 만한 친구가 없소. 혹시 그런 친구가 있다면 당장에 절교하겠소. 마치 농부가 바질 밭에 끼여 있는 잡초를 보면 당장 뽑아버리는 것처럼 말이오."

드디어 큰 쥐는 까마귀에게 가까이 와서 악수를 청했고 그때부터 그들은 흉금을 털어놓는 절친한 사이가 되었습니다.

며칠이 지난 후 까마귀가 큰 쥐에게 말했습니다.

"이곳은 사람들의 발길이 잦아요. 혹시 아이들이 당신의 안식처인 구멍에 돌이라도 던지면 어떡합니까? 내가 한적하고 외딴 곳을 알고 있소. 그곳에는 나하고 친한 거북이 살고 있는데 물고기를 비롯해서 먹을 것이 아주 많소. 거기 가서 안전하고 편안하게 살고 싶지 않소?"

큰 쥐가 대답했습니다.

"마침 당신에게 조용히 들려주고 싶은 이야기가 있었소. 그곳에 가서 이야기하리다. 자, 떠납시다."

까마귀는 큰 쥐의 꼬리를 입에 물고 하늘을 날아서 목적지에 도착했습니다. 그리고 연못가에 다가가서 거북을 불렀습니다.

거북은 낯선 손님인 큰 쥐를 보고서 매우 놀라 좀처럼 물속에서 나오지 않았습니다. 까마귀가 "내가 새로운 친구를 데려왔네"라고 말하자 그제서야 물속에서 나왔습니다.

까마귀는 거북에게 며칠 사이에 일어났던 일, 즉 멧비둘기 무리가 올가미에 걸렸던 일, 큰 쥐가 그들을 구해주었던 일, 큰 쥐를 친구로 사귀게 된 경위를 상세히 설명했습니다.

거북은 그 이야기를 듣고 큰 쥐의 지혜와 신실함에 감탄해서 반가이 맞이하며 물었습니다.

"보아하니 대단한 분 같은데 어찌하여 이런 시골에 살게 되었소?"

큰 쥐가 대답했습니다.

"그럴 만한 사연이 있었다오. 이참에 내가 들려주고 싶은 이야기를 하겠소."

수도승 집의 큰 쥐 이야기

원래 나는 마루타 시의 어느 수도승 집에 살고 있었소. 수도승은 딸린 식솔이 없이 혼자 살았는데, 매일 한 바구니의 음식을 갖고 들어오곤 했소. 그는 먹고 남은 음식을 바구니에 넣어 벽에 걸어두었고, 나는 수도승이 외출할 때를 기다렸다가 그 바구니에 뛰어올라 음식을 먹어치웠다오. 나 혼자만 먹은 것이 아니라 다른 쥐들에게도 나눠주었소. 수도승은 내 발길이 닿지 못하도록 바구니를 이리저리 옮겨놓았지만 내가 항상 한 수 위였소.

그러던 어느 날 수도승의 집에 나그네가 찾아왔소. 그들은 식사를 마친 후 마주 앉아 담소를 나누었소. 수도승이 나그네에게 "어디에서 오셨습니까? 앞으론 어디로 떠날 계획이십니까?"라고 묻자 나그네는 자신의 일정과 여행담을 이야기하기 시작했소. 나그네는 그동안 여러 나라를 두루 다니면서 겪었던 흥미진진한 경험과 일화, 기담 들을 수도승에게 들려주었소.

수도승은 그 이야기를 들으면서 규칙적으로 손뼉을 쳤는데, 그것은 내가 음식 바구니에 접근하는 것을 막기 위한 방편이었소. 이러한 수도승의 태도에 기분이 언짢아진 나그네가 퉁명스럽게 말했소.

"진지한 얘기를 하고 있는데 무슨 장난이오? 날 조롱하는 겁니까? 듣고 싶지 않은 얘기를 왜 청했습니까?"

그러자 수도승이 공손하게 사과하며 설명했소.

"내가 손뼉을 친 이유는 큰 쥐를 쫓기 위한 방편이었소. 보통 골칫거리가 아니라오. 도무지 집 안에 아무것도 놔둘 수가 없소. 보이는 대로 먹어치우니 좀처럼 당해낼 수가 있어야지요."

나그네가 물었소.

"쥐 한 마리가 그런단 말이오? 아니면 여러 마리가 그런단 말이오?"

"집 안에 쥐가 많아요. 하지만 그중에 유별난 놈 하나를 당해낼 재간이 없소이다."

"당신 얘기를 듣고 보니 한 아낙네가 떠오르는구려. 그 아낙네는 떨어놓은 참깨 한 바구니를 시장에 갖고 가서 떨어놓지 않은 참깨 한 바구니와 바꾸어 왔소. 언뜻 보기에는 손해 보는 일을 하는 듯했지만 거기에는 충분한 이유가 있었다오."

수도승이 "어떤 일이 있었소?"라고 묻자 나그네가 이야기를 시작했소.

아낙네와 참깨 이야기

오래전에 어떤 사람의 집에 머물렀던 적이 있소. 저녁을 먹은 후 잠자리에 들었는데 옆방에서 주인 부부가 나누는 얘기 소리가 들려왔소. 주인은 무슨 고민이 있었던지 잠을 못 이루며 망설이다가 어렵사리 입을 여는 기색이었는데 그 내용인즉 이러했소.

"여보, 내일 손님들을 초대해서 식사 대접을 할까 하오. 음식 장만 좀 해주겠소?"

그의 아내가 쏘아붙였소.

"식구들 먹고살기도 빠듯한데 누굴 대접하겠단 말이에요? 당신은 앞날을 위한 대비는 하지 않고 모조리 먹어치울 생각만 하세요?"

주인이 타이르는 듯한 어조로 말했소.

"쓸 때는 좀 씁시다. 아끼고 모아두기만 하다간 가엾은 늑대 신세가 될 수도 있소. 늑대는 식량을 아끼다가 결국 고기 한 점 입에 대지 못하고 죽었소."

아내가 "어떤 일이 있었어요?"라고 묻자 주인이 이야기를 시작했소.

맛있는 식량을 아끼려고 맛없는 활시위를 물어뜯다 죽은 늑대.

식량을 아끼던 늑대 이야기

어느 사냥꾼이 활을 메고 집을 나섰소. 그리 멀리 가지 않아 사슴 한 마리를 발견하고 명중시켰소. 그리고 그 사슴을 어깨에 둘러메고 집으로 향하던 중 멧돼지 한 마리를 보았소. 사냥꾼은 멧돼지에게 화살을 쏘았고, 화살을 맞은 멧돼지는 사냥꾼에게 덤벼들었소. 결국 사냥꾼과 멧돼지는 둘 다 죽었고 활은 사냥꾼의 손에서 힘없이 떨어졌소.

바로 그때 늑대가 지나다가 그 광경을 보고 침을 꿀꺽 삼키며 중얼거렸소.

"이런 횡재가! 사람, 사슴, 거기다가 멧돼지까지? 한참 먹을 수 있겠군. 모름지기 앞날을 위해 절약을 해야 하는 법! 맛이 없는 것부터 먹어야겠군. 이 활부터 먹는 게 어떨까? 하루 끼니론 충분해 보이는데."

그러면서 활시위를 물어뜯는 순간 활의 한쪽 끝이 튕겨지면서 늑대의 목을 찔렀소. 늑대는 그대로 숨을 거두었소.

"내가 당신에게 이 이야기를 들려주는 까닭은 아끼고 모으기만 하다간 허망한 결과를 맞이한다는 사실을 일깨우기 위함이오."

아내가 고개를 끄덕이며 말했소.

"듣고 보니 당신 말도 일리가 있군요. 집에 쌀과 참깨가 있으니 예닐

곱 사람 정도는 대접할 수 있어요. 내일 아침 일찍 일어나 서두를 테니까 염려 마세요."

다음날 아침 아내는 참깨를 떨어서 햇볕에 펴 말리며 어린 아들에게 일렀소.

"애야, 새나 개가 여기에 얼씬거리지 못하도록 잘 지키고 있어라."

그후 아내는 부엌일을 하느라 바빴고 어린 아들은 엄마의 당부를 까맣게 잊고 놀기만 했소. 그사이 개 한 마리가 와서 참깨를 짓밟으며 여기저기 핥아놓았소. 아내는 크게 낙담하였소. 개가 더럽혀놓은 재료로는 음식을 만들 수 없기 때문이었소.

아내는 잠시 생각을 한 끝에 바구니 하나를 가져와 그 참깨를 담았소. 그리고 그걸 들고 시장으로 가서 어느 가게에 들어가 같은 양의 떨지 않은 참깨와 바꾸었소. 그러자 가게 주인은 매우 의아해했소.

그 장면을 지켜보던 나는 속으로 말했소.

'이 아낙네가 떨어놓은 참깨와 떨어놓지 않은 참깨를 맞바꾸는 데는 그럴 만한 이유가 있다네.'

"이와 마찬가지로 그 성가신 쥐가 왕성한 힘을 발휘하는 데는 분명한 이유가 있소. 도끼 좀 가져오시오. 내가 그 쥐 굴을 파헤쳐서 원인을 찾아내겠소."

수도승은 이웃집에 가서 도끼를 빌려 왔고, 나그네는 그 도끼로 작업을 시작했소. 마침 나는 내 굴 속에 있지 않고 다른 굴에서 그들의 대화를 듣고 있었소. 다만 내 굴에 있는 돈주머니가 걱정이 되었소. 그 돈주머니로 말하자면 누가 놔두었는지는 모르겠지만 100디나르가 들어 있었소. 아무래도 그것을 빼앗길 것만 같았소.

아니나다를까 나그네는 굴을 파헤쳐서 그 돈주머니를 꺼내어 들고 탄성을 질렀소.

"바로 이것이었어! 쥐가 잘 뛰어오르던 힘은 바로 이 돈에 있었어. 돈이 힘과 지혜와 가능성을 주었던 것이지. 앞으로는 예전처럼 잘 뛰어오르지 못할 거야."

과연 나그네의 말이 옳았소. 돈주머니를 잃은 후 나의 높이뛰기 실력은 형편없어졌소.

다음날이 되자 나를 추종하던 쥐들이 몰려와 나에게 애원하였소.

"배가 고파요. 당신은 우리의 희망이잖아요."

나는 그 쥐들과 더불어 바구니를 향해 뛰어올랐소. 그러나 실패였소. 늘 뛰어오르던 곳에서 여러 차례 시도했으나 번번이 실패였소. 예전의 내가 아니었소. 다른 쥐들도 나의 무기력함을 알고서 수군거렸소.

"다른 데로 가보자! 그는 가망 없어. 더 이상 우리에게 필요한 존재가 아니야. 오히려 우리가 그를 먹여 살려야 할지도 몰라."

그리고 그들은 나를 떠났소. 어디 그뿐이겠소? 나와 원수지간인 쥐에게 붙어서 아첨하며 나를 적대시했소. 언제 내 도움을 받았느냐는 듯 일순간에 안면을 바꾸었소.

그때 나는 스스로에게 말했소.

'돈을 잃으니까 형제도 친지도 동지도 모두 등을 돌리는구나!'

돈이 없는 사람은 비록 어떤 꿈을 가졌다 하더라도 펼칠 수 없다는 사실을 깨달았소. 마치 깊은 골짜기에 고인 겨울 빗물이 개울이나 강으로 흐르지 못하고 고립된 채 땅으로 스며 잦아들 수밖에 없듯이 말이오.

아! 형제에게 버림받으니 친척에게서도 외면당하고, 자손이 없으니 성씨도 대물림할 수 없고, 돈을 잃으니 지혜도 잃을 뿐 아니라 현세나 내세마저도 기약할 수 없음을 깨달았소.

돈이 없으면 왜 그토록 비참해지는지 아시오? 가난이란 체면을 포기하도록 만들기 때문이오. 체면을 포기하면 기쁨이 사라지고, 기쁨이 사라지면 자신을 혐오하게 된다오. 자신을 혐오하면 슬픔이 많아지고, 슬픔이 많아지면 지혜가 부족해진다오. 지혜가 부족해지면 판단력이 흐려져서 매사에 좌충우돌하다가 마침내는 화를 자초한다오. 이런 모양으로 살아간다면 현세와 내세에서 가장 비참한 신세가 아니겠소? 세상 사람들에게 외면당하고 멸시받으면서 그저 목숨을 잇기 위해 체면 무릅쓰고 구걸하는 삶은 현세에서도 떳떳하지 못하고 내세에서도 면목이 없게 된다오.

남의 도움을 갈구하는 가난뱅이의 모습은 척박한 땅에서 자라난데다 온통 벌레에 먹혀 앙상하고 처량한 꼴을 한 나무와 같다오.

가난은 가장 모진 시련이며 가난한 사람에게는 갖은 멸시와 모욕이 빗발치는 것이 현실임을 깨달았소.

가난해지니까 세상이 변합디다. 과거에는 나를 믿고 따르던 자들이 하루아침에 등을 돌려 모함과 질시를 퍼붓습디다. 가난해지니까 서럽습디다. 죄를 짓지 않았는데도 공연히 죄인 취급을 받게 되더이다. 같은 일을 해도 부자에게는 칭송이, 가난한 이에게는 비난이 따릅디다. 가난한 이가 용맹스러우면 객기를 부린다고 비웃고, 관대한 행동을 하면 분수가 없다고 흉보고, 온순하게 살면 나약하다고 얕보고, 기품 있게 행동하면 한심하다고 수군거리고, 과묵하게 지내면 우둔하다고 무시하고, 달변으로 입을 열면 수다쟁이라고 손가락질하더이다.

궁색하고 비천하게 사느니 차라리 죽는 편이 낫다는 생각을 했소. 남에게 베풀며 살아오던 이가 어느 날 갑자기 남의 도움을 받아야 하는 처지로 전락하니 견딜 수가 없었소. 인색하고 비열한 자들에게 구걸하며 사느니 차라리 독사의 입에 손을 넣어 독을 꺼내어 삼키는 편이 훨씬 쉬운 일이라고 생각했소.

한편 수도승과 나그네는 돈주머니를 열어 그 안에 들어 있는 돈을 나누어 가졌소. 밤이 되자 수도승은 자기 몫을 머리맡의 가죽함에 넣어두었소.

나는 그 돈을 되찾아서 내 굴에 간직하고 싶었소. 힘도 회복하고 친구들도 다시 돌아오길 바라는 마음에서였소. 그래서 수도승이 자는 동안 그의 머리맡으로 살금살금 기어갔소. 그러나 이게 웬일이오? 나그네가 몽둥이를 들고 기다리다가 사정없이 내 머리를 내려치는 게 아니겠소? 나는 황급히 나의 굴로 돌아왔소.

얼마쯤 지났을까, 통증이 가라앉자 그 돈을 꼭 찾고야 말겠다는 욕구가 다시 꿈틀댔소. 나는 다시 시도해보았소. 그러나 나의 행동을 주시하던 나그네에게 또 들켜서 피가 흐르도록 맞아 만신창이가 되어 돌아왔소. 그러고는 기절하여 쓰러졌소.

그후 깨어난 뒤에도 얼마나 아픔이 극심했던지 돈을 머릿속에 떠올리기만 해도 몸서리가 쳐졌소. 돈에 관한 기억이라곤 공포와 전율밖에 남아 있지 않았소. 현세의 재앙은 탐욕에서 비롯됨을 깨달았소. 탐욕을 품으면 만족할 줄 모르기 때문이라오. 사람이 끝없는 욕망의 굴레에서 벗어나지 못하는 한 고통과 시련과 재앙을 면할 수 없다오.

나는 욕심을 버리고 자족하며 살기로 했소. 그리고 새 삶을 찾아 정처 없이 떠나기로 마음먹었소. 혹 아주 인심 후한 부자가 나타나 나를 도와주겠다고 하더라도 남에게 손을 벌리며 사느니 고생이 되더라도 내 힘으로 사는 편이 낫다고 판단했기 때문이오.

선현들은 '최상의 지혜는 신중함이요, 최고의 경건은 악을 멀리함이요, 최상의 덕망은 선한 인품이요, 최고의 부자는 만족할 줄 아는 사람이니라'고 말씀하셨소. 사람은 재물에 대한 욕심을 자제해야 하오. 자비로운 마음으로 자선을 베풀며 분별 있게 살아야 하오. 선현들은 '거짓말쟁이보다는 차라리 벙어리가 낫고, 남의 도움으로 풍족하게 지내느니 차라리 가난하게 사는 편이 낫다'고 말씀하셨소.

그래서 수도승의 집을 떠나 광야로 나왔소. 그때 멧비둘기를 사귀어 친하게 지냈고 또 까마귀를 알게 되어 여기까지 온 것이오. 까마귀가 당신 얘기를 하며 여기에 오자고 제안했을 때 나는 선뜻 응했소. 외롭고 적적하게 사는 것은 정말 싫었소. 이 세상에서 친구와 더불어 사는 기쁨에 비할 것이 어디 있겠소? 친구와 헤어지는 일만큼 슬픈 일이 어디 있겠소?

내가 경험하며 깨달은 바로는 현명한 사람이라면 욕심을 버리고 자족하며 살아야 한다는 거요. 그저 근근이 연명할 정도의 재물만 있으면 되오. 건강한 육신과 고요한 마음을 유지할 정도로 최소한의 식량만 있으면 되는 것이오. 한 사람에게 세상의 온갖 부귀영화가 주어진다 하더라도 정작 그가 누릴 수 있는 것은 극히 한정된 부분이 아니겠소? 기본적인 욕구를 해결하는 데 꼭 필요한 물질이면 충분하지 않겠소?

나는 이런 생각을 갖고 여기에 왔소. 거북 양반, 나는 당신의 영원한 친구가 되겠소. 내 뜻을 받아주길 바라오.

큰 쥐가 자신의 과거 사연과 더불어 삶의 지론을 허심탄회하게 밝히는 긴 이야기를 끝내자 거북은 다정하고 친절하게 찬사를 보내며 위로를 곁들였습니다.

"아주 유익한 얘기였소! 그런데 단 하나 아쉬운 점이 있다면, 당신은 아직도 쓰라린 악몽의 잔재를 완전히 떨쳐버리지 못하고 있다는 사실이오. 당신이 가난하다는 생각, 당신의 처지가 비참하다는 생각, 그리고 타향살이의 외로움 때문에 실의에 빠져 있소. 자! 그런 생각일랑 훌훌 벗어버려요.

훌륭한 말은 훌륭한 실천을 통해서 비로소 완성된다는 이치를 알아 두시오. 이는 환자가 자신의 병을 치료할 수 있는 약을 알고 있으면서도 복용하지 않으면 아무 소용이 없는 것과 같소. 머리로 알고 있는 지식은 소용이 없소. 수중에 돈이 없다고 의기소침해 있는 모습은 당신답지 않소이다. 당신의 훌륭한 생각은 어디로 간 거요? 사자는 엎드려 쉬고 있을 때도 맹위를 떨치는 것처럼 기백이 있는 사람은 돈 없이도 얼마든지 관대할 수 있소. 반면에 기백이 없는 부자는, 금목걸이를 걸고 금발찌를 한 개의 모습처럼 아무리 가진 것이 많다 해도 경박하고 비루하다오.

그리고 고향을 떠나와서 외롭다고 한탄하지 마시오. 지혜로운 사람은, 힘센 사자가 쉽게 동요하지 않듯 외로움을 느끼지 않는 법이라오. 당신이 건전한 생각을 실천하며 성실하게 살면 경사진 곳으로 물이 흐르듯 당신에게 복이 깃들 것이오. 무릇 굳건하고 안목이 있는 사람에게 복이 깃들기 마련이고 게으르고 나약한 이에게는 복이 깃들지 않는 법이라오.

　　이 세상에는 흔들리고 사라지기 쉬운 것들이 있는데, 여름날의 구름 그림자, 악인들의 우정, 여인네의 애정, 떠도는 헛소문, 기초가 흔들리는 건물, 많은 재물 등이 거기에 속한다오. 그러므로 지혜로운 사람은 가난을 슬퍼하지 않소. 지혜와 선량한 행동이 바로 그의 재산이기 때문이오. 지혜로운 사람은 양심적이고 소신 있는 행동을 한다오. 또한 내세의 일도 염두에 두고 있다오. 죽음이란 예고 없이 갑작스럽게 닥치기 때문이오.

　　큰 쥐 양반, 당신은 지혜롭기 때문에 내 말을 잘 이해했을 것이오. 당신은 우리의 친구라오. 아낌없는 우정과 충고로 당신을 돕겠소."

　　이와 같이 거북이 큰 쥐에게 이르는 따뜻한 위로와 충고의 말이 끝났을 때, 까마귀가 거북에게 말했습니다.

　　"거북! 자네는 참 좋은 친구일세. 자네의 훌륭한 이야기에 감동했네. 깊은 이해심과 우정을 간직한 자네는 정말 행복한 사람이라네.

이 세상에서 제일 행복한 사람은 선하고 진실한 벗들과 어울리며 즐거울 땐 기쁨을 나누고 어려울 땐 서로 돕는 사람들이지. 너그러운 사람이 길을 가다 넘어지면 너그러운 사람들만이 그의 손을 잡아 일으켜주기 마련이라네. 마치 코끼리가 진흙탕에 빠지면 코끼리들만이 끌어낼 수가 있듯이 말일세."

까마귀가 이렇게 말하고 있을 때 낯선 사슴 한 마리가 급하게 달려왔습니다. 거북은 놀라서 물속으로 숨었고 큰 쥐는 굴속으로 들어갔고 까마귀는 나무 위로 날아올랐습니다.

잠시 후 까마귀는 하늘 높이 날아서 사슴이 누군가에게 쫓기고 있는지 살폈습니다. 아무도 따라오지 않음을 확인하자 큰 쥐와 거북을 불러내어 사슴에게 다가갔습니다.

연못을 들여다보고 있는 사슴에게 거북이 말을 걸었습니다.

"갈증이 나거든 이 물을 마시도록 하시오. 마음 푹 놓으시고."

사슴이 그들에게 한 발짝 가까이 오자 거북이 반가이 맞이하며 물었습니다.

"어디서 오셨소?"

사슴이 대답했습니다.

"저는 이 들판에서 풀을 뜯어 먹으며 살고 있답니다. 언제부터인가 저를 겨냥해 여기저기서 화살이 날아오는가 싶더니 오늘은 수상한 사람이 저에게 다가오더군요. 아마도 사냥꾼인 듯싶어 도망쳤어요."

거북이 말했습니다.

"두려워할 것 없소. 이곳은 사냥꾼의 발길이 전혀 닿지 않는다오. 우리와 함께 여기서 오순도순 삽시다. 맑은 물과 목초도 풍성하다오."

그리하여 사슴은 그들과 더불어 지내게 되었습니다. 네 명의 친구들, 즉 큰 쥐, 까마귀, 거북, 사슴은 그늘진 정자에 모여 갖가지 소식과 정담을 나누며 즐거운 나날을 보냈습니다.

그러던 어느 날 사슴이 정자에 나타나지 않았습니다. 큰 쥐와 까마귀와 거북이 한 시간이 넘게 기다려도 사슴은 나타나지 않았습니다. 그들은 심상치 않은 일이 발생했음을 예감하고 초조해졌습니다.

이윽고 큰 쥐와 거북이 까마귀에게 부탁했습니다.

"무슨 일이 일어났는지 알아보고 와주시오."

까마귀가 하늘을 날며 살펴보니 사슴이 올가미에 걸려 있는 게 아니겠습니까? 까마귀는 급히 돌아와 이 사실을 큰 쥐와 거북에게 알렸고, 그들은 머리를 맞대고 대책을 의논하기 시작했습니다.

조금 후 거북과 까마귀가 큰 쥐에게 제안했습니다.

"큰 쥐 양반, 당신말고는 아무도 이 일을 해결할 수 없소. 친구를 구합시다."

큰 쥐는 이 제안을 듣자마자 즉각 사슴에게 달려갔습니다. 그리고 올가미에 갇혀 있는 사슴을 보자마자 물었습니다.

"당신처럼 총명한 이가 올가미에 걸리다니요? 도대체 어찌 된 일이오?"

사슴이 대답했습니다.

"총명하다고 운명을 이기지는 못합니다."

큰 쥐는 서둘러서 올가미를 끊기 시작했습니다. 그때 거북이 찾아오자 사슴이 걱정스럽게 말했습니다.

"어찌하려고 여기까지 오셨습니까? 사냥꾼이 오면 어떡하려고. 저는 올가미가 끊어지면 재빨리 달릴 수 있고 큰 쥐는 굴로 들어가고 까마귀는 날아오를 수 있지만 당신은 몸이 무거워 빨리 움직일 수 없지 않습니까? 사냥꾼이 당장이라도 오면 어찌합니까?"

거북이 대답했습니다.

"사랑하는 사람들과 헤어져서 사는 삶이 무슨 의미가 있겠소? 친구와 떨어져 있으니 사랑도 기쁨도 사라지고 온통 암흑뿐이라오."

그 말이 끝나기도 전에 사냥꾼이 당도했고, 바로 그 순간 다행히도 큰 쥐는 올가미를 완전히 끊었습니다. 사슴은 재빨리 뛰었고, 까마귀는 날아오르고, 큰 쥐는 굴속으로 숨었으나 거북은 방법이 없었습니다.

사냥꾼은 올가미가 끊긴 것을 보고 이쪽저쪽 두리번거렸으나 기어다니는 거북밖에 아무것도 발견하지 못했습니다. 사냥꾼은 거북을 잡아서 묶은 뒤 끌고 갔습니다.

이 광경을 말없이 지켜볼 수밖에 없었던 까마귀와 사슴과 큰 쥐는 애를 태우며 가슴 저미는 슬픔을 삼켰습니다.

이윽고 큰 쥐가 한탄하기 시작했습니다.

"시련의 한 고비를 넘었나 싶었더니 곧이어 더 큰 시련이 닥치는구나! 사람이 길을 걷다가 한번 넘어지면 그후론 제아무리 평탄한 길을 가더라도 자꾸 넘어지게 된다는 말이 새삼 와 닿는군. 거북은 참으로 좋은 친구였어. 그의 우정은 어떠한 보답이나 대가를 바라지 않는 지극히 순수하고 고귀한 사랑이었어. 부모가 자식에게 쏟는 사랑보다 더 지극하고 한량없었지. 죽음이 아니고서는 그의 사랑은 끊어질 수 없었지. 그런데 그를 잃게 되다니⋯⋯

아! 슬프도다. 왜 나에게는 시련이 꼬리를 무는 걸까? 왜 내 곁에 영원히 머무르는 행복은 없는 걸까? 즐거워질 만하면 고통이 닥치고, 고요해질 만하면 폭풍이 몰아치고, 흥하는 듯하면 망하는구나! 부침하는 내 신세는 하늘의 별과 같도다. 저 하늘의 별은 계속 떠오르거나 계속 지지 아니하고, 떠오르다가는 지고, 지다가는 떠오르니 흡사 내 신세로다.

온갖 고생 끝에 거북처럼 좋은 친구를 얻어 사는 것처럼 산다 싶었는데⋯⋯ 이제 그 친구를 잃었으니 등골이 쪼개지는 이 슬픔을 어찌 참아 내리오. 내 신세는 채 아물지 않은 환부에 또 상처를 입은 격이로다."

이와 같은 큰 쥐의 탄식을 듣던 까마귀와 사슴이 말했습니다.

"우리가 지금 거북을 그리워하고 침이 마르도록 그를 칭송한다 한들 실질적으로 무슨 도움이 되겠소? 옛말에 사람의 인격은 시련 속에서 드러나고, 남정네의 신용은 돈 거래 중에 판가름 나고, 친척과 자식의 진심은 가난할 때 확인되고, 친구의 우정은 곤경에 빠졌을 때 발휘된다고 하지 않았소?"

그러자 큰 쥐가 사슴에게 제안을 했습니다.

"나한테 묘안이 하나 떠올랐소. 사슴 양반, 당신이 사냥꾼을 유인하는 방법이라오. 자세히 설명할 테니 들어보시오.

사냥꾼이 지나게 될 길목에 당신이 다 죽어가는 척하며 쓰러져 있고, 까마귀는 죽어가는 사슴을 먹는 척하면 되는 것이오. 그러다가 사냥꾼이 가까이 오면 일어나 뛰어가시오. 사냥꾼은 당신을 놓치지 않으려고 거북을 놔둔 채 사냥 도구를 꺼내어 따라갈 것이오. 당신은 잡힐 듯 말 듯 일정한 거리를 두고 천천히 뛰어야 하오. 그러면 사냥꾼은 포기하지 않고 당신을 계속 쫓을 것이오. 거북에게서 멀어질 때까지 계속 유인하고, 가능하면 굽이진 길을 택하시오. 그동안 나는 거북의 결박을 끊어 구조하겠소."

사슴과 까마귀는 큰 쥐의 제안을 따랐습니다. 그리하여 사슴이 사냥꾼을 유인하여 멀리 데려간 사이에 큰 쥐는 거북을 구조했습니다.

한편 사슴을 쫓다가 놓치고 만 사냥꾼은 거북을 두고 갔던 장소로 숨을 헐떡이며 되돌아왔지만 끊어진 동아줄만 여기저기 흩어져 있을 뿐 거북은 찾을 길이 없었습니다.

사냥꾼은 정신이 멍해지면서 그가 겪었던 일련의 장면들이 머리를 스쳤습니다. 즉 다 죽어가던 사슴의 모습과 그 고기를 먹던 까마귀의 모습, 그리고 끊어진 동아줄의 모습이 떠오르는 순간 그는 문득 자신이 무언가에 홀리고 있음을 깨닫고 공포에 휩싸여 중얼거렸습니다.

"여기는 진*이 사는 곳이든지 아니면 마법의 땅임이 분명해."

사냥꾼은 갖고 있던 모든 도구를 팽개친 채 뒤도 돌아보지 않고 달아났습니다.

까마귀와 사슴, 큰 쥐 그리고 거북은 그늘진 정자에 모여 그 어느 때보다도 평화로움과 행복함을 느꼈습니다.

"그들은 작고 약한 존재들이지만 신실한 우정과 확고한 믿음을 바탕

★ 진(Jinn)은 정령(精靈), 도깨비, 요정, 마신(魔神) 등으로 해석할 수 있다. 인간처럼 알라에 의해 창조되었으며 사고력이 있는 존재로, 여러 가지 모습으로 변하여 인간에게 나타나 이로움을 주기도 하고 해를 끼치기도 한다. 진은 이슬람이 출현하기 이전부터 아랍의 민간신앙에 등장하는 초월적 존재다. 이슬람교 경전『코란』에는, 인간은 흙으로 만들어졌고 진은 연기가 나지 않는 불꽃으로 만들어졌고 천사는 빛으로 만들어졌다고 되어 있다. 복수일 때는 진, 단수일 때는 진니(Jinniy)라고 하는데,『천일야화』의 '알라딘과 요술램프 이야기'에서 램프의 하인인 '지니'가 바로 이것이다.

사냥꾼에게 잡힌 거북을 구하기 위해 사슴과 까마귀가 꾀를 써서 사냥꾼을 유인한다.

으로 서로 협조하여 여러 차례의 위기를 극복했습니다. 동물들도 이러할진대 하물며 지혜와 식견을 갖추고 선과 악의 분별이 확실한 우리 인간들이 바르게 살아간다면 넘지 못할 벽이 어디 있겠습니까?

이상은 진실한 벗들과 참된 우정에 관한 이야기였습니다."

올빼미와 까마귀의 장

다브샬림 왕이 현자 바이다바에게 말했다.

"진실한 벗들이 서로 도우며 살아가는 이야기를 잘 들었소. 이번에는 애원하며 아첨하는 적에게 속아서 멸망한 경우에 대해 들려주시오.

만일 적이 머리를 조아리고 구원을 청한다면 왕은 어떻게 대처해야 하오? 과연 적이 동지가 될 수 있겠소? 적의 말을 어디까지 믿어야 하오?"

현자가 대답했다.

"적에게 감쪽같이 속아넘어간 예로, 까마귀에게 당한 올빼미의 이야기가 있습니다."

다브샬림 왕이 "어떤 일이 있었소?"라고 묻자 현자 바이다바가 이야기를 시작했다.

올빼미와 까마귀의 전쟁 이야기

옛날 어느 산에 어마어마하게 커다란 나무 한 그루가 있었습니다. 그 나무에는 까마귀 천 마리가 살고 있는 둥지가 있었는가 하면 올빼미 천 마리가 살고 있는 굴도 있었습니다.

까마귀 진영에는 까마귀왕이, 올빼미 진영에는 올빼미왕이 각각 자신의 무리를 다스리고 있었습니다. 그런데 까마귀 진영과 올빼미 진영은 서로 원수지간이었습니다.

어느 날 밤, 올빼미왕은 신하들을 이끌고 까마귀 둥지를 급습해서 많은 까마귀들을 죽이거나 포로로 잡아갔습니다.

아침이 되자 까마귀들은 자신들의 왕에게 몰려가서 말했습니다.

"전하, 지난밤 올빼미들이 저지른 만행을 알고 계시옵니까? 우리 까마귀들 중 많은 수가 죽거나 피를 흘렸으며 그 외에도 날개가 찢기거나 깃털이 뽑히고 꽁지가 잘려나간 경우가 허다하옵니다.

무엇보다도 중대한 사실은 그들이 감히 우리에게 공격을 개시했다는 점과 우리의 군사 요충지를 파악하고 있다는 점이옵니다. 그들이 언제 또 도발할지 모릅니다. 서둘러 대책을 세우셔야 하옵니다."

까마귀왕은 이 문제를 대신들과 논의하기로 했습니다. 까마귀왕의 휘하에는 지혜가 출중한 다섯 명의 대신들이 있었으니 왕은 항상 그들과 나라의 중대사를 의논하고 자문을 구해왔습니다.

까마귀왕은 첫째 대신에게 물었습니다.

"이번 사건에 어찌 대처하면 좋겠소?"

첫째 대신이 대답했습니다.

"선현들은 '사나운 적은 피하는 길이 묘수이니라'고 말씀하셨사옵니다."

이어서 까마귀왕은 둘째 대신에게 물었습니다.

"그대는 이번 일을 어찌 처리하는 것이 옳다고 보오?"

둘째 대신이 대답했습니다.

"피난을 가야 하옵니다."

그러자 까마귀왕이 난감한 표정으로 말했습니다.

"그대들의 의견은 우리의 보금자리를 적에게 양보하고 떠나자는 것이로군. 그러나 첫번째 시련에 그렇게 쉽게 굴복할 순 없소. 절대 그래서는 아니 되오.

우리는 힘을 모아 전열을 가다듬고 경계를 강화해야 하오. 그리고 결전의 날이 닥치면 한 발짝도 뒤로 물러서지 말고 열심히 싸워서 우리의 터전을 지켜야 하오. 적을 섬멸하고 영원히 평화롭게 살기 위해선 결연한 의지와 막강한 군사력으로 무장해야 하오."

이 말을 마친 까마귀왕은 셋째 대신에게 물었습니다.

"그대의 의견은 어떠하오?"

셋째 대신이 대답했습니다.

"제 의견으로 말씀드리자면 앞서 말한 두 대신들의 견해와는 다르옵니다. 현상황에서 우리에게 중요한 일은 올빼미 진영의 의도를 확실히 파악하는 것이옵니다. 그들이 화해를 원하는지 또는 전쟁을 원하는지 또는 돈을 원하는지 확실히 알아야 하옵니다.

그러기 위해서는 올빼미 진영에 첩자들을 침투시켜 정보를 수집한 후 중재단을 파견해서 구체적인 협상을 벌여야 하옵니다. 만일 그들이 돈을 원한다면 돈을 써서 화해를 하는 편도 무방할 듯싶사옵니다. 우리가 그들에게 매년 토지세만 내면 굳이 전쟁을 치르지 않고서도 우리의 보금자리를 지킬 수 있지 않겠사옵니까?

막강한 적의 위협으로 나라가 위태로울 때 군왕은 재물을 통해서 나라와 자신과 백성을 구할 방도를 찾아야 하옵니다."

이번에는 까마귀왕이 넷째 대신에게 물었습니다.

"이와 같이 화해를 청하는 방법에 대해 어찌 생각하오?"

넷째 대신이 대답했습니다.

"저는 셋째 대신의 의견에 반대합니다. 우리가 재물을 허비하면서까지 비천한 적에게 굴복하느니 차라리 타향살이를 택하는 편이 낫다고 생각되옵니다. 우리가 그들에게 토지세를 바친다 해도 그들은 결코 흡족해하지 않을 것이옵니다.

옛말에 '적과 싸워 이기려면 그들과 적당한 거리를 유지해야 되느니라. 적과 너무 가까이 지내다보면 얕보여서 짓밟히기 십상이니라'고 했사옵니다. 그러한 예로 햇빛 아래 세워진 나무판자를 들 수 있사온데 나무판자를 적당히 기울이면 그림자가 길어져 우리가 의지할 넓은 그늘이 생기지만 너무 많이 기울여 땅에 가까이 대면 우리가 의지할 만한 그림자 그늘은 오히려 줄어듭니다.

우리가 그들과 화해하고 친밀하게 지내려고 노력한다 해서 그들이 만족하는 건 아니옵니다. 오히려 그들은 다시 도발할 기회만 찾을 것입니다. 그러니 우리가 그들에게 화해를 청해서도 아니 되고, 노골적으로 적대감을 표시할 필요도 없사옵니다. 조용히 이곳을 떠나 타향에서 군사력을 증강시킨 뒤 쳐들어가야 합니다."

까마귀왕은 이 말을 들은 뒤 다섯째 대신에게 물었습니다.

"그대의 생각은 어떻소? 피난을 가야겠소? 화해를 해야겠소? 전쟁을 해야겠소?"

다섯째 대신이 대답했습니다.

"전쟁은 아니 되옵니다. 우리보다 강한 적과 전쟁을 하는 일은 위험하옵니다. 옛말에 '자신의 힘도 모르고 적의 힘도 모르면서 무모하게 싸움에 뛰어드는 일은 죽음을 자초하는 행위니라'고 했사옵니다. 더욱

이 올빼미 진영의 군사력은 매우 막강하옵니다.

지혜로운 사람은 적을 과소평가하지 않사옵니다. 적을 과소평가하다 간 적에게 속기 마련이며, 적에게 속으면 목숨을 보전키 어렵기 때문이옵니다. 올빼미 진영은 실로 두려운 존재이옵니다. 저는 그들이 도발해 오기 전부터 그들의 존재에 심히 두려움을 느꼈사옵니다.

현명한 사람이라면 항상 적을 경계해야 하옵니다. 적이 멀리 있을 때는 그 막강한 군사력을 경계해야 하고, 가까이 있을 때는 직접적인 도발에 대비해야 하고, 적이 단 한 명일 때는 그 계략을 조심해야 하옵니다.

더욱 현명하고 사려 깊은 사람이라면 전쟁을 피해야 하옵니다. 전쟁은 정신과 육체를 소모하는 귀중한 대가를 치러야 하기 때문이옵니다. 우리는 가능한 한 가벼운 대가를 치르고서 목적을 달성할 방도를 모색해야 하옵니다. 그러한 방도 가운데는 재물, 유연한 언변, 민첩한 행동 등이 있사온데 여러모로 보아 유연한 언변이 최적이옵니다.

전하! 올빼미 진영과의 전쟁은 생각지 마옵소서. 자기보다 힘센 적과의 전쟁은 목숨을 걸어야 하는 위험천만한 일이옵니다.

무릇 성군은 충신을 선별하여 그 조언에 귀를 기울이고, 비밀을 수호하며 위엄을 갖추어야 하는 줄 아옵니다. 전하께서는 성군의 길을 가시길 바라옵니다.

전하! 제가 지금부터 아뢰올 말씀은 오직 전하께서만 들으셔야 하옵니다. 세상일 중에는 공개적으로 진행될 일이 있는가 하면 비밀리에 진행될 일이 있사옵니다. 그리고 비밀리에 진행될 일은 그 중요성에 따라 차등을 두어 다루어져야 하옵니다. 다시 말씀드리자면 비밀 가운데는 종족 내에서 지켜져야 할 비밀이 있는가 하면 가족 내에서 지켜져야 할 비밀이 있고, 단 두 사람 사이에서 지켜져야 할 비밀이 있사옵니다.

제가 전하께 아뢰고자 하는 내용은 단 두 사람, 즉 전하와 저만 알아야 하는 비밀이옵니다. 네 개의 귀와 두 개의 혀만이 동참할 수 있는 비밀이옵니다."

그리하여 까마귀왕은 다섯째 대신과 단둘이 조용한 곳으로 갔습니다. 그곳에서 왕은 대신에게 물었습니다.

"그대는 우리와 올빼미 진영과의 적대관계가 어떻게 시작되었는지 아시오?"

다섯째 대신이 대답했습니다.

"예, 알고 있사옵니다. 어느 까마귀의 경솔한 망언이 발단이었습니다."

까마귀왕이 "어떤 일이 있었소?"라고 묻자 다섯째 대신이 이야기를 시작했습니다.

망언을 한 까마귀 이야기

옛날에 한 무리의 두루미들이 살고 있었습니다. 그런데 그들에게는 통치자가 없었습니다. 어느 날 두루미들은 자신들에게도 통치자가 필요함을 깨닫고 회의를 열었습니다. 그 결과 올빼미왕을 통치자로 추대할 것을 만장일치로 결정했사옵니다.

그때 마침 까마귀 한 마리가 두루미들 곁을 지나갔습니다. 그러자 두루미들은 그 까마귀를 불러서 자신들의 결정안에 대해 자문을 구했사옵니다.

"까마귀님, 우리 두루미들은 올빼미왕을 통치자로 모셔와 섬기기로 했어요. 어떻게 생각하세요?"

까마귀가 대답했습니다.

"그 많고 많은 새 중에서 왜 하필 올빼미를 택했습니까? 이 세상에서 공작, 오리, 타조, 비둘기 등을 비롯한 모든 새들이 다 사라져버린다면 그때야 어쩔 수 없이 올빼미에게 통치를 맡겨야 하겠지요.

올빼미로 말하자면, 새 중에서 최고로 못생기고 성질이 제일 고약하고 가장 어리석고 사나운 존재이지요. 어디 그뿐입니까? 각박하고 인색하기 그지없고 낮에는 앞도 보지 못하지요. 게다가 모두들 코를 막고 도망가야 할 만큼 악취까지 풍겨요. 괴팍하고 생각이 짧기로 둘째가라면

서러운 존재에게 통치를 맡기다니요? 차라리 당신들이 올빼미를 다스리는 편이 훨씬 낫겠네요. 그러니 당신들 스스로의 지혜와 판단력으로 살아가도록 해요. 지혜로운 토끼가 자신을 달님의 특사라고 주장함으로써 거대한 코끼리를 물리친 것처럼 말이에요."

두루미들이 "어떤 일이 있었어요?"라고 묻자 까마귀가 이야기를 시작했습니다.

코끼리를 물리친 토끼 이야기

옛날 어느 땅에 코끼리들이 살고 있었어요. 그 땅에 가뭄이 닥쳐서 나무와 풀들이 바짝 말라 죽어갔고 샘물도 말라붙었지요. 코끼리들은 타는 듯한 목마름에 허덕이던 끝에 그들의 왕을 찾아가 대책 마련을 호소했어요.

그리하여 코끼리왕은 물을 찾으러 사방으로 탐색대를 파견했지요. 얼마 후 한 탐색대가 돌아와서 '달의 샘물'이라 불리는 샘이 이러이러한 곳에 있는데 아주 물이 많다고 보고했어요.

코끼리왕과 신하들은 곧 샘물을 마시러 떠났어요. 그런데 그 샘은 토끼들의 영역 안에 있었기 때문에 자연히 코끼리들은 샘으로 가는 길에 사고를 저지를 수밖에 없었어요. 토끼 굴을 짓밟게 되어 많은 토끼들이 죽어버린 거예요. 이에 격분한 토끼들은 자기들의 왕을 찾아가 하소연했어요.

"코끼리들이 어떤 짓을 했는지 아시옵니까? 서둘러 대책을 세워주시옵소서."

토끼왕이 말했지요.

"여러분들 가운데서 좋은 방안을 갖고 계신 분이 있다면 나와보시오."

그러자 화이루즈라는 이름의 토끼가 나왔어요. 그는 지혜롭고 공손하기로 이미 소문이 나 있었지요.

토끼왕이 그에게 물었어요.

"어떤 생각을 갖고 있소?"

"전하, 저를 코끼리들에게 보내주소서. 그리고 저와 더불어 충직한 신하를 동행하게 하셔서 제가 하는 일을 지켜보고 전하께 보고하도록 하여주소서."

"짐은 그대의 신실함을 익히 알고 있소. 그대의 말을 전적으로 신뢰하니 지금 바로 코끼리들에게 가서 그대의 계획대로 행하시오. 다만 그대에게 당부하고 싶은 말은, 왕의 특사란 지혜, 판단력, 융통성, 덕망을 바탕으로 소임을 수행해야 한다는 것이오. 따라서 그대는 유연함과 온화함, 인내와 침착성을 잃지 말아야 하오. 대저 상대방의 마음을 열어

녹이려면 정중하고 부드러워야 하오. 거칠고 무례하게 행동하면 상대방의 마음이 닫히고 얼어붙기 마련이오."

이와 같은 당부를 들은 뒤 토끼 화이루즈는 코끼리들의 땅으로 찾아갔어요. 달이 훤히 밝은 밤이었지요. 화이루즈는 코끼리들에게 가까이 다가가진 않았어요. 자칫 잘못하다간 밟혀 죽을 수 있기 때문이었지요.

화이루즈는 산 위에 올라가 코끼리왕을 부르며 외쳤어요.

"우리의 왕이신 달님이 나를 특사로 파송하셨소. 특사는 아무리 심한 말을 해도 비난받지 않음을 알고 계시리라 믿소."

코끼리왕이 물었지요.

"도대체 어떤 전갈이기에 그러는 거요?"

"자, 그럼 달님이 당신에게 전하는 말씀을 그대로 옮기리다. '힘이 세다고 함부로 약자를 괴롭히는 자는 화를 입으리라! 네놈이 동물의 세계에서 힘깨나 쓰는 장사라고 우쭐대고 있구나. 게다가 내 이름이 붙은 샘에까지 와서 감히 물을 마시고 흙탕물로 만들어놓다니 심히 괘씸하도다.' 달님은 분기충천해 계시다오. 당신들이 또다시 '달의 샘물'로 오면 달님은 당신들을 장님으로 만들어 죽게 하실 거요.

만일 내 말이 믿기지 않거든 지금 당장 '달의 샘물'로 가보시오. 나도 같이 가리다."

코끼리왕은 이 말을 듣고 놀라서 급히 샘으로 갔지요. 그러고는 샘물을 들여다보았어요. 샘물에는 달이 비치고 있었지요.

그때 토끼 화이루즈가 코끼리왕에게 말했어요.

"코로 물을 퍼서 세수하시오. 그리고 달님에게 경배하시오."

코끼리왕이 샘물에 코를 담그자 달이 흔들렸어요. 겁이 덜컥 난 코끼리왕이 화이루즈에게 물었어요.

"달님이 떨고 계시니 무슨 영문이오? 내가 샘물에 코를 담가서 진노하신 겁니까?"

화이루즈가 대답했어요.

"맞소. 바로 그렇다오!"

코끼리왕은 달에게 또 한번 경배하며 잘못을 회개하고 앞으로는 그를 비롯하여 어떤 코끼리도 다시금 '달의 샘물' 근처에 얼씬거리지 않겠다고 맹세했어요.

"두루미 여러분, 여러분들도 토끼 화이루즈처럼 지혜를 활용한다면 무슨 일이든 해낼 수 있을 거예요. 굳이 악하고 모질기로 소문난 올빼미를 당신들의 통치자로 추대할 필요가 없단 말이죠.

만일 올빼미를 데려와 당신들의 통치자로 삼는다면 그는 속임수를 써서 자기 배나 불리는 간악한 왕이 될 게 확실해요. 사악한 지도자에게 속아서 희생된 예로는 고양이에게 판결을 구하러 갔던 참새와 토끼의 이야기가 있지요."

두루미들이 "어떤 일이 있었나요?"라고 묻자 까마귀가 이야기를 시작했사옵니다.

고양이에게 속은 참새와 토끼 이야기

내 이웃 중에 참새가 있었어요. 그는 내 둥지 근처 어느 나무 밑동에 살고 있었지요. 우리는 자주 만났는데 어느 날부터인지 그가 보이지 않았어요. 그러고는 오랫동안 그의 행방을 알 길이 없었지요.

그러던 어느 날 토끼 한 마리가 참새의 집을 차지하고 들어앉은 거예요. 나는 그 토끼에게 이 집은 참새의 집이라고 알려주고 싶었지만 괜스레 입씨름하기 싫어 잠자코 있었어요.

세월이 얼마만큼 지나자 참새가 돌아왔어요. 참새는 자기 집에 토끼가 살고 있는 것을 보고 화를 내며 말했어요.

"여기는 내 집이오. 어서 비켜요."

그러자 토끼도 질세라 대꾸했어요.

"여기는 내 집이오. 내가 주인이오. 공연히 시비 걸지 마시오. 이곳이 당신 집이라는 증거가 있소?"

참새가 강한 어조로 말했어요.

"당장 재판관에게 갑시다. 그리 멀지도 않으니 어서 갑시다."

토끼가 물었어요.

"재판관이 누구란 말이오?"

참새가 대답했어요.

"고양이라오. 그는 바닷가에서 경건한 생활을 하고 있소. 낮에는 단식을 하고 밤에는 줄곧 기도를 올린다오. 또한 절대로 동물을 해치거나 죽이지 않고 풀잎이나 바다에 떠다니는 해초로 연명한다오. 그를 찾아가 판결을 구하는 게 어떻겠소?"

토끼가 대답했어요.

"좋소! 갑시다. 당신 말대로 그토록 경건한 재판관이 있다면 가볼 만하구려."

그리하여 참새와 토끼는 고양이에게로 향했어요. 그들의 실랑이를 지켜보던 나 역시 그 경건한 고양이가 과연 어떤 판결을 내릴지 궁금해서 그들을 따라갔지요.

참새와 토끼가 바닷가에 다다르자, 고양이는 그들을 의식하고 자세를 똑바로 한 후 진지하고 엄숙하게 기도하는 모습을 보였어요. 그 모습에 숙연해진 참새와 토끼는 고양이에게 다가가 경배한 후에 판결을 부탁했지요.

고양이는 그들에게서 자초지종을 들은 뒤 말했어요.

"내가 나이가 들어서 귀가 어둡도다. 가까이 와서 다시 한번 이야기 해보라."

참새와 토끼가 고양이에게 다가가서 사건의 전말을 다시 설명하며 판결을 구하자 고양이는 말했어요.

"무슨 내용인지 알겠도다. 내가 판결을 내리기 전에 우선 충고를 하 겠노라. 알라께 맹세코 명령하노니, 너희들은 참된 것을 구하도록 하여 라. 참된 것을 구하는 자는 비록 판결에서 패소하더라도 승리자가 되느 니라. 반면에 그릇된 것을 구하는 자는 판결에서 승소하더라도 패배자 가 되고 말 것이니라.

이 세상 사람들에게 영원한 것은 재물이 아니라 선행이니라. 그러므 로 지혜로운 사람은 재물을 한 줌의 쓰레기로 여기며, 이웃을 자기 몸처 럼 아끼느니라. 실로 현명하게 살기 위해선 불멸의 가치를 추구해야 하 느니, 눈앞의 이익보다는 훗날에 돌아올 복덕에 유념해야 하느니라."

이처럼 고양이가 늘어놓는 교훈에 감탄한 토끼와 참새는 고양이에게 조금 더 가까이 갔어요. 그러자 고양이가 그들을 와락 덮쳐서 잡아먹었 지요.

"두루미 여러분! 올빼미에 대해 다시 말하건대, 그는 내가 지금까지 언급했던 단점들 이외에도 온갖 추악한 면을 다 갖추고 있어요. 그를 여러분의 통치자로 추대해서는 절대로 안 돼요."

까마귀가 이렇게 말하자 두루미들은 올빼미를 자신들의 지도자로 추대하려던 결정을 철회하였사옵니다.

한편 이때 까마귀와 두루미들의 대화를 엿듣고 있던 올빼미가 있었는데, 그가 까마귀 앞에 나서며 따졌사옵니다.

"나를 심하게 모함하고 있구려. 나는 당신에게 악행을 저지른 적이 없거늘 어찌 나를 이렇게 모함하는 거요?

지금부터 내가 하는 말을 명심하시오. 나무는 도끼에 찍혀도 다시 싹이 트고 자라난다오. 살갗은 칼에 베여도 다시 새살이 돋아나 아문다오. 그러나 혀는 한번 상처를 입으면 아물지도 않고 치료할 수도 없다오.

몸에 박힌 화살은 뽑아낼 수 있지만 마음에 박힌 날카로운 말은 뽑아낼 수 없다오. 이 세상의 어떠한 재앙이나 불운도 진정되기 마련이오. 치솟는 불길은 물로 잡을 수 있고, 독약을 삼켰을 땐 해독제를 쓰면 되고, 슬플 땐 강한 의지로 다스리면 된다오. 그러나 증오의 불길은 걷잡을 수 없소. 결코 꺼질 줄 모른다오.

당신은 우리 종족과 당신네 종족 간에 증오와 원한의 나무를 심어놓았소."

올빼미는 이렇게 말한 후 안색이 변하더니 곧장 올빼미왕에게 달려가 까마귀의 발칙한 행동과 망언을 보고했사옵니다.

한편 까마귀는 자신의 경망스러움을 후회하며 혼잣말을 했사옵니다.

"나의 망언으로 나 자신은 물론 우리 종족에게까지 화가 미치게 되었구나. 증오와 원한의 화살이 돌아올 테니 어쩌면 좋단 말인가! 두루미들에게 아무 말도 하지 말았어야 했는데…… 일이 이렇게 될 줄이야!

나보다 훨씬 유식한 다른 새들은 오히려 침묵하고 있지 않았던가! 나는 공연히 나서서 감당 못할 일만 저질렀구나.

지독한 악담은 분노와 앙심을 낳게 되는 법! 입에 담지도 말고 귀에 닿지도 말게 했어야 했는데…… 악담은 말이라기보다는 화살촉이라 불러야 옳겠지.

현명한 사람이라면 항상 자중할 줄 알아야 해. 자기 힘만 믿고 방종하다간 화를 자초하게 된다고. 마치 해독제를 지녔다 해서 독약을 벌컥 마셔버리는 격이 되지.

그러나 내가 이렇게 좋은 말만 읊조린들 무슨 소용 있나. 실천도 못했는 걸…… 무릇 말보다 실천이 앞서는 사람은 다소 언변이 부족하다 하더라도 결국엔 존경을 받지. 그러나 실천보다 말이 앞서는 사람은 말솜씨가 아무리 그럴싸하더라도 결국엔 외면당하지.

내가 바로 그럴듯한 말만 중얼거리는 사람이로구나. 나는 참으로 어리석고 무모하기 짝이 없네. 남의 중대사에 관여하면서 그토록 함부로 말을 내뱉었으니 어찌한단 말인가. 덕망 있는 분들의 고견을 듣고 심사숙고한 후 입을 열었어야 할 사안이었는데. 자고로 독단적이고 즉흥적으로 일을 처리하다간 낭패를 겪는 법이거늘, 오늘 저지른 실수를 어찌 만회한단 말인가!"

까마귀는 이와 같이 자책하며 깊이 뉘우쳤사옵니다.

그 사건 이후로 우리네 까마귀들은 올빼미들과 영영 원수가 되었사옵니다.

"전하! 저는 올빼미 진영과의 전쟁을 반대하옵니다. 전쟁을 치르지 않고서도 승리를 거두고 평화를 누릴 수 있는 묘안이 있기 때문이옵니다. 지략을 잘 쓰면 반드시 목표를 달성할 수 있사옵니다.

지략을 통해 힘들이지 않고 뜻을 이룬 경우로, 수도승을 교란시켜 그의 염소를 빼앗은 악당들의 이야기가 있사옵니다."

까마귀왕이 "어떤 일이 있었소?"라고 묻자 까마귀 대신이 이야기를 시작했습니다.

수도승을 교란시킨 악당들 이야기

한 수도승이 제물로 바칠 커다란 염소 한 마리를 사서 집으로 몰고 갔사옵니다. 그 모습을 지켜보던 악당들은 염소를 빼앗을 계략을 꾸몄사옵니다.

첫번째 단계로, 악당 중 한 명이 수도승의 앞을 가로막으며 빈정거렸사옵니다.

"수도승이시여, 어찌하여 개를 끌고 가십니까?"

두번째 단계로, 다른 한 명이 수도승 앞에 나타나 비아냥댔사옵니다.

"이 사람은 수도승이 아니구먼. 수도승은 개를 끌고 다니는 법이 없거든!"

악당들은 이런 식으로 계속 수도승을 혼란에 빠뜨렸사옵니다. 마침내 수도승은 자신이 몰고 가는 것이 진짜 개이며, 어떤 마법에 걸려서 염소 대신 개를 샀다는 착각에 사로잡히게 되었사옵니다. 그래서 염소를 황급히 놓아버리고 발걸음을 재촉했사옵니다.

한편 쉽사리 커다란 염소를 얻은 악당들은 유유히 사라졌사옵니다.

"제가 이 이야기를 들려드린 이유는 우리도 유연함과 지략으로 이번 사건에 대처해야 한다는 뜻에서이옵니다.

전하! 청하옵건대, 모두들 지켜보는 가운데 전하께서 저를 부리로 쪼고 깃털과 꽁지를 찢어서 이 나무 밑동으로 던져버리소서. 그리고 전하께서는 나머지 신하들을 데리고 다른 곳에 가 계시옵소서. 저는 비참하고 초라한 모습으로 올빼미 진영에 접근하여 그들의 요새를 알아내고 군사 기밀을 캐내어 오겠사옵니다. 그런 연후에 올빼미 진영을 공격한다면 승리는 확실하옵니다."

까마귀왕이 걱정스럽게 물었습니다.

"그대의 고초가 너무 심하지 않겠소?"

"제 한 몸 희생해서 전하를 비롯한 동족들이 평화롭게 살 수 있다면 무슨 일인들 못하겠사옵니까?"

까마귀왕은 이 대답을 들은 뒤 그 대신의 깃털과 꽁지를 찢고 여기저기를 부리로 쫀 후 나무 밑으로 내던졌습니다. 그리고 재빨리 그 자리를 떠났습니다.

밤이 되자 올빼미왕이 신하들을 거느리고 또다시 까마귀들을 공격하러 왔습니다. 그러나 까마귀들이 이미 자리를 떠난 터라 헛걸음을 하고 그냥 돌아갈 수밖에 없었습니다.

그때 나무 밑동 근처에서 끙끙 앓으며 신음하는 까마귀를 발견했습니다. 올빼미왕은 한 신하로 하여금 그 까마귀의 신상을 조사토록 명령했습니다.

올빼미 신하가 신음 중인 까마귀에게 물었습니다.

"너는 누구냐? 다른 까마귀들은 어디 있느냐?"

"제 이름은 아무개이고, 보시다시피 저는 아무 사실도 기억할 수가 없는 처지입니다."

그때 올빼미왕에게 어떤 신하가 귀띔을 했습니다.

"전하, 이자는 까마귀왕의 대신이었사옵니다. 어떤 죄를 지어 이 지경에 이르렀는지 물어보시옵소서."

올빼미왕은 까마귀에게 자초지종을 물었고, 까마귀는 대답하기 시작했습니다.

"얼마 전에 우리 왕이 대신들을 소집해 회의를 열고, 당신네 올빼미들과의 전쟁 문제를 논의한 적이 있었습니다. 그 자리에서 저는 다음과 같이 발언했습니다. '전하, 올빼미 진영과 싸우면 승산이 없사옵니다. 그들은 우리보다 전력도 강할 뿐 아니라 정신력도 월등하옵니다. 그러하오니 화해를 청하면서 토지세를 바치겠다고 제안해보시옵소서. 만일 올빼미 진영에서 그 제안을 거절한다면 그땐 하는 수 없이 피난을 가야 하옵니다. 섣불리 올빼미 진영과 대적하다간 참패할 것이 확실하오니 전쟁보다는 화해를 택하셔야 하옵니다.'

그리고 저는 그 자리에 있던 다른 대신들에게도 전쟁 계획을 포기할 것을 종용했습니다. 저는 그들에게 설득하기를, '강한 적을 만났을 때 살아남으려면 머리를 숙이고 굽실거려야 하오. 폭풍을 견뎌내는 풀잎들을 보시오. 그 풀잎들은 폭풍이 몰아치는 방향으로 몸을 기울이는 유연함으로 살아남지 않소?' 라고 말했습니다.

그러나 까마귀왕과 다른 대신들은 제 의견을 묵살했을 뿐 아니라 제가 적을 두둔하는 발언을 했다고 이토록 무참히 형벌을 내렸습니다. 그들은 전쟁을 강행하기로 결정하고 어디론가 떠나버렸습니다. 그 이후의 일은 전혀 아는 바가 없습니다."

올빼미왕은 까마귀의 말을 들은 뒤 올빼미 대신들에게 물었습니다.

"그대들은 이 까마귀를 어찌 처리하면 좋겠소?"

그중 첫째 대신이 대답했습니다.

"전하, 서둘러 처형함이 마땅하온 줄 아옵니다. 까마귀들의 위장전술이 분명하오니 그를 처형해서 후환을 없애는 동시에 그들의 전략에 타격을 입혀 도발을 차단해야 하옵니다.

우리가 까마귀들을 섬멸할 좋은 기회이옵니다. 알라께서 전하를 위해 마련하신 절호의 기회이옵니다. 옛말에 '절호의 기회를 활용하지 못하는 이는 현자의 대열에 들 수 없느니라'고 했듯이 모든 일에는 때가 있는 법이옵니다.

우리가 초라하고 나약해 보이는 적의 모습에 현혹되어 이 중대한 상황을 간과한다면 죽음을 부르는 일이나 다름없사옵니다."

이번에는 올빼미왕이 둘째 대신에게 물었습니다.

"그대는 어떤 생각을 갖고 있소?"

둘째 대신이 대답했습니다.

"전하, 저 까마귀를 죽여서는 아니 되옵니다. 자기네 종족으로부터 버림받은 그를 잘 이용하면 까마귀들의 허점을 파악할 수 있사옵니다. 그런 뒤에 공격을 감행한다면 승리는 우리 것이옵니다.

외톨이가 된 가엾은 적을 용서하고 인정으로 감싸안아야 하옵니다. 특히 그는 두려움에 떨며 도움을 청하고 있지 않사옵니까?

비록 적이라 할지라도 그를 이용할 수만 있다면, 마치 도둑을 환영하고 용서했던 어떤 남편처럼 너그러이 받아들여야 하옵니다."

올빼미왕이 "어떤 이야기가 있었소?"라고 묻자 둘째 대신이 이야기를 시작했습니다.

도둑을 환영한 남편 이야기

옛날에 재산을 많이 가진 상인이 살았습니다. 그러나 불행하게도 아내와는 금실이 좋지 못했지요.

어느 날 밤 그의 집에 도둑이 들었습니다. 그는 깊은 잠에 빠져 있느라 아무것도 몰랐으나 깨어 있던 아내는 도둑을 보고 말았습니다. 아내는 기겁을 하여 남편의 품속으로 파고들며 그를 꼭 끌어안았습니다. 그 바람에 잠에서 깨어난 남편은 아내와 대화를 나누며 다정해질 수 있었습니다.

오랫동안 아내와 말 한마디 주고받지 못하던 냉랭한 분위기에 속병을 앓아오던 남편은 흐뭇한 표정으로 도둑에게 말했습니다.

"도둑이여, 우리 집에 있는 재산은 뭐든지 마음대로 가져가시오. 돈이라도 좋고 물건이라도 좋소이다. 당신은 우리 부부를 다정하게 이어 준 은인이라오."

"제가 이 이야기를 들려드린 이유는 저 까마귀를 잘 이용하면 우리가 승리를 거둘 수 있음을 아룁기 위함이옵니다."

다음에는 올빼미왕이 셋째 대신에게 물었습니다.

"그대의 의견은 어떻소?"

셋째 대신이 대답했습니다.

"저 까마귀를 살려두고서 친절하게 보살피신다면 까마귀들의 비밀 전략을 캐내실 수 있사옵니다.

까마귀들은 지금 분열되어 있사옵니다. 적의 분열은 바로 우리의 승리를 예고하는 일이옵니다. 수도승을 해치려던 도둑과 마귀의 이야기를 들어보셨사옵니까? 도둑과 마귀는 서로 싸우느라고 소란을 피우다 사람들에게 들켜 뜻도 이루지 못한 채 줄행랑을 쳤사옵니다. 그 덕분에 수도승은 무사할 수 있었사옵니다."

올빼미왕이 "무슨 일이 있었소?"라고 묻자 셋째 대신이 이야기를 시작했습니다.

서로 싸우다 망한 도둑과 마귀 이야기

어느 수도승이 젖소 한 마리를 얻어서 집으로 데려가고 있었습니다. 그 모습을 지켜본 도둑은 젖소를 훔쳐갈 욕심으로 몰래 수도승의 뒤를 따라갔습니다. 한편 수도승을 쫓아가는 또 하나의 존재가 있었으니 그것은 사람의 옷을 입은 마귀였습니다. 마귀는 수도승을 납치할 계획을 품고 있었던 것이지요.

도둑과 마귀는 열심히 수도승의 뒤를 쫓다가 서로 얼굴이 마주쳤습니다. 먼저 마귀가 도둑에게 물었습니다.

"당신은 누구요?"

"나는 도둑이오. 수도승이 잠들면 젖소를 훔쳐갈 작정이오. 그런데 댁은 뉘시오?"

"나는 마귀라오. 수도승이 잠에 빠지면 그를 납치하려 한다오."

그들이 이러한 대화를 나누는 동안 어느덧 수도승의 집에 이르렀습니다. 수도승이 집으로 들어가자 그들도 따라 들어갔습니다.

수도승은 큰 기둥에 젖소를 묶어놓은 뒤 저녁을 먹고 잠이 들었습니다. 드디어 도둑과 마귀는 작전 개시를 서둘렀습니다. 그러나 누가 먼저 일을 개시하느냐의 문제를 놓고 마찰이 빚어졌습니다.

마귀가 도둑에게 말했습니다.

"당신이 먼저 작전을 시도하다간 실패하기 쉽소. 젖소를 훔쳐가는 소리에 수도승이 잠에서 깨면 어떡한단 말이오? 그렇게 되면 내 계획까지 무산되는 것 아니겠소? 그러니 내가 먼저 그를 납치한 다음에 젖소를 가져가도록 하시오."

그러나 도둑은 마귀의 제안에 반대하였습니다. 마귀가 잠이 든 수도승을 납치하려다 혹시 깨우기라도 한다면 젖소를 훔칠 수 없기 때문이었습니다.

도둑은 마귀에게 말했습니다.

"내가 젖소를 먼저 끌고 가겠소. 그다음에 당신의 작전을 실행하시오."

그들이 이렇게 옥신각신하던 끝에 도둑이 큰 소리로 외쳤습니다.

"수도승이여, 어서 일어나시오. 이 마귀가 당신을 납치하려 하오!"

그러자 마귀도 소리쳤습니다.

"수도승이여, 어서 깨어나시오. 이 도둑이 당신의 젖소를 훔쳐가려 한다오!"

도둑과 마귀가 번갈아 외쳐대자 수도승과 마을 사람들이 깨어나 몰려왔고 도둑과 마귀는 황급히 도망갔습니다.

이 이야기를 듣고 있던 첫째 올빼미 대신이 자리에서 벌떡 일어나 열변을 토했습니다.

"당신들은 지금 이 까마귀에게 속고 있소. 그는 당신들의 판단력을 흐려놓고 있단 말이오."

첫째 대신은 올빼미왕에게도 호소했습니다.

"전하, 제 의견을 귀담아들어주소서. 이 까마귀의 말에 귀를 기울이지 마소서. 귀로 듣는 것보다는 눈으로 보는 것이 확실하옵니다. 자기 눈으로 직접 본 것은 무시하고 남의 말만 믿다간 도적떼에게 깜빡 속은 집주인의 신세가 되옵니다."

올빼미왕이 "어떤 일이 있었소?"라고 묻자 첫째 대신이 이야기를 시작했습니다.

도적떼에게 속은 집주인 이야기

한 남자가 홀로 살고 있었습니다. 어느 날 밤 그가 잠든 사이에 도적 떼가 침입해서 집 안의 가재도구들을 훔쳐내기 시작했습니다. 그는 수상한 소리에 얼핏 잠에서 깨어났으나 숨을 죽이고 가만히 누워 있었습니다. 자리에서 일어났다가는 도적떼에게 맞아 죽을지도 모르기 때문이었지요.

집주인은 어떻게 하면 안전하게 도적들을 잡을 수 있을지 이리저리

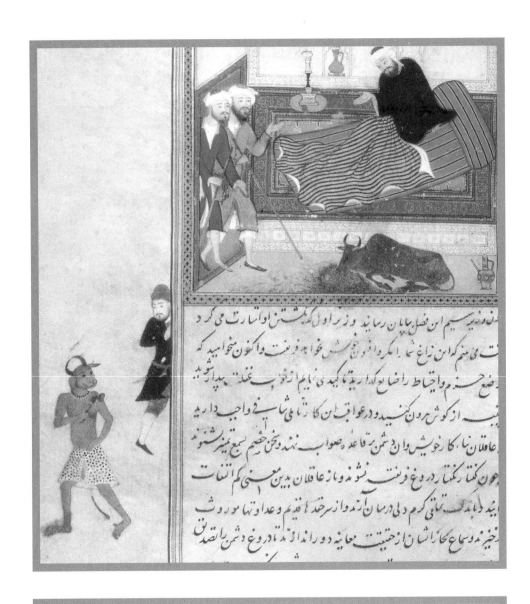

소를 훔치려던 도둑과 수도승을 납치하려던 마귀가 서로 싸우다 둘 다 실패하고 만다.

궁리했습니다. 바로 그때 좋은 생각이 떠올랐습니다.

'아, 그렇군. 이 방에는 집 밖으로 통하는 문이 또 하나 있지? 저들이 일을 마치고 대문 바깥으로 나가서 짐을 실으려 할 때 나는 이쪽 문으로 나가서 이웃을 불러 저들을 잡는 거야!'

얼마쯤 지난 후 도적떼가 물건들을 대문 바깥으로 모두 끌어낸 기척이 들리자 그는 몸을 살짝 움직였습니다. 그러나 도적떼는 그의 움직임을 예리하게 알아챘고 즉각 대책을 세웠습니다.

도적떼의 두목이 부하들에게 속삭였습니다.

"위험하다! 당황하지 말고 머리를 잘 써보자. 자칫 잘못하다간 우리의 노력이 수포로 돌아갈지도 모른다. 이제부터 내가 너희들에게 큰 소리로 말할 테니 잘 들으며 응수하도록 하라."

부하들이 "예, 알겠습니다"라고 대답하자 두목은 집주인의 귀에 잘 들릴 만큼 큰 소리로 말했습니다.

"이 물건들은 무겁기만 하지 모두 싸구려로군. 위험을 무릅쓰면서 끌고 갈 가치가 없어. 이 집의 주인은 형편이 어려워 보이는구먼. 어쩐지 측은한 생각이 들어. 곰곰이 생각해봤는데 이 물건들을 여기에 그냥 두고 가야겠어. 별로 값어치도 없는 물건들을 애써 끌고 가면서 도둑놈 소리 들을 이유 있겠나.

과거에 이름깨나 날리던 선배 도둑들의 말에 따르자면, 가난뱅이의 물건을 훔치지 않는 자는 부자 백 명의 집을 털어도 용서받을 수 있다고 했지. 우리가 털어야 할 대상은 인색하고 탐욕스러운 부자들의 금고와 창고야. 이제부터 그런 대상을 물색해보자. 이따위 허섭스레기는 놔두고 떠나자고."

그러자 부하들은 "두목님의 말씀이 옳습니다"라고 일제히 외치면서 짐을 풀어 다시 들여놓는 척하며 집주인이 다시 잠들기를 기다렸습니다.

집주인은 그들의 말이 사실인 줄 알고 안도의 숨을 내쉬며 다시 잠에 빠졌습니다. 그러자 도둑떼는 짐을 몽땅 싣고 달아났습니다.

"전하! 제가 이 말씀을 올리는 이유는 이 어리석은 집주인이 도적떼에게 속은 것처럼 전하께서 저 까마귀에게 속으실까 염려가 되기 때문이옵니다."

그러나 올빼미왕은 이러한 첫째 대신의 말을 들은 체도 하지 않고 까마귀를 자신의 처소로 불러 후대하며 잘 돌봐주었습니다.

올빼미왕의 극진한 대우를 받던 까마귀는 어느 날 올빼미왕과 그의 대신들이 모두 모인 자리에서 그들의 환심을 사기 위해 말했습니다.

"위대한 올빼미왕이시여, 전하께서는 제가 동족에게 당한 수모를 기억하고 계십니까? 복수를 하지 않고서는 제 분노가 풀리지 않을 것입니다. 어떻게 복수할지 여러모로 생각해보았지만 지금의 제 형상으론 뜻을 이룰 수 없음을 깨달았습니다. 까마귀의 몸을 입었기 때문입니다.

선현들은 '기쁜 마음으로 육신을 불에 태운다면 알라께 최상의 제물을 바치는 일이니라. 그러므로 반드시 소원을 성취하리라'고 말씀하셨습니다. 전하께서 허락하신다면, 제 몸을 불태우겠습니다. 그리고 저를 올빼미로 변신시켜달라고 알라께 간절히 기도하겠습니다. 까마귀 따위가 감히 대적할 수 없는 막강한 존재가 되어 통쾌한 복수를 하겠습니다."

까마귀가 이 말을 마치자, 그를 죽이라고 주장하던 첫째 올빼미 대신이 분개하며 말했습니다.

"간사한 까마귀로다! 선량한 척하며 악심을 감춰둔 네 모습은 마치 감칠맛과 시원한 향기로 유혹하지만 독을 품은 술과 같구나. 네 몸을 불태운들 너의 본색이 변하겠느냐? 네 모습이 변한다고 네 본성까지 변할 줄 아느냐? 본성이란 숨길 수는 있어도 사라질 수는 없는 것! 반드시 나타나고야 만다.

신랑감을 찾아 나섰던 처녀 쥐가 태양, 바람, 구름, 산을 두루 만나보며 고르다가 결국에는 쥐를 택하게 된 이야기는 근본은 변할 수 없음을 예증해주는 본보기이다."

까마귀가 "어떤 일이 있었소?"라고 묻자 첫째 올빼미 대신이 이야기를 시작했습니다.

신랑감을 고르던 처녀 쥐 이야기

옛날에 기도를 열심히 올리는 수도승이 살았다. 어느 날 그가 바닷가에 앉아 있는데 솔개 한 마리가 쥐새끼를 발로 움켜쥐고 날다가 그것을 그만 놓쳐버렸다. 수도승은 눈앞에 떨어진 쥐새끼를 가엾이 여기고 그것을 천에 싸서 집으로 데려갔다. 하지만 쥐새끼를 기른다는 것은 가족들에게 혐오감을 줄 일이었다. 그래서 수도승은 그 쥐새끼를 여자아이로 변신시켜달라고 알라께 기도했고, 그의 소원은 이루어졌다.

수도승은 그 어여쁜 여자아이를 데리고 아내에게 가서 말했다.

"이 아이는 우리 딸이나 다름없소. 친자식처럼 잘 키웁시다."

어느덧 그 딸아이가 고운 처녀로 성장하자 수도승은 딸아이에게 말했다.

"사랑하는 딸아, 너도 결혼할 나이가 되었으니 좋은 배필을 구해야겠구나."

"저는 세상에서 가장 힘센 신랑과 결혼하고 싶어요."

"너는 아마도 태양을 마음에 두고 있는 게로구나."

그 길로 수도승은 태양을 찾아가 말을 건넸다.

"위대한 분이시여, 제게 딸아이가 있사온데, 가장 힘센 신랑과 결혼하고 싶어합니다. 제 사위가 되어주시지 않으렵니까?"

태양이 대답했다.

"나보다 더 힘센 분이 있다오. 나의 빛을 가리고 나의 열기를 차단하는 분, 바로 구름이라오."

그래서 수도승은 구름을 찾아가 사위가 되어달라고 청했다. 그랬더니 구름이 대답했다.

"나보다 더욱 힘센 분이 있으니, 그분은 바로 바람이라오. 바람은 나를 마음대로 조정하여 동으로 서로 데리고 다닌다오."

수도승은 바람을 찾아가 똑같은 청을 했고, 바람은 이렇게 대답했다.

"나보다 훨씬 힘센 분이 있으니, 그분을 찾아가시오. 그분은 바로 산인데, 내 힘으론 도저히 움직일 수 없다오."

그러자 수도승은 산을 찾아가 똑같은 청을 했고, 산은 이렇게 대답했다.

"나보다 더 힘센 분이 누구인지 알려주리다. 내 몸 곳곳에 굴을 파서 누비고 다니는 분, 바로 쥐라오. 내 힘으론 그분을 막아낼 수 없소."

마침내 수도승은 쥐를 찾아가 사위가 되어달라고 청했다. 그러자 쥐가 물었다.

"내가 살고 있는 굴은 작고 비좁은데 어찌 당신의 따님을 데려다 살수 있겠습니까?"

이 말을 들은 수도승은 딸아이와 의논해 동의를 얻은 뒤, 그녀를 다시 쥐로 변신시켜달라고 알라께 기도했다. 알라께서는 곧 그녀를 원래의 모습인 쥐로 변신시켰다. 그리하여 두 마리의 쥐는 보금자리를 찾아 떠났다.

"이 간교한 까마귀야! 이게 네가 명심해야 할 이야기다."

그러나 올빼미왕은 첫째 대신의 말에는 귀를 기울이지 않고, 점점 더 까마귀를 후대하고 신임하였습니다. 그 덕분에 까마귀는 깃털이 새로이 돋는 등 건강 상태가 양호해졌을 뿐 아니라 그가 원하는 모든 정보도 얻을 수 있게 되었습니다.

어느 날 까마귀는 적당한 틈을 타서 올빼미 진영을 빠져나와 자기 동족에게 날아갔습니다. 그리고 까마귀왕에게 보고했습니다.

"전하, 소기의 목적을 달성하고 돌아왔사옵니다. 올빼미 진영의 정세를 상세히 파악하고 왔사오니, 이제부터 제 작전 계획을 잘 들으시고 그대로 지휘하시기 바랍니다."

까마귀왕이 말했습니다.

"알겠소. 짐과 우리 군대는 그대의 의견을 따르겠소. 어서 말해보시오."

까마귀 대신이 차근차근 설명을 시작했습니다.

"올빼미들의 거처 주변에는 장작더미가 여기저기 쌓여 있사옵니다.

그리고 그곳에는 목동이 양떼를 치고 있어, 원한다면 저희는 불씨를 쉽게 얻을 수 있을 것이옵니다. 그 불씨를 올빼미들이 살고 있는 구멍에 넣고 바싹 마른 장작을 밀어넣은 뒤 우리의 날개로 부채질을 해서 불이 활활 타오르게 하는 것입니다. 밖으로 뛰쳐나오는 놈들은 타 죽을 것이며, 안에 있는 놈들은 연기에 질식해서 죽을 것이옵니다."

이 계획을 들은 까마귀왕은 그대로 작전을 지휘하여 올빼미 진영을 전멸시켰습니다. 그리하여 까마귀 진영은 안심하고 그들의 보금자리로 돌아올 수 있었습니다. 보금자리로 돌아온 뒤, 까마귀왕은 까마귀 대신에게 위로의 말을 했습니다.

"올빼미들과 지내느라 참으로 수고가 많았소. 선량한 이가 악인들 틈에서 지내기 위해서는 대단한 인내가 필요했을 거요."

"예, 그렇사옵니다. 옛말에 '악인들 틈에서 지내느니 차라리 타오르는 불 속에 있는 편이 낫다'고 했사옵니다. 하지만 현명한 사람은 아무리 혹독한 시련에 직면할지라도 충분히 인내하여 극복하옵니다. 인내는 선하고 훌륭한 열매를 맺는다는 희망이 있기 때문이며, 그 희망은 승리의 보람을 안겨다주옵니다."

"올빼미들의 지혜는 어느 수준이었소?"

"저를 처형하라고 계속 주장했던 대신을 제외하고는 지혜로운 자가 없었사옵니다. 그들은 판단력이 흐려서 저에 관한 문제를 깊이 통찰하지 못했사옵니다. 그들은 제가 까마귀 진영에서 높은 지위를 누렸던 점을 미루어 저의 지혜는 높이 평가했으나, 저의 계략은 전혀 의심하지 않았사옵니다. 그들은 저를 신뢰하며 온갖 기밀을 털어놓으면서도, 현명한 대신의 날카로운 충고에는 전혀 귀를 기울이지 않았던 것입니다.

선현들은 '성군이 되기 위해선 어리석고 사악한 무리를 곁에 두어서는 아니 되며, 결코 그 사악한 무리에게 비밀이 누설되는 일이 없도록 특별히 보안에 힘써야 한다'고 말씀하셨습니다.

또한 옛말에 '매사에 적을 경계해야 하느니라. 마시는 물이나 목욕하는 물, 잠을 자는 침상, 입는 옷, 타고 다니는 것까지도 철저히 보안을 해야 하느니라. 대저 겉으로 드러난 모습이 믿음직스럽다고 해서 쉽사리 믿어서는 아니 되느니라. 모름지기 적은 믿음직스러운 모습으로 위장하거나 신뢰받는 사람을 등에 업고 접근하느니라. 그러므로 사람을 잘 분별해서 안팎이 정직하고 성실한 사람만을 믿어야 하느니라'고 했사옵니다."

"짐이 보기에도 올빼미왕은 어리석은 대신들의 말만 믿고 판단력을 잃어 멸망한 것이 분명하오."

"예, 그렇사옵니다. 돈을 많이 모으면 오만해지고, 과식을 하면 병에 걸리고, 여자를 탐하면 불명예를 얻듯이 간신들을 신뢰하면 멸망하기 마련이옵니다.

또 옛말에 '거만한 사람은 칭찬받을 수 없고, 간사한 사람은 진실한 벗들과 어울릴 수 없고, 부덕한 사람은 존경받을 수 없고, 인색한 사람은 자선을 베풀 수 없으며, 탐욕스러운 사람은 청렴결백할 수 없고, 간신들에 둘러싸인 어리석고 태만한 왕은 덕치를 베풀 수 없느니라'고 했사옵니다."

"그대는 올빼미들에게 머리를 조아려가며 첩보 활동을 하느라 진정 노고가 컸소. 그대의 노고를 다시 치하하오."

"목표가 확실하니 고난도 감내할 수 있었사옵니다. 옛말에 '적이 내 손아귀에 있는 한 그놈을 목에 태우고 다닌들 무겁겠느냐?'고 했사옵니다. 고생 끝에 낙이 온다는 일념으로 자존심을 억누르고 참았던 결과 승리를 얻을 수 있었사옵니다. 마치 독사가 개구리왕을 등에 태워주는 인내 덕분에 굶주린 배를 채울 수 있었던 것처럼 말이옵니다."

까마귀왕이 "어떤 일이 있었소?"라고 묻자 까마귀 대신이 이야기를 시작했습니다.

독사와 개구리왕 이야기

옛날에 독사 한 마리가 살았사온데, 나이가 들면서 눈이 어두워지고

기력도 떨어져서 더 이상 먹이 사냥을 할 수가 없게 되었사옵니다.

어느 날 굶주림에 지친 독사는 노구를 이끌고 그가 늘 사냥을 즐겼던 연못으로 갔사옵니다. 그곳에는 많은 개구리들이 살고 있었습니다. 독사는 슬프고 침통한 모습으로 개구리들에게 다가갔사옵니다.

그러자 한 개구리가 그에게 말을 걸었습니다.

"독사님, 어찌 그리도 슬픔에 잠기셨습니까? 그런 모습은 처음 뵙습니다."

"이 세상에 나보다 더 깊은 슬픔을 간직한 이가 어디 있겠소? 당신도 알다시피 나는 당신네 개구리들을 잡아먹으며 살아오지 않았소? 그러다 큰 벌을 받았다오. 이제는 개구리가 눈앞에 있어도 잡을 수 없게 되었다오."

이 사연을 들은 개구리는 곧장 개구리왕에게 가서 소식을 전했고, 개구리왕은 독사를 찾아가 자세한 영문을 물었사옵니다.

"독사님, 무슨 일이 있으셨나이까?"

"며칠 전에 개구리 한 마리를 발견하고 급하게 따라갔소. 때는 저녁이었는데 그 개구리가 수도승의 집으로 뛰어들어가는 게 아니겠소? 나는 어둠 속을 헤치고 따라 들어가 그를 덥석 물었소. 그러나 내가 문 것은 개구리가 아니라 수도승 아들의 손가락이었소. 그 아이는 곧 죽었소. 나는 겁이 나서 도망을 쳤고 수도승은 나를 따라와 저주를 퍼부었소.

'죄 없는 내 아들을 참혹하게 죽였도다! 저주하노니, 너는 이제 비천한 신분으로 강등되어 개구리왕을 태우고 다니는 수레 노릇이나 하여라. 너는 더 이상 개구리들을 잡지도 못하고 먹지도 못하는 신세로 전락할 것이다. 다만 개구리왕이 하사하는 먹이만을 취할 수 있으리라.'

개구리왕이여, 이 몸이 당신을 태우러 기쁜 마음으로 왔소이다."

이 이야기를 들은 개구리왕은 가슴이 터질 것만 같았사옵니다. 자신의 신분이 크게 높아지고 굉장한 명예를 얻은 양 어깨를 으쓱거리며 독사의 등에 올라앉아 싱글벙글했사옵니다.

그때 독사가 부탁했사옵니다.

"개구리왕이여, 제가 얼마나 배고픔에 시달리고 있는지 아시지요? 먹이를 좀 주십시오."

"독사님, 당신께서 나를 태우고 다니는 한, 어김없이 먹이를 주겠소."

그 이후 개구리왕은 매일 개구리 두 마리를 독사에게 주었사옵니다.

"전하! 독사는 미천한 개구리에게 허리를 굽힘으로써 힘들이지 않고 먹이를 구하는 성과를 올렸사옵니다. 독사가 손해를 본 일은 전혀 없사옵니다. 저 역시 마찬가지였사옵니다. 인내 덕분으로 오늘과 같은 결과를 맞이할 수 있었사옵니다. 올빼미들은 이제 완전히 멸망했고 우리는 승리의 기쁨 속에서 평화롭게 살 수 있지 않사옵니까?

전하! 적을 섬멸하기 위해선 유연하고 조용한 방법이 격렬하고 요란한 방법보다 훨씬 효과적이옵니다. 나무를 보시옵소서. 나무에 불이 붙었을 때 그 불길이 제아무리 거세다 하더라도 땅 위로 드러난 몸체나 줄기만을 태울 수 있사옵니다. 그러나 땅 밑으로 물이 스미면 뿌리를 속속들이 흔들어놓아 나무를 통째로 쓰러뜨리옵니다. 차갑고 부드러운 물이 뜨겁고 거센 불보다 강하옵니다.

전하! 올빼미들은 지혜롭지 못했사옵니다. 그들은 나약해 보이는 저의 외양만 보고 저를 대수롭지 않게 여겼던 것이옵니다. 선현들은 '아무리 미미하다 할지라도 절대로 간과해서는 아니 될 것이 네 가지 있으니 불, 질병, 적, 빚이 바로 그것이니라'고 하셨사옵니다.

전하! 우리는 승리를 거두었사옵니다. 오늘의 승리는 전하의 지혜와 덕망 그리고 행운 덕분이옵니다. 옛말에 '어떤 일을 놓고 두 사람이 경합을 벌인다면 용기 있는 사람이 이기느니라. 그러나 두 사람의 용기가 똑같을 때에는 의지가 강한 쪽이 이길 확률이 높으니라. 그러나 두 사람의 의지가 똑같이 강한 경우에는 행운을 지닌 쪽이 이기느니라'고 했사옵니다.

실로 전하께옵서는 예리한 판단력을 갖고 계시옵니다. 강경하게 대처해야 할 일과 유연하게 대처해야 할 일을 분별하시며, 분노해야 할 때와 인내해야 할 일을 분별하시며, 신속히 처리할 일과 여유롭게 처리할 일을 분별하시며, 일의 진행 과정과 결과를 정확히 예측하고 계시옵니다."

이러한 칭송을 듣고 난 까마귀왕이 까마귀 대신에게 말했습니다.

"아니오. 그대의 지혜와 충언이 우리에게 승리를 안겨다주었소. 중대한 시기에 그대가 솔선하여 나서준 것은 행운이었소. 단 한 사람의 지혜와 용기 덕택으로 강한 적을 무찌를 수 있었소. 실로 올빼미들의 군사력은 굉장했었소.

내가 그대에게 가장 크게 감탄한 점은 올빼미들 틈에서 모진 수모를 당하면서도 오랫동안 견딘 일과 수집된 정보들을 하나도 빠뜨리지 않고 전달한 역량이오."

"전하, 몸둘 바를 모르겠사옵니다. 저는 앞으로 최선을 다해 전하께 충성하겠사옵니다."

"짐은 그대의 능력을 확인했소. 그대 이외의 다른 대신들은 말만 많았을 뿐 이루어낸 것은 아무것도 없소. 알라께서는 그대를 통해서 우리에게 축복을 내리셨소. 우리는 그대 덕분에 안정과 평화를 누리게 되었소. 이제야 비로소 사는 맛을 느끼겠소. 그동안 우리는 항상 마음이 불안하여 입맛도 잃고 잠도 설쳤소.

옛말에 '병이 낫지 않은 환자는 음식 맛도 모르고 잠도 이룰 수 없느니라. 또한 탐욕스러운 사람은 그의 욕망을 다 채우기 전까지 음식 맛도 모르고 잠도 이룰 수 없느니라. 그리고 적의 도발 위협으로 시시각각 공포에 떠는 사람 역시 적이 섬멸될 때까지 음식 맛도 모르고 잠도 못 이루느니라'고 했소. 무거운 짐을 어깨에서 내려놓은 사람이 홀가분해지듯이 적의 위협에서 벗어난 사람은 마음의 평정을 얻게 된다오."

"부디 전하께옵서 훌륭한 영도력을 발휘하여 태평성대를 이룩하시도록 알라께 기도하겠사옵니다.

백성들의 안녕과 번영을 이룩하지 못하는 군왕은 마치 어미 염소 목에 달려 있는 혹처럼 무용지물이옵니다. 새끼 염소가 그 혹을 아무리 열심히 빨아도 젖이 나올 리 없기 때문이옵니다."

"올빼미들의 안보 의식과 임전 태세는 어떠하였소?"

"그들은 무사안일과 자만에 빠져 있었사옵니다. 다만 저를 처형하라고 주장했던 대신은 예외였사옵니다. 그는 예리하고 명철했으며, 훌륭한 식견과 분석력을 갖춘 현인이었사옵니다. 그만큼 통찰력 있고 지혜가 출중한 인재는 흔치 않사옵니다."

"어떤 점에서 특히 그의 지혜를 높이 평가하오?"

"두 가지 점이옵니다. 첫째는 저를 처형하라고 주장한 판단력이며, 둘째는 자기 의견을 소신 있게 추진하는 자세이옵니다. 그는 자기의 뜻이 묵살당했다 하더라도 거칠고 무례한 말투로 대응하지 않았사옵니다. 또한 상대방의 오류를 지적할 때도 부드럽고 정중한 표현을 썼으며, 직접적인 지적보다는 비유와 예화를 통해 설명함으로써 상대방이 스스로 잘못을 깨우치게 유도했사옵니다. 따라서 그가 어떠한 발언을 하더라도 올빼미왕이나 동료 대신들의 분노를 사지 않았사옵니다.

　그는 올빼미왕에게 많은 충언을 했사옵니다. 한번은 그가 '무릇 군왕은 나랏일을 처리할 때 신중해야 하오니, 분별력이 뛰어난 충신들과 의논한 후 결정을 내려야 하옵니다. 또한 군왕은 왕권을 신성하게 여기며 덕치를 베풀어야 하옵니다. 선현들은 '왕권이란 백수련 잎 위에 잠깐 머물다 사라지는 그림자처럼 짧은 것이며, 스쳐가는 바람처럼 덧없는 것이며, 선인과 악인의 조우처럼 불안정한 것이며, 빗방울처럼 쉽게 사라지는 것이니라'고 말씀하셨사옵니다'라는 충언을 한 적이 있사옵니다.”

　“잘 들었소. 그대의 노고가 참으로 컸소.”

　“지금까지의 이야기는 약하고 초라한 모습으로 접근하는 적에게 절대로 현혹되어서는 안 된다는 교훈이었습니다.”

원숭이와 숫거북의 장

다브샬림 왕은 현자 바이다바에게 말했다.

"잘 들었소이다. 이번에는 필요한 것을 얻긴 했으나 제대로 간직하지 못하여 낭패를 겪은 사람의 이야기를 들려주시오."

현자가 말했다.

"얻는 일보다는 간직하는 일이 더욱 어렵습니다. 얻기는 했으나 잘 간수하지 못해 자신의 노력을 물거품으로 만든 사람은 숫거북의 신세와 같습니다."

다브샬림 왕이 "어떤 일이 있었소?"라고 묻자 현자 바이다바가 이야기를 시작했다.

원숭이의 꾀에 넘어간 숫거북 이야기

옛날에 마히르라는 이름을 가진 원숭이가 살았습니다. 그는 원숭이들의 왕으로서 영리하고 재주가 많았습니다. 그러나 점차 나이를 먹으면서 쇠잔해지자 젊은 원숭이의 공격을 받아 왕의 자리에서 쫓겨나고 말았습니다.

원숭이는 바닷가로 피신해서 무화과나무 위에다 거처를 정했습니다. 그러던 어느 날 무화과 열매를 따 먹다가 그만 한 개를 물에 빠뜨렸습니다. '퐁당' 하는 소리가 아름다운 장단으로 들려왔고, 흥미를 느낀 원숭이는 무화과 열매를 던지면서 흥겨운 가락을 즐기기 시작했습니다. 원숭이는 갈수록 이 놀이를 즐겼고 그 덕분에 포식을 하게 된 이가 생겨났으니 바로 나무 밑을 거닐던 숫거북이었습니다.

숫거북은 무화과 열매가 떨어질 때마다 그것을 주워 먹기 바빴습니다. 며칠간 배부르게 얻어먹은 숫거북은 원숭이에게 고마움을 느꼈습니다. 원숭이가 자기를 위해 애써 열매를 던져준다고 여겼던 것입니다. 그래서 원숭이와 사귀고 싶다는 생각이 들어 먼저 말을 건네면서 친구로 지내자고 제안했습니다.

원숭이 역시 숫거북의 제안에 선뜻 동의하였고 둘은 곧 가까운 사이가 되었습니다.

한편 숫거북의 아내는 남편이 오랫동안 집에 돌아오지 않자 걱정에 휩싸여 옆집 아낙을 찾아가 의논했습니다.

　　"아무래도 우리 그이한테 사고가 일어났나봐요. 누군가에게 잡혀간 듯해요. 그렇지 않고서야 이렇게 종무소식일 리가 없어요."

　　그러자 옆집 아낙이 말했습니다.

　　"아직 모르고 계셨수? 댁의 남편은 해변에서 아주 즐겁게 지내고 있다는 사실을? 원숭이를 새로 만나서 같이 먹고 마시느라 세월 가는 줄도 모르나봐요. 바로 그 원숭이 때문에 댁의 남편이 외박을 하는 거라고요. 원숭이를 없앨 묘안을 써요. 그가 있는 한 댁의 남편은 당신 곁에 있기 힘들 거예요."

　　숫거북의 아내가 물었습니다.

　　"어떻게 해야 하죠?"

　　옆집 아낙이 가르쳐주었습니다.

　　"댁의 남편이 집에 돌아오면, 아픈 척하고 누워 있어요. 그러면 병명과 증세를 물을 거 아니에요? 그때 원숭이의 심장이 특효약이라고 말해요. 의사들이 내린 처방이라고 말이에요."

　　얼마 후에 숫거북은 집에 돌아왔고, 아내가 몸져누워 있는 모습을 보고 물었습니다.

　　"어쩌다 이 지경이 되었소? 어디가 얼마만큼 아픈 거요?"

그러자 옆집 아낙이 나서며 거들었습니다.

"지금 굉장히 위독해요. 의사들 말에 따르면 원숭이 심장밖에는 약이 없대요."

숫거북이 한숨을 쉬며 말했습니다.

"어려운 일입니다. 물속에 사는 우리들이 어디서 원숭이 심장을 구하겠습니까?"

그러고서 숫거북은 고심에 빠졌습니다.

'어찌해야 하는가? 친구를 이용해야 한단 말인가…… 그럴 수밖에 없겠군. 친구에겐 큰 죄를 짓는 일이지만 그래도 아내를 잃는 편보단 낫지 않은가? 어진 아내는 현세와 내세에서의 배필! 세상 그 어느 것과도 바꿀 수 없지!'

숫거북은 서둘러 해변으로 나갔습니다. 원숭이가 그를 반기며 물었습니다.

"형제여, 그동안 왜 안 나왔나?"

숫거북이 대답했습니다.

"염치가 없어서 그랬다네. 자네가 베풀어준 우정에 어찌 보답해야 할지 막막했다네. 오늘 자네를 우리 집에 초대하고 싶은데 어떤가? 와주겠나? 그리 한다면 더없이 고마운 일이겠네.

우리 집은 온갖 과일이 많이 나는 섬에 있다네. 무릇 친구 간의 우정을 돈독히 하기 위해선 친구네 집을 방문해 음식을 함께 즐기며 그 가족들과도 가까이 어울리는 것이 최고라네. 자네는 아직 우리 집에 와서 음식을 먹어본 적이 없지 않은가? 그 점이 항상 미안했다네."

"친구 간에 필요한 것은 순수하게 서로를 아끼는 마음뿐일세. 그 외에 뭐가 더 필요하겠나?"

"그렇긴 하네. 하지만 함께 식사를 하는 일은 우정을 더욱 확고히 해 주는 방법임이 틀림없네. 육지 동물들을 보게나! 그들은 함께 먹이를 먹을 때 친해지지 않는가?

여보게, 나는 자네를 꼭 우리 집에 초대하고 싶지만 더 이상 강요는 하지 않을 것일세. 옛말에 '지혜로운 사람은 친구에게 어떤 일을 강요하지 않느니라. 자칫하다간 어미 소의 젖을 너무 오래 빨다 제 어미에게서 밀쳐내진 송아지 꼴이 되기 때문이니라'고 했네."

"자네의 뜻이 정 그렇다면 기꺼이 가겠네."

숫거북이 반가워하며 말했습니다.

"자, 내 등에 타게나. 잘 모시겠네."

그래서 원숭이는 나무에서 내려와 숫거북의 등에 올라탔습니다. 숫거북은 원숭이를 태우고 열심히 헤엄을 쳤습니다. 그러나 얼마쯤 가더니 잠시 멈추어서 고개를 떨구었습니다. 마음속에 품은 흉계가 떠올라 번민에 휩싸였기 때문입니다.

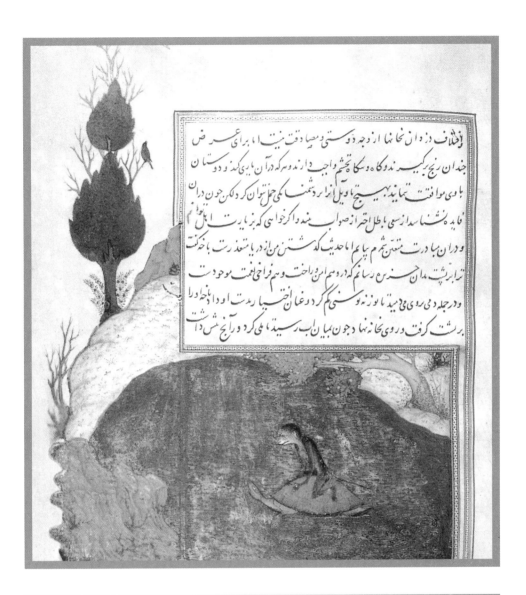

숫거북의 거짓말에 속아서 바다로 떠나는 원숭이.

'내가 친구를 속이다니…… 과연 이웃집 아낙의 말만 믿고 친구를 이용해야 하는가? 혹시 그 아낙이 내게 거짓말을 한 것은 아닐까? 황금의 진가는 불 속에서 시험해보고, 남정네들의 됨됨이는 돈거래를 통해 알아보고, 말이나 당나귀의 힘은 짐을 실어 달리게 함으로써 알 수 있지만 여인네들의 계략은 시험해볼 방법이 없다네.'

그때 원숭이가 조심스레 물었습니다.

"무슨 근심이라도 있는가?"

"사실은 집사람이 병을 앓고 있네. 그 생각만 떠오르면 가슴이 저리다네. 집안에 우환이 있다보니 그동안 자네한테도 소홀했다네. 마음은 그렇지 않았지만 말일세."

원숭이가 위로했습니다.

"여보게, 우리는 친구가 아닌가? 근심이나 고통이 있을 땐 함께 나누세."

숫거북은 "고맙네. 그렇게 하겠네"라고 대답한 뒤 열심히 헤엄을 쳤습니다. 그러나 약 한 시간쯤 지나자 또 멈추어 섰습니다.

그때 원숭이의 머릿속에는 퍼뜩 의심이 일어났습니다.

'이유도 없이 자꾸 멈추며 천천히 가는 것이 이상해! 변심하여 우정을 저버리고 나를 해칠지도 모르겠군. 마음만큼 쉽게 변하는 것은 없으니까! 그러기에 예로부터 이러한 말이 내려오지. '지혜로운 사람이라면 친척, 자식, 형제, 친구의 마음을 항상 유심히 살펴야 하느니라. 어떤 일이든지, 어떤 순간이든지 그들의 언동을 주시해야 하느니라.'

또 선현들은 이렇게 말씀하셨지. '친구에게 의심이 가면 정신을 바짝 차리고 경계하여라. 그리고 그의 말과 행동을 날카롭게 분석하여라. 만일 네 의심이 사실로 판명난다면 너는 위기를 모면하게 되니 다행이고 반대로 네 의심이 기우로 판명난다면 너는 관찰력을 강화한 셈이니 득이 되느니라. 따라서 의심해서 손해 볼 일은 없느니라.' 아, 정말이지 조심해야겠군.'

원숭이는 이런 의심을 하며 거북에게 물었습니다.

"여보게, 왜 자꾸 멈추는가? 또 다른 걱정이라도 있는 건가?"

"자네를 초대하긴 했지만 아무래도 성찬을 차릴 수가 없을 듯해서 그런다네. 집사람만 아프지 않다면……"

원숭이가 위로했습니다.

"걱정하지 말게나. 걱정한들 무슨 도움이 되겠나? 부인을 낫게 할 수 있는 일이나 어서 찾게! 옛말에 '돈을 써야 할 네 가지 경우가 있으니 첫째, 자선을 베풀 때, 둘째, 위급 상황이 닥쳤을 때, 셋째, 자식을 양육할 때, 넷째, 아내들 특히 현숙한 아내들을 위할 때이니라' 고 했네."

"자네가 그렇게 헤아려주니 내 모든 걸 털어놓겠네. 사실은 우리 집사람의 병에는 원숭이 심장이 특효약이라고 하네."

순간 원숭이는 정신이 아뜩해졌습니다.

'아뿔싸! 늘그막에 욕심을 부리다가 이런 변을 당하는구나! 자족할 줄 아는 사람은 평온하고 안락하게 살지만, 탐욕을 절제하지 못하는 사람은 고통과 곤경 속에서 헤어나지 못한다는 말이 꼭 들어맞는군. 기지를 발휘해 이 함정에서 벗어나야 해!'

잠시 후 원숭이는 숫거북에게 말했습니다.

"여보게, 왜 진작 말하지 않았나? 내가 집을 나서기 전에 알려주면 좋았을 것을. 우리 원숭이들은 친구 집을 방문할 때 심장을 꺼내어 가족에게 맡겨두거나 일정한 곳에 보관해두는 관습이 있다네. 그 이유는 말일세, 친구 집에 가서 혹시 그 집 여인네들과 마주치면 연정을 느끼게 될까봐 그런다네. 그럴 경우엔 심장이 없어야 뒤탈이 없지 않겠는가?"

숫거북이 다급하게 물었습니다.

"그러면 심장이 지금 어디 있단 말인가?"

"그거야 나무 위에 있지! 거기까지 데려다준다면 당장 꺼내오겠네."

숫거북이 그 말을 듣고 기뻐하며 혼잣말을 했습니다.

'굳이 속임수를 쓰지 않아도 일이 순조롭게 진행되는군. 이렇게 순순히 응해줄 줄은 몰랐어.'

숫거북은 원숭이를 해변으로 데려다주었고 원숭이는 재빨리 나무 위로 올라갔습니다.

숫거북은 설레는 가슴으로 나무 밑에서 기다리고 있었습니다. 그러

258

나 아무리 기다려도 원숭이가 내려오지 않자 큰 소리로 불렀습니다.

"친구여, 왜 이리도 오래 걸린단 말인가? 심장을 갖고 어서 내려오게나."

원숭이가 대답했습니다.

"어림도 없는 소리! 내가 그렇게 어리석게 보이는가? 재칼에게 두 번씩이나 속아넘어갔던 당나귀 같은 줄 아는가? 심장도 없고 귀도 없는 불구자로 취급당했던 그 얼뜨기 당나귀처럼 보이는가?"

숫거북이 "무슨 일이 있었나?"라고 묻자 원숭이가 이야기를 시작했습니다.

재칼에게 두 번 속은 당나귀 이야기

옛날 어느 숲속에 사자가 살고 있었다네. 그의 곁에는 시중을 들며 먹이를 얻어먹는 재칼이 있었네.

어느 날부터인지 사자는 피부병에 걸려서 극도로 쇠약해졌고 사냥도 할 수 없는 지경에 이르렀네. 그런 모습을 보고 재칼이 물었지.

"동물의 왕이시여, 어인 일로 점점 기력을 잃으시나이까?"

"피부병 때문이 아니겠느냐? 이 병을 고칠 수 있는 약은 당나귀의 심

재칼에게 두 번 속아 사자에게 잡혀먹은 어리석은 당나귀.

장과 귀뿐이라고 하노라."

"그거라면 문제없나이다. 마전장이의 옷감을 실어 나르는 당나귀 한 마리를 알고 있나이다. 그를 곧 대령하겠나이다."

재칼은 이 말을 마치고 곧장 당나귀에게 갔네. 당나귀가 재칼을 보고 공손히 인사하자 재칼은 부드러운 어조로 물었네.

"어찌 이렇게 수척해졌는고?"

"주인이 야속합니다. 배는 곯게 하면서 등 위엔 무거운 짐만 얹는답니다. 그러니 제 꼴이 이렇게 될 수밖에요……"

재칼이 역성을 들며 말했네.

"그러면서도 참고 지낸단 말이냐?"

당나귀가 힘없이 대답했네.

"도망친다 한들 어디 뾰족한 수가 있겠습니까? 어딜 가나 사람들한테 혹사당하고 굶주리기는 마찬가지일 텐데 말입니다."

"아무래도 내가 너를 도와주어야 하겠구나. 기막히게 좋은 곳을 소개해주마. 그곳은 사람들의 발길이 전혀 닿지 않을 뿐 아니라 목초도 풍성하기 때문에 보기 드물게 수려하고 살진 당나귀들이 모여 살고 있단다."

귀가 번쩍 뜨인 당나귀는 재칼에게 부탁했네.

"그런 곳이 있다면 어서 데려다주세요."

그리하여 재칼은 당나귀를 데리고 사자가 있는 곳으로 향했네. 어느 지점에 이르자 재칼은 잠시 당나귀를 세워두고 사자에게 먼저 가서 당나귀의 소재를 알렸다네.

사자는 정보를 듣고 서둘러 나와서 당나귀에게 달려들었네. 그러나 힘에 부친 나머지 실패로 끝나고 말았다네. 물론 당나귀는 잔뜩 겁을 먹고 도망갔네.

이 광경을 지켜본 재칼이 사자에게 물었다네.

"동물의 왕이시여, 눈앞의 먹이를 놓치시다니요? 전하답지 못하시나이다."

사자가 말했네.

"당나귀를 한 번만 더 데려오너라. 이번에는 절대 놓치지 않겠노라."

재칼은 당나귀에게 다시 가서 말했네.

"아니, 무슨 일로 그렇게 급히 도망갔느냐? 그곳에 사는 살진 당나귀가 너를 보고 반가워서 달려 나왔는데 말이다. 네가 가만히 있었더라면 융숭한 환영을 받고 벌써 그곳 당나귀들과 친해질 수 있었을 텐데……넌 웬 겁이 그렇게 많으냐?"

아직까지 사자를 본 적이 없었던 당나귀는 재칼의 말을 그대로 믿을 수밖에 없었네. 그래서 다시 재칼을 따라 나섰다네. 재칼은 이번에도 당나귀를 도중에 세워둔 채 사자에게 먼저 가서 당나귀의 소재를 알렸네.

"전하, 힘을 가다듬으소서. 당나귀란 놈을 감쪽같이 속여놓았사오니, 이번에는 꼭 성공하소서. 만일 이번에도 놓치신다면 그놈은 이제 다시는 속지 않을 것이옵니다. 기회란 항상 오는 것이 아니옵니다."

이와 같은 재칼의 촉구에 잔뜩 힘을 얻은 사자는 당나귀를 보자마자 공격을 가해 죽였네. 그러고는 재칼에게 말했네.

"의사들 말에 따르면 고기를 먹기 전에는 몸을 정결하게 씻으라고 했노라. 짐이 목욕을 하고 올 테니 그동안 이 고기를 잘 지키고 있도록 하라. 당나귀의 심장과 두 귀는 짐이 먹을 것이고, 나머지 부분은 모두 그대 몫으로 남겨주겠노라."

사자가 목욕을 하러 떠나자, 재칼은 당나귀의 심장과 두 귀를 깨끗이 먹어치웠다네. 사자가 돌아와 추궁을 하면, "전하, 이 당나귀에게는 애초부터 심장과 두 귀가 없었나이다"라고 거짓말을 할 작정이었네. 그렇게 되면 사자는 그 당나귀 고기를 불길하게 여겨서 입에도 대지 않을 테고 자연히 그 고기는 모두 재칼의 차지가 되지 않겠나? 그야말로 일거양득인 셈이지.

얼마 후 사자가 돌아와 아연해하며 물었네.

"심장과 두 귀는 어디로 갔는고?"

재칼이 대답했네.

"전하, 이 당나귀란 놈에게 상황을 감지할 수 있는 심장과, 소리를 들을 수 있는 두 귀가 있었다면 두 번씩이나 속진 않았을 것이옵니다. 그것도 모르고 계셨나이까?”

　“숫거북이여, 자네에게 이 얘기를 들려주는 까닭은, 나는 그 당나귀처럼 어리석지 않다는 사실을 알려주려 함이네. 심장도 두 귀도 없는 기형아 취급을 당했던 당나귀와는 다르다네.

　자네는 나를 배반하고 기만했네. 그렇기에 나도 똑같이 대응한 것일세. 난 이제 목숨을 건졌다네. 옛말에 ‘지혜가 부족해서 그르친 일은 지식으로 만회할 수 있느니라’고 했네.”

　그러자 숫거북이 말했습니다.

　“옳아, 자네 말이 맞네. 내가 잘못했네. 모름지기 선량한 사람이라면 자신의 죄를 고백하고 인정해야 할 뿐 아니라 응분의 처벌도 달게 받아들여야 한다네. 항상 말과 행동은 일치해야 하니까 말일세.

　원숭이여, 난 이번에 자네를 통해서 귀한 교훈을 얻었다네. 그것은 말일세, 지혜로운 사람은 어떠한 곤경에 빠졌다 하더라도 지혜와 지략으로 그 곤경을 헤쳐나갈 수 있다는 진리일세. 마치 길을 걷다가 땅바닥에 넘어진 사람이 그 땅을 짚고 다시 일어서듯이 말일세.”

　“이상은 원하는 것을 얻긴 했으나 잘 간수하지 못해 낭패를 겪은 사람의 이야기였습니다.”

수도승과 족제비의 장

다브샬림 왕은 현자 바이다바에게 말했다.

"이번엔 신중하지 못해 일을 그르친 사람의 이야기를 들려주시오."

현자가 대답했다.

"경솔한 행동으로 일을 그르쳐서 두고두고 후회하는 사람은, 애지중지하던 족제비를 죽인 수도승의 신세가 됩니다."

다브샬림 왕이 "어떤 일이 있었소?"라고 묻자 현자 바이다바가 이야기를 시작했다.

경솔한 수도승과 충성스러운 족제비 이야기

옛날 페르시아의 주르잔 시에 한 수도승이 아름다운 아내와 살고 있었습니다. 그들은 결혼한 지 오래되었건만 슬하에 자식이 없어서 고민이었습니다. 그러던 중 아내가 임신을 하자 수도승은 매우 기뻐하며 알라를 찬양하면서 아들을 낳게 해달라고 기도했습니다. 그리고 아내에게 말했습니다.

"이렇게 기쁠 수가 있나? 꼭 아들이 태어났으면 좋겠소. 그러면 우리 아들에게 제일 좋은 이름을 지어주고, 훌륭한 학자들을 모두 모셔다가 교육을 맡기겠소."

그의 아내가 대꾸했습니다.

"여보, 아들인지 딸인지 아직 모르면서 어떻게 그런 말씀을 하세요? 마치 기름과 꿀을 머리에 뒤집어썼던 수도승처럼 말이에요."

수도승이 "어떤 일이 있었소?"라고 묻자 아내가 이야기를 시작했습니다.

기름과 꿀을 뒤집어쓴 수도승 이야기

옛날에 어느 수도승이 살았어요. 그는 마을의 부유한 상인으로부터 매일 기름과 꿀을 시주받아서 먹을 만치 먹은 후에는 그 나머지를 항아리에 담았어요. 그리고 그 항아리를 집 안의 한쪽 벽에 잘 걸어두었지요. 어느덧 그 항아리가 가득 차게 되자 수도승은 항아리 밑에 누워 공상에 잠겼어요. 손에는 막대기를 쥔 채 말이에요.

 '항아리에 가득 찬 기름과 꿀을 팔면 얼마나 받을 수 있을까? 1디나르? 그래, 이것을 1디나르에 팔아서 염소 열 마리를 사는 거야! 그리고 다섯 달마다 새끼를 번식시킨다면 머지않아 염소가 굉장히 많아지겠지? 몇 년만 있으면 사백 마리가 훨씬 넘을 거야.

 그다음엔 염소들을 팔아서 소 백 마리를 사는 거야! 염소 네 마리면 암소든 황소든 소 한 마리는 살 수 있으니까…… 그리고 땅을 사서 씨앗을 심고 일꾼들을 부려야지. 황소로는 농사를 짓고, 암소에게서는 우유와 낙농품을 얻어내야지. 아, 오 년만 지나면 큰돈을 벌 수 있겠지! 그 돈으로 멋진 집을 짓고 노예도 사들이고 예쁘고 사랑스러운 아내와 결혼해서 영특한 아들을 낳는 거야. 아들에겐 제일 좋은 이름을 지어주어야지. 아들이 어느 정도 자란 후엔 훌륭하게 교육시킬 거야. 엄하게 다스려야지. 만약 말을 안 들으면 이 막대기로 때려줘야지!'

 그러고는 막대기를 휘두르다가 그만 항아리를 깨고 말았어요. 깨진 항아리에서 기름과 꿀이 흘러 수도승의 머리 위로 쏟아져내렸지요.

 "제가 이 말씀을 드리는 이유를 아시겠어요? 입에 담아선 안 될 일을 성급하게 발설하고 확실치 않은 일을 속단해선 안 된다는 뜻이에요."

경솔한 오해로 인해 충성스러운 족제비를 죽이고 후회하는 수도승.

수도승은 아내의 충고를 들은 뒤 조용해졌습니다.

얼마 후 아내는 참으로 잘생긴 아이를 낳았고 그는 기뻐서 어쩔 줄을 몰랐습니다.

며칠이 지나자 아내는 목욕을 하러 가며 수도승에게 부탁했습니다.

"여보, 제가 목욕하고 올 동안 아기 좀 봐주세요. 곧 올게요."

아내는 목욕탕에 갔고 수도승은 아기를 보고 있었습니다.

그런데 조금 있으려니까 왕의 특사가 수도승을 부르러 왔습니다. 수도승은 아기를 맡길 데가 없어 쩔쩔매다가 자기가 기르는 족제비에게 맡기기로 했습니다. 그 족제비는 아주 어릴 적부터 길러왔던 터라 수도승에게는 아들이나 다름없는 귀한 보배였습니다.

수도승은 족제비에게 아기를 맡기고 대문을 잠근 후 왕의 특사를 따라 나섰습니다.

그런데 수도승이 집을 비운 지 얼마 되지 않아 집 안에 뚫려 있는 한 구멍에서 독사가 나와 아기에게 다가갔습니다. 이것을 본 족제비는 독사와 사투를 벌인 끝에 독사를 죽였습니다. 족제비의 입은 피로 범벅이 되었습니다.

얼마 후 수도승이 돌아왔습니다. 족제비는 그간의 사건을 보고하려고 바삐 달려나갔습니다. 수도승은 입에 피범벅을 한 채 경황없는 눈빛으로 달려나온 족제비를 보자마자 이성을 잃었습니다. 족제비가 아기를 죽였다고 단정했기 때문입니다. 그래서 수도승은 상황을 살펴보지도 않은 채 손에 들고 있던 몽둥이로 족제비의 머리를 내리쳤습니다.

족제비는 죽었습니다. 그리고 수도승은 서둘러 방으로 들어가보았습니다. 아, 그런데 아기는 쌔근쌔근 평화롭게 잠을 자고 있는 게 아니겠습니까? 그 옆에는 독사가 여러 동강이 난 채 죽어 있었습니다. 그제서야 수도승은 자신의 경솔함과 속단을 자책하고 머리를 때리면서 통곡했습니다.

"아이고! 아기를 낳지 않았더라면 가엾은 족제비를 내 손으로 죽이진 않았을 텐데!"

그때 아내가 들어와서 깜짝 놀라며 자초지종을 묻자 수도승이 대답했습니다.

"족제비는 우리 아기의 생명을 구했어. 그런데 나는 그 은혜를 원수로 갚았으니 어찌한단 말이오!"

아내가 말했습니다.

"서두르다가 이런 결과가 온 거라고요. 일단 저질러진 일은 내뱉은 말과 같고 시위를 떠난 화살과 같아서 돌이킬 수 없어요. 사전에 신중하셨어야지요."

"이상은 경솔한 행동으로 일을 그르친 사람의 이야기였습니다."

큰 쥐와 고양이의 장

다브샬림 왕은 현자 바이다바에게 말했다.

"잘 들었소. 이번에는 위급 상황에서 적과 화해한 사람의 이야기를 들려주시오. 사면초가 신세에 있던 사람이 같은 처지에 있던 적과 어떻게 동맹을 맺었소? 그리고 동맹 요청에 응해준 적에게 어떻게 보답했소? 과연 그들의 관계는 얼마만큼 지속되었소?"

현자가 대답했다.

"우정이든 적대감이든 결코 한결같은 모습으로 고정되어 있지 않습니다. 때로는 우정이 적대감으로 변할 수 있고 적대감이 우정으로 변할 수도 있습니다. 우리가 세상을 살면서 부딪치는 갖가지 돌발 사태나 위기 그리고 그 위기를 극복하려는 의지 등이 이러한 반전을 불가피하게 만듭니다.

지혜로운 사람은 상황 변화에 신속하고 적절히 대처할 줄 압니다. 상대방이 적이라고 판단되면 적대적으로 대처하고, 동지라고 판단되면 우호적으로 대처하는 기민함을 발휘합니다. 그러므로 위기에 처했을 때 적에게도 도움을 청할 수 있습니다. 과거의 적대감은 깨끗이 떨쳐버리고 말입니다.

참신한 기지를 과감하게 실천한다면 반드시 성공합니다. 그 예로, 큰 쥐와 고양이의 이야기가 있습니다. 그 둘은 함께 곤경에 처했을 때 서로 협조해서 위기와 역경을 모면했습니다."

다브샬림 왕이 "어떤 일이 있었소?"라고 묻자 현자 바이다바가 이야기를 시작했다.

고양이와 화해한 큰 쥐 이야기

옛날 어느 숲속에 거목이 한 그루 있었습니다. 그 밑동에 루미라는 이름의 고양이가 사는 굴이 있었습니다. 그리고 거기서 가까운 곳에는 화리둔이라는 이름을 가진 큰 쥐가 사는 굴이 있었습니다. 그 숲은 사냥꾼들이 빈번히 찾는 곳이어서 동물들은 한시도 마음을 놓을 수가 없었습니다.

어느 날 사냥꾼 하나가 고양이 루미의 굴 앞에 올가미를 설치했고 루미는 쉽사리 걸려들고 말았습니다.

　잠시 후 큰 쥐 화리둔은 먹을 것을 찾아 살금살금 기어나오며, 늘 그래왔듯이 고양이 루미의 동태를 살폈습니다. 그런데 이게 웬일입니까? 루미가 올가미에 갇혀 있다니! 큰 쥐는 뛸 듯이 기뻤습니다. 그러나 기쁨도 잠깐. 주위를 둘러보니 뒤에는 족제비가 그를 노리고 있었고, 나무 위에서는 올빼미가 그를 낚아채어 가려고 눈독을 들이고 있었습니다. 큰 쥐는 겁에 질려 어찌할 바를 몰랐습니다. 뒷걸음질을 치자니 족제비에게 잡히겠고, 좌우로 움직이자니 올빼미에게 낚이겠고, 앞으로 나아가자니 올가미 틈으로 나온 고양이 발톱에 찍혀 죽을 것이 확실했기 때문이었습니다.

　큰 쥐 화리둔은 탄식했습니다.

　'막막하군. 사방에서 나를 노리고 있으니 꼼짝없이 죽어야 한단 말인가? 아, 그러나 내겐 지혜가 있지 않은가? 지혜란 끝없이 깊은 바다와 같은 것! 지혜로운 사람은 시련이 닥쳤을 때 결코 낙담하지 않고, 시련을 극복한 후에도 절대 방심하지 않는 법이야. 내가 지금의 상황에서 살아남을 수 있는 방법은 고양이와 화해하는 길밖에 없어. 그도 나와 비슷한 곤경에 처해 있잖아. 내가 말을 건네면 외면하진 않을 거야. 나의 진솔한 뜻과 흔들리지 않는 신념에 귀를 기울일 것이고, 서로 협조해서 위기를 타개하자는 내 뜻에 동의하겠지?'

그리하여 큰 쥐는 고양이에게 다가가 말을 걸었습니다.

"안녕하십니까?"

고양이가 대답했습니다.

"보다시피 꼼짝없이 갇혀 있지 않소? 당신이 소원하던 바이니 아주 흐뭇하시겠소이다."

"당신만 곤경에 빠져 있는 줄 아시오? 나도 당신과 같은 처지라오. 난 혼자만 살아남기를 원치 않는다오. 당신도 구조되고 나도 무사하길 바란다오.

내 말에는 추호의 거짓이나 속임수가 없소. 족제비가 나를 노리며 도사리고 있고, 올빼미가 눈독을 들이고 있다오. 족제비와 올빼미는 우리에게 공동의 적이 아니겠소? 당신과 나는 원수지간이지만 공동의 위기에 처했을 땐 서로 협조해야 마땅할 것이오. 당신이 나를 해치지 않겠다고 약속해준다면 올가미를 이빨로 끊어 당신을 꺼내주리다. 그렇게 되면 우리는 둘 다 살아남는 거요. 현재 우리의 관계는 바다에 표류하는 선박과 그 탑승객의 관계와 같다오. 탑승객은 선박에 타고 있어야 구조되고 선박은 탑승객을 태우고 있어야 구조되는 게 아니겠소?"

고양이는 큰 쥐의 솔직한 제안을 듣고서 대답했습니다.

"당신의 말이 옳은 듯하오. 나 역시 우리 둘 다 살아남길 바란다오. 당신이 나를 구해준다면 그 고마움을 절대 잊지 않으리다."

"좋소. 당신에게 가까이 가서 올가미를 끊어주겠소. 그러나 단 한 가닥의 줄은 남겨두겠소. 그 이유는 당신을 완전히 믿을 수 없기 때문이라오."

큰 쥐는 이렇게 말을 하고 나서 고양이를 가둔 올가미를 끊기 시작했습니다. 그러자 이 광경을 지켜본 올빼미와 족제비는 크게 실망을 하고 떠나갔습니다.

올빼미와 족제비가 사라지자 큰 쥐의 올가미 끊는 속도가 느려졌습니다. 그러자 고양이가 못마땅해하며 한마디 했습니다.

"어찌하여 성의 없이 올가미 줄을 끊는 거요? 당신의 목적을 이루고 나니 이제는 마음이 변한 모양이구려! 곤경에 빠졌던 처지에서 헤어나니 남의 고통 따위는 안중에도 없는가보구려! 그러는 법이 아니라오. 그건 선량한 이의 도리가 아니라오. 무릇 너그럽고 선량한 사람은 친구의 고충도 헤아릴 줄 안다오. 나의 협조 덕분에 당신이 먼저 혜택을 받았다면 보답을 해야 당연하지 않소?

아마도 당신의 뇌리에는 지난날 우리 사이의 적대감이 되살아났나보오. 하지만 이것 보시오! 우리가 일단 화해를 하고 동맹을 맺었다는 사실은 과거의 적대관계를 청산했다는 증거 아니겠소?

대저 마음이 관대한 사람은 묵은 증오심을 떨쳐버리고 그 자리를 감사하는 마음으로 채울 줄 안다오. 따라서 그는 적으로부터 받은 단 한 번의 도움으로도 누적된 원한의 앙금을 말끔히 지워버릴 수 있소.

' 옛말에 '배반의 죄는 제일 먼저 응징을 받으리라' 하지 않았소? 다급하게 애원하는 친구를 보고서도 측은함을 느끼지 못하고 외면하는 일은 배반이오."

큰 쥐가 대꾸했습니다.

"친구에는 두 가지 유형이 있소. 순수하게 맺어진 친구가 있는 반면 목적에 의해 맺어진 친구가 있소. 어떻게 맺어졌든 간에 한마음으로 위기에 대처하고 서로 협조한다는 면에서는 공통점을 지니고 있소. 그러나 다른 점이 있다면, 순수하게 맺어진 친구는 어떤 상황에서든지 믿을 수 있는 반면 목적에 의해 맺어진 친구는 때로는 믿을 수 있지만 때로는 경계해야 할 대상이라는 점이오.

지혜로운 사람은 위험한 사태가 발생하기 전에 미리 대비한다오. 나는 당신을 조심하겠소. 이미 당신을 위해 할 만큼 했으니 이제 남은 것은 나의 안전을 지키는 일이라오. 우리가 서로 화해를 한 일이 내게 화근이 될까 두렵다오.

모든 일에는 때가 있소. 때가 이르지 않았을 때 행하면 좋은 결과를 얻을 수 없소. 내가 올가미 줄 한 가닥을 끊지 않고 남겨놓은 이유는 때를 기다리기 위해서라오. 당신이 나에게 신경을 쓸 수 없는 순간에 이르면 그때 비로소 마지막 한 줄을 끊어주리다. 사냥꾼의 동태를 관측하며 내가 그 '때' 를 결정하겠소."

큰 쥐는 이렇게 말하며 서서히 올가미 줄을 끊고 있었습니다. 그러는 동안에 사냥꾼이 나타나자 고양이가 다급하게 말했습니다.

"친구여, 서둘러주시오. 당신이 기다리던 '때'가 오지 않았소?"

이윽고 큰 쥐는 사력을 다해 올가미 줄을 완전히 끊었습니다. 고양이는 재빨리 나무 위로 뛰어올랐으며 큰 쥐는 굴로 숨어들었습니다. 사냥꾼은 자기가 설치했던 올가미가 모두 끊긴 것을 보고 낙담하여 돌아갔습니다.

얼마 후 큰 쥐가 굴에서 머리를 내밀고 주위를 살피며 고양이의 움직임을 주시했습니다. 그러자 고양이가 불렀습니다.

"진실한 친구여, 내 생명의 은인이여, 왜 내게 가까이 오지 않는 거요? 당신의 은혜에 보답하고 싶소. 어서 이리 오시오. 나의 진심을 외면하지 마오. 친구를 사귀어놓기만 하고 가까이 지내지 않는다면 우정은 곧 사라진다오. 나는 당신의 도움을 결코 잊을 수 없소. 당신은 나와 우리 종족에게서 응분의 보상을 받아야 마땅하오. 나를 두려워하지 말고, 당신에게 보답하고 싶은 내 심정을 헤아려주시오. 내 진실을 받아주시오. 이렇게 맹세하리다."

큰 쥐가 대답했습니다.

"겉으로는 우정을 표방하면서 속으로는 흉계를 꾸미고 있는 경우도 있다오. 그것은 드러난 적대감보다 더 혹독하고 잔인한 것이지요. 이런 상황에서 방심하다간 성난 코끼리의 등에 올라탄 후 깜빡 졸다가 떨어져 코끼리의 발에 밟혀 죽은 사람의 신세가 된다오. 나에게 도움을 줄 수 있는 이는 친구이고, 나에게 해악을 끼칠 수 있는 이는 적이라오. 무릇 지혜로운 사람은 상황에 따라 적을 친구로 삼기도 하고, 친구를 적으로 삼기도 하오. 짐승들을 보시오. 젖먹이 시절에는 제 어미를 쫓아다니지만 일단 젖이 마르면 어미 곁을 떠나지 않소? 당신과 나는 천적 간이라오. 우리는 서로 살아남기 위해 화해하고 협조하였소. 그러나 위기 상황이 끝난 이상 친구로 남아 있을 까닭이 없지 않소? 불 위에서 끓는 물은 아무리 뜨겁게 끓었다 할지라도 일단 불 위에서 내려놓으면 이내 식어버린다오.

내 입장에서 본다면 당신만큼 강력하고 해로운 적은 없다오. 우리가 한때 우정을 맺긴 했으나 그 우정을 영원히 지속시킬 순 없소. 우리를 손잡게 했던 원인이 사라짐과 동시에 우리의 관계는 원점으로 돌아간 것이오. 다시 원수지간이 되었으니 당신을 경계해야 마땅하지 않겠소? 작고 약한 존재가 크고 강한 적에게 가까이 간다면 이로울 것이 없소.

당신도 나를 필요로 하는 일이 없을 거요. 나를 잡아먹으려는 생각밖에는…… 나 역시 당신이 필요하지 않소. 당신을 신뢰할 수 없으니까 말이오. 막강한 적이 감언이설로 유화정책을 쓸 때 약한 존재가 살아남을 길은 정신을 바짝 차리고 조심하는 일뿐이라오.

대저 지혜로운 사람은 적과 화해할 때를 알고 있을 뿐 아니라 화해했던 적과 절교할 때도 알고 있소. 그는 항상 절도 있게 생각하고 행동하므로 화해한 적이 베풀어준 은혜에 보답을 하긴 하지만 결코 적을 완전히 신뢰하진 않소. 가능한 한 먼 거리를 유지한다오.

나는 당신이 멀리 있어주길 바란다오. 부디 평화롭게 오래오래 사시오. 물론 과거에는 당신의 행복을 빌지 않았었지만…… 나의 청을 들어주는 일이 바로 나에 대한 보답이 될 거요. 우리가 가까이하지 않는 것이 평화로 향하는 길이니까 말이오."

"이상은 위급 상황이 닥치자 적과 화해하여 위기를 모면한 경우의 이야기였습니다."

왕과 애완조 판자의 장

다브샬림 왕이 현자 바이다바에게 말했다.

"잘 들었소이다. 이번에는 원수지간인 사람들이 서로 어떻게 경계하며 살아야 하는지 들려주시오."

현자 바이다바가 이야기를 시작했다.

새끼를 잃은 애완조 이야기

옛날 인도에 바리둔이라는 이름의 왕이 살았는데 그는 판자라 불리는 애완조를 기르고 있었습니다. 판자와 그의 새끼는 어찌나 말을 잘하는지 왕의 사랑을 듬뿍 받았습니다. 왕은 왕비로 하여금 그들 모자를 잘 보살피도록 당부했습니다.

얼마 후 왕비는 임신을 하여 왕자를 낳았고 왕자와 판자의 새끼는 친구가 되어 사이좋게 놀았습니다. 판자는 매일 산에 올라가서 진귀한 과일들을 물어다가 절반은 왕자의 입에, 절반은 자기 새끼의 입에 넣어주었습니다. 그 덕분에 왕자와 판자의 새끼는 무럭무럭 자라났고, 왕은 판자의 정성에 감동하여 그를 더욱 아꼈습니다.

　그러던 어느 날 판자가 과일을 구하러 산에 간 사이에, 그의 새끼가 왕자의 무릎 위에서 놀다가 똥을 싸고 말았습니다. 왕자는 격분하여 판자의 새끼를 바닥에 내팽개쳐 죽였습니다.

　판자가 돌아와 이 끔찍한 광경을 보고서 울부짖었습니다.

　"우정도 신의도 저버리는 추악한 왕들! 자비도 눈물도 없는 왕들을 가까이하다가 이런 화를 입었구나. 누군가를 이용하고자 할 때는 총애를 하는 척하지만, 단물을 다 빨아먹고 난 후에는 은혜도, 약속도, 인정도 까맣게 잊고 상대방의 작은 허물도 용서하지 못하는구나!

　위선과 타락으로 물든 왕들! 자신의 크나큰 과오와 허물은 대수롭지 않게 여기면서도 상대방이 자기의 비위를 건드리면 하찮은 일에도 광분하는구나! 이토록 배은망덕하고 무자비할 수가……"

　그러고 나서 판자는 왕자의 얼굴에 달려들어 눈을 쪼아 도려낸 후 발코니 위로 날아올랐습니다.

　왕은 이 사실을 듣고 화가 치밀어 판자를 잡아 죽일 유인책을 썼습니다. 그리하여 발코니 위에 있는 판자에게 다가가서 말했습니다.

"판자야, 내려오너라. 아무도 너를 해치지 않는다."

그러나 판자가 대답했습니다.

"전하, 남을 죽이거나 배반하는 자는 응분의 벌을 받을 수밖에 없습니다. 당장 응징을 당하지 않으면 자손 대대로 그 죗값을 치르게 됩니다. 전하의 아들께서 제 새끼를 죽였습니다. 그래서 제가 당장 응징한 것입니다."

"네 새끼를 죽인 것은 참으로 어처구니없는 일이다. 하지만 너도 우리에게 복수를 하지 않았느냐? 그러니 피차간에 더 이상 주고받을 보복이 사라진 것 아니겠느냐? 어서 이리 돌아오렴!"

"결코 전하께 가까이 가지 않겠습니다. 식견이 있는 사람이라면 복수심에 불타는 사람 곁에는 절대 가지 않으니까요. 그 복수심을 누그러뜨리려고 위로하며 어루만져주는 일은 오히려 복수의 불길을 치솟게 할 뿐입니다. 증오와 원한으로 가득 찬 사람과 가까이하면 무사할 리 없습니다. 그를 두려워하고 멀리하는 길이 최선책입니다.

옛말에 '지혜로운 사람은 자유롭고 솔직하게, 그리고 합리적이고 독립적으로 살아가느니라. 따라서 부모를 친구로 여기며 솔직하게 대화하고, 형제들을 동료로 여기며 평등하게 지내고, 아내들을 연인으로 여기며 아끼고 사랑하고, 아들들을 가문의 계승자로 여기며 건강하게 자라도록 뒷바라지해주고, 딸들을 남의 부인이 될 사람으로 여기며 독립성을 보장해주고, 친척들을 가난한 이로 여기며 자비와 격려로 도와주고, 자기가 의지할 곳은 오직 자기 자신뿐이라고 여기며 강한 신념으로 살아가느니라' 고 했습니다.

　저는 짓밟히고 외면당한 처량한 신세랍니다. 제가 받은 상처와 고통을 그 누가 함께 나눌 수 있겠습니까? 제가 떠나는 일이 전하의 안전을 위해서도 좋습니다."

　"판자야, 나는 너한테 원한이나 복수심을 품고 있지 않다. 비록 네가 왕자의 눈을 도려내긴 했지만 그건 왕자가 먼저 죄를 범했기 때문이 아니더냐. 너한테 무슨 죄가 있겠느냐? 판자야, 내 말을 믿고 어서 돌아오려무나."

　"마음속에 감춰진 원한은 무서운 것입니다. 전하의 달콤한 유혹 뒤에 숨은 속뜻을 어찌 확인할 수 있겠습니까? 마음을 꿰뚫어볼 수 있는 것은 오직 마음뿐입니다. 겉으로 표현된 말은 한낱 치장에 불과할 뿐 결코 믿을 것이 못 됩니다."

　"마음속에 증오와 적개심을 품고 있는 사람들은 많다. 하지만 현명한 사람은 증오와 적개심을 키우지 않고 차분히 다스리느니라."

　"일리가 있는 말씀입니다만, 아무리 자제력이 뛰어난 사람이라 할지라도 그의 마음속에서 복수심과 원한을 완전히 몰아낼 수는 없습니다.

더군다나 치유될 수 없는 상처를 입었을 경우엔 그 원한이 뼛속 깊이 사무칩니다.

무릇 지혜로운 사람은 적의 계략과 술책을 경계할 줄 압니다. 그러므로 어떠한 회유책에도 속아넘어가지 않습니다. 그는 회유책의 위력을 익히 알고 있기 때문입니다. 적을 함락시키기 위해서는 힘보다 지혜가, 강경함보다 유연함이 효과적입니다. 코끼리들을 보십시오! 야생 코끼리가 집 코끼리에게 유인당하지 않습니까?"

"진실로 지혜롭고 너그러운 사람은 옛정을 결코 외면하지 않는다. 비록 자기의 목숨이 풍전등화 같은 위험에 처하더라도 옛 인연을 소중히 지키는 법이니라. 개를 보아라! 개는 같이 놀던 아이들에게 자기 종족이 잡아먹히는 것을 보고서도 결코 도망가지 않느니라. 예전처럼 아이들을 따르며 같이 어울리니, 아주 비천하기 이를 데 없는 동물이지만 절대로 의리를 저버리지 않느니라."

"복수심으로 말하자면, 어느 누구의 마음에 숨겨진 것이든 무섭고 파괴적인 힘을 지닙니다. 그러나 세상에서 가장 위협적이고 파괴적인 복수심은 왕들이 간직한 복수심입니다. 왕들은 보복을 일삼으며 그것을 자랑스럽고 명예로운 일이라고까지 여기고 있습니다.

진실로 지혜로운 사람은 숨겨진 복수심에 속지 않습니다. 숨겨진 복수심은 장작을 찾는 숨은 불씨와 같아서 불붙을 기회를 찾느라 몸부림

애완조 판자가 자신의 새끼를 죽인 왕자의 눈을 도려내고 도망가는 장면.

칩니다. 그러다가 적절한 계기를 만나면 그 불길은 걷잡을 수 없이 치솟습니다. 제아무리 훌륭한 충고도, 위로도, 친절함도, 엎드려 애원함도 그 불길을 가라앉힐 수 없습니다. 그것은 영혼을 파괴시킨 이후에나 꺼집니다.

아직도 많은 가해자들은 피해자들의 분노와 원한을 위로하고 달래느라 있는 힘을 다하고 있습니다만 부질없는 일입니다. 저는 전하의 마음 속에 있는 복수심을 사라지게 할 능력도 없을뿐더러 그러한 노력도 하지 않겠습니다.

전하께서 어떠한 말씀으로 저를 유인하신다 하더라도 저는 흔들리지 않습니다. 저는 이미 공포와 분노와 실망을 뼈저리게 경험했습니다. 전하와 저는 함께 지낼 수 없습니다. 서로 결별하는 일밖에 없습니다. 부디 안녕히 계십시오."

"큰일이건 작은 일이건 우리에게 일어나는 모든 일은 예정된 운명이요 숙명이니라. 누군가를 해치거나 도와주는 일 역시 운명에 속한다. 우리가 어머니의 태중에 잉태되어 세상에 나와 자라고, 늙고 병들고, 죽음에 이르는 과정들이 우리의 의지와 관계없이 진행되듯이 말이다.

따라서 네가 내 아들의 눈을 도려낸 것은 네 죄가 아니며, 또한 내 아들이 네 새끼를 죽인 것도 그의 죄가 아니다. 그 모든 일은 운명이었으니 우리가 서로 원한을 품을 일이 있겠느냐? 운명의 힘은 거역할 수도

탓할 수도 없는 것이니라."

"운명의 위력이 아무리 대단하다 하더라도 지혜로운 사람의 판단력까지 빼앗지는 못합니다. 지혜로운 사람은 어떤 상황에서든 날카로운 예지로 위험 요소들을 경계하며 자신을 지킬 줄 압니다. 또한 지혜로운 사람은 운명과 자신의 의지를 잘 조화시키면서 운명을 개척할 줄도 압니다.

전하, 저와 전하 사이의 사건은 결코 사소한 일이 아닙니다. 왕자가 제 새끼를 죽였고, 저는 왕자의 눈을 도려내었습니다. 전하께서는 저를 죽이시려고 마음에도 없는 말씀들로 유인하고 계십니다. 그러나 살아 숨쉬는 모든 존재들은 죽음을 거부합니다. 옛말에 '세상사의 고통 중에는 가난, 슬픔, 외적의 침입, 사랑하는 사람과의 이별, 질병, 노쇠함 등이 있지만 죽음의 고통만큼 큰 것은 없느니라' 했습니다.

슬픔을 맛본 사람만이 슬픈 사람의 처지를 헤아릴 수 있습니다. 저는 전하와 똑같은 슬픔을 당했기 때문에 누구보다도 전하의 심정을 잘 알 수 있습니다. 제가 전하와 함께 지내는 일은 좋지 않습니다. 제가 왕자를 해친 일이 전하의 기억 속에서 결코 사라질 수 없듯이 왕자가 제 새끼를 죽인 일은 제 기억 속에서 절대 지워지지 않기 때문입니다."

"자신의 마음속에 쌓인 묵은 때와 원한을 말끔히 청산할 줄 모르는 사람에게는 복이 깃들지 않느니라."

"발바닥에 상처를 입은 사람이 계속 걸어다니면 통증이 가시지 않을 것이고, 눈병에 걸린 사람이 계속 바람을 쐬면 병세가 악화될 것입니다. 이와 마찬가지로 원수지간끼리 같이 지내면 죽음을 자초하게 됩니다. 세상을 잘 살아가려면 정확한 예측력으로 위험 요소를 사전에 피하고 미심쩍은 사람에게 속지 말아야 합니다. 또한 분수를 알고 만용을 부리지 말아야 합니다.

무릇, 자기가 소화할 수 있는 음식의 양도 모르고 마구 먹어대다간 배가 터져 죽게 되고, 힘에 부치는 일을 무리하게 떠맡다간 과로로 쓰러지게 되고, 한 입에 먹을 수 있는 음식의 양을 측정하지 못하고 입이 터져라 우겨넣다간 목이 메어 죽게 되고, 적의 감언이설에 귀를 기울이다가 판단력을 잃으면 자기의 목숨을 적에게 바치게 됩니다.

운명이 무엇을 가져다줄지, 무엇을 앗아갈지 아는 사람은 아무도 없습니다. 다만 예리한 판단력과 꿋꿋한 의지를 갖추고 부단히 자기 성찰에 힘쓰는 일이 우리의 몫입니다. 지혜로운 사람은 상대방의 외양만 보고 쉽게 현혹되지 않으며 위태로운 환경에 미련하게 머물러 있지도 않습니다.

앞으로 제가 갈 곳은 많습니다만, 제게 유익하고 적합한 길을 선택하여 떠나려 합니다.

사람이 어떤 길을 가든, 어떤 낯선 땅에 이르든 성공적인 삶을 펼치기 위해선 다섯 가지 덕목을 실천해야 하는데 그 첫째는 악행을 삼가는 일이고, 둘째는 예의범절을 지키는 일이며, 셋째는 확고한 신념을 지니는 일이며, 넷째는 너그러운 성품을 갖추는 일이고, 다섯째는 기품 있는 행동을 하는 일입니다.

저는 살아남기 위해 고향을 등질 수밖에 없습니다. 무릇 사람들은 자신의 목숨이 위태로울 때 자식도, 조국도, 재물도, 친척도 기꺼이 포기하는 용단을 내립니다. 목숨이 끊어진 연후에 그 모든 것들이 무슨 가치를 지니겠습니까? 사실 세상에서 그 존재 가치를 상실한 경우가 어디 그뿐이겠습니까? 적재적소에 쓰이지 않는 재물과 남편에게 순종하지 않는 아내, 부모에게 반항하는 자식, 곤경에 빠진 친구를 외면하는 사람, 죄 없는 백성을 위압하기만 하고 덕치를 베풀지 못하는 왕, 풍요롭지도 안전하지도 못한 나라 등도 거기에 속합니다.

전하, 제가 이곳에서 전하와 함께 지내다간 안전할 리 없습니다."

판자는 이렇게 말을 마친 뒤, 왕에게 작별인사를 하고 날아갔습니다.

"이상은 서로 경계해야 할 원수지간의 이야기였습니다."

사자와 수도승 재칼의 장

다브샬림 왕이 현자 바이다바에게 말했다.

"잘 들었소. 이번에는 억울한 누명을 쓰고 죄인으로 몰렸던 신하와 그의 명예를 회복시켜준 왕의 이야기를 들려주시오."

현자가 말했다.

"무릇 군왕은 죄인을 처벌할 때 신중을 기해야 합니다. 우선 사건의 진상을 엄정하게 수사해서 죄의 진위 여부를 정확히 판단해야 할 것입니다. 만일 이러한 절차를 거치지 않고 서둘러 죄인을 처형한다면 국정에 큰 소실을 초래합니다. 특히 신실하고 충직했던 신하가 죄인으로 지목되었을 경우엔 더욱 진지한 통찰이 필요합니다.

대저 군왕이 덕치를 베풀기 위해선 경건하고 청렴한 신하들의 충성이 절실합니다. 군왕의 책무는 워낙에 막중하고 다양하므로 신하들 역시 많이 필요합니다. 하지만 신하들의 수가 아무리 많다 하더라도 진정으로 청렴하고 충직한 신하는 극히 적습니다. 그러므로 군왕은 인재들을 등용할 때 예리한 안목으로 그들의 신앙심, 충직성, 청렴성 등을 정확히 판단해야 합니다. 그리고 일단 등용한 후에는 그들의 능력과 적성을 세밀히 파악해서 그들이 최대한의 역량을 발휘할 수 있도록 도와주어야 합니다. 그뿐 아니라 그들의 동향을 암행 감찰하여 누가 선행을 쌓는지, 누가 악행을 저지르는지 살펴야 합니다. 만일 이러한 감찰을 소홀히 하면, 선량한 신하들이 소외되고 간악한 신하들이 득세하게 되어 결국 백성이 병들고 왕권이 몰락합니다. 그러한 예로 사자와 수도승 재칼의 이야기가 있습니다."

다브샬림 왕이 "어떤 일이 있었소?"라고 묻자 현자 바이다바가 이야기를 시작했다.

누명을 벗은 수도승 재칼의 이야기

옛날 어느 숲에 재칼이 살았습니다. 그는 경건한 수도승으로서 토굴 속에서 수행에 정진하고 있었습니다.

한편 토굴 주위에는 다른 재칼들과 늑대, 여우 등이 살았는데, 그들은 살생과 육식을 즐기며 탐욕과 시기심에 젖은 악한 무리로서 수도승 재칼에게 못마땅한 시선을 보내고 있었습니다.

드디어 어느 날 그들은 수도승 재칼에게 시비를 걸었습니다.

"이봐 수도승, 우린 당신의 유별난 행동이 마음에 안 들어. 그렇게 고결하게 살아서 뭐 그리 잘된 것 있는가? 당신도 우리와 함께 사냥이나 다니면서 고기 맛을 즐기는 게 어때?"

그러자 수도승 재칼이 대답했습니다.

"자네들이 어떤 유혹을 해도 나는 흔들리지 않는다네. 주변 환경이 아무리 타락했다 하더라도 내가 마음을 잘 다스리는 한 결코 오염될 수 없다네. 무릇 죄업이란 외적 요인에서 기인되는 것이 아니고 바로 내 마음이나 행실에서 비롯되는 것일세.

자네들은 선행과 악행의 판단 기준을 어디에 두겠는가? 행위 그 자체에 두겠는가? 아니면 행위를 발생시킨 환경에 두겠는가? 만일 자네들이 선행과 악행의 판단 기준을 행위를 발생시킨 환경에 둔다면, 선한 장소에서 일어난 일은 무조건 선행이고, 악한 장소에서 일어난 일은 무조건 악행이란 결론을 내리지 않겠는가? 그런 식의 판단이라면, 미흐라브*에서 수도승을 죽인 일은 선행이 되고, 전쟁터에서 수도승을 살려낸 일은 악행이 된다는 말 아닌가?

★ 이슬람교 사원인 모스크 내의 벽감(壁龕)으로, 예배 방향을 알려주는 곳이다.

내가 자네들과 교분하긴 하지만 내 마음과 행위는 항상 청정하게 지킬 것이라네. 나는 행위의 열매를 알고 있기 때문이라네."

이와 같이 재칼은 그를 유혹하는 무리에게 일침을 가한 후 계속 수행에 정진하였습니다.

재칼의 이러한 명성은 그 지역을 다스리는 사자왕에게까지 알려졌고, 어느 날 사자왕은 재칼을 불러 대화를 나누었습니다. 과연 명성 그대로 훌륭하고 존경스러운 수도승임을 확인하고 매우 흡족해하였습니다.

며칠 후 사자왕은 재칼을 다시 불러 나라의 중책을 맡아달라고 부탁했습니다.

"수도승이여, 그대도 알다시피 짐의 책무는 막중하오. 따라서 많은 신하를 거느리고 있소. 그러나 짐은 진정한 조력자가 필요하오. 그대는 신앙심이 깊을 뿐 아니라 청빈하고 숭고하며 지혜롭다고 들었소. 짐은 그대를 신뢰하오. 앞으로 그대를 명예로운 직책에 봉하여 짐의 최측근으로 두고서 국사를 논의할 것이오."

재칼이 답변했습니다.

"무릇 군왕은 능력을 갖춘 훌륭한 인재를 발굴하여 등용해야 하옵니다. 그러나 관직을 원치 않는 사람에게 강권하는 일은 바람직하지 않사옵니다. 강요에 의한 일은 효과적일 수 없기 때문이옵니다.

저는 전하의 측근이 될 의사가 없을 뿐 아니라 경험도 없고 적성에도 맞지 않사옵니다.

전하는 동물의 왕이 아니시옵니까? 전하의 주변에는 여러 종류의 동물들이 무수히 많을 터인즉, 그들 가운데서 인재를 등용하심이 어떠하시겠사옵니까? 그들 중에는 고매한 성품과 능력을 갖추고서 전하의 부름을 기다리는 인재들이 반드시 있을 것이옵니다."

"수도승이여, 짐의 청을 거절하지 마시오. 짐은 그대의 도움이 필요하오."

"왕을 섬기는 일은 위험하옵니다. 그러나 왕을 섬기면서도 신변의 위협을 받지 않을 두 부류의 사람들이 있기는 하옵니다. 첫째 부류는 위선과 편법으로 세상을 살아가는 타락한 아첨꾼들이며, 둘째 부류는 너무나 어리석은 나머지 그 누구로부터도 시기의 대상이 되지 않는 얼뜨기들이옵니다. 저는 두 가지 부류 중 어디에도 속하지 않사옵니다. 혼탁한 현실에서는 유능한 충신이 왕을 보필하기가 매우 어렵사옵니다. 항상 간신배들의 음해와 질투의 표적이 되어 목숨을 부지할 수 없기 때문이옵니다."

"그런 걱정이라면 접어두시오. 그대를 항상 내 곁에 두고서, 아무도 그대를 음해하지 못하도록 지켜주겠소. 그리고 짐은 그대가 원하는 만큼의 영예로운 직책을 주겠소."

"전하께서 진정으로 저를 아끼신다면, 제가 들판에서 계속 살도록 허락하여주옵소서. 물과 목초만을 먹으며 걱정 없이 평화롭게 살도록 허락하여주옵소서.

평범하게 사는 사람들에겐 일생 동안 일어나지 않을 공포와 위협이 왕을 섬기는 사람에겐 한꺼번에 닥치게 되옵니다. 왕을 섬기면서 누리는 영화는 단지 잠시일 뿐 그 뒤에 이어지는 공포는 영원하옵니다. 조금 먹더라도 평화롭게 사는 편이 배불리 먹으면서 긴장과 공포 속에서 사는 편보다 낫사옵니다."

"그대의 뜻을 이해하겠소. 그러나 너무 걱정만 하지 말고 편안한 마음으로 짐을 도와주시오."

"전하의 뜻이 정 그러하시다면 제게 약조를 하나 해주소서. 다름 아니오라 전하의 신하들 중 누군가가 직접 그의 입을 통해서 또는 타인의 말을 인용해서 저를 죄인으로 고발했을 때 그의 주장을 성급하게 믿지 마소서. 사건을 철저히 조사해서 신중한 심의를 하신 뒤 처벌 여부를 결정하소서.

저를 시기하는 무리는 많을 것이옵니다. 저보다 지위가 높은 자들은 자신들의 지위를 빼앗길까 두려워 음해를 시도할 것이고, 저보다 지위가 낮은 자들은 저의 지위를 넘보며 음해를 시도할 것이옵니다. 전하께서 이 점을 확실히 약속해주신다면 전하를 섬기는 일에 최선을 다하여 기대에 어긋나지 않도록 하겠사옵니다."

"알았소. 반드시 그 약속을 지키겠소. 뿐만 아니라 그 이상의 약속도 들어주겠소."

그러고 나서 사자왕은 재칼에게 최고의 직책을 내리고 모든 재산 관리를 위임했습니다. 따라서 재칼은 사자왕을 단독 보좌하며 왕의 신임을 독차지하게 되었습니다.

한편 이에 격분한 다른 신하들은 재칼을 중상모략하기로 뜻을 모으고 기회를 기다리고 있었습니다.

드디어 그 기회가 왔습니다. 어느 날 사자왕이 고기를 먹고 난 뒤 그 나머지를 재칼에게 맡겼습니다. 재칼은 왕의 분부를 받들어 그 고기를 주방장에게 맡기면서 안전하게 보관하도록 당부했습니다. 이러한 사실을 안 간신들은 고기를 몰래 꺼내어서 재칼의 집에 숨겨놓았습니다. 그리고 결정적인 때를 기다리고 있었습니다.

다음날 사자왕은 점심때가 되자 그 고기를 찾았습니다. 자기에게 엄청난 음모가 밀려오고 있음을 까맣게 모르고 있던 재칼은 곤경에 빠지게 되었습니다.

잠시 후 사자왕은 회의를 소집했고, 음모를 꾸민 간신들도 그 자리에 참석했습니다. 사자왕이 고기의 행방에 대해 참석자들에게 강한 어조로 문책하자 간신들은 서로 얼굴을 마주보았습니다.

그때 한 간신이 일어나서 유식하고 점잖은 어조로 발언했습니다.

"무릇 신하는 군왕에게 직언을 서슴지 말아야 하옵니다. 좋은 일이든 나쁜 일이든 사실은 사실대로 보고해야 하옵니다. 문제의 고기로 말하자면, 재칼이 몰래 먹으려고 자기 집에 숨겨두었다고 들었사옵니다."

그러자 다른 간신이 발언했습니다.

"재칼이 그런 짓을 하리라고는 생각지 않사오나 철저히 수사해보실 필요는 있다고 사료되옵니다. 그의 속내는 알 수 없는 일 아니옵니까?"

이어서 또 다른 간신이 발언했습니다.

"비밀은 반드시 드러나게 되어 있사옵니다. 전하! 재칼의 집을 수색하소서. 만일 그곳에서 고기가 발견된다면 이제껏 그의 간악함에 관한 풍문들은 모두 사실로 입증되는 것이옵니다."

이어서 또 다른 간신이 발언했습니다.

"정의롭고 덕망 높은 분들의 발언은 신빙성이 있사옵니다. 그분들의 발언을 어찌 간과할 수 있겠사옵니까? 전하께서 재칼의 집에 수사관을 보내신다면 이번 사건의 진상은 분명히 밝혀질 것이옵니다."

또 다른 간신이 발언했습니다.

"그의 집을 수색하려면 서두르셔야 하옵니다. 그의 첩자들과 첩보망이 도처에 숨어 있사옵니다."

간신들이 이러한 발언을 계속하자, 사자왕은 심증을 굳히고 재칼을 불러다 문책했습니다.

"그 고기는 어디 있소? 내가 잘 보관하라고 일러두지 않았소?"

"전하의 처소 가까이에 안전하게 보관할 수 있도록 주방장에게 맡겼사옵니다."

사자왕은 주방장을 불러 물었습니다. 그런데 그 주방장은 간신들과 결탁한 사이였기에 이렇게 대답했습니다.

"고기라니요? 저는 재칼에게서 아무것도 받지 않았사옵니다."

사자왕은 이 말을 듣고 재칼의 집에 밀사를 급파했고, 밀사는 거기서 고기를 찾아내어 가져왔습니다.

그러자 간신들 중에 끼어 있던 늑대가 일어나더니 사자왕에게 다가 갔습니다. 그때까지 줄곧 침묵을 지켜오던 늑대는, 사실무근인 이야기는 절대 입에 올리지 않는 군자인 척 행세하며 말을 했습니다.

"전하, 재칼의 죄상이 밝혀진 이상 그를 용서해주어서는 결코 아니 되옵니다. 이번 사건을 미온적으로 처리하실 경우, 차후로 악인들을 다스리는 데 큰 걸림돌이 되옵니다."

그 말을 들은 사자왕은 이러한 여론에 고심을 했습니다. 그래서 재칼의 진술을 듣고 최종 결심을 하기로 한 후, 몇 명의 신하들을 수감 중인 재칼에게 보내어 심문하게 했습니다. 그러나 그 신하들 역시 간신이었기 때문에 사실을 제대로 보고할 리 없었습니다. 그 신하들은 제멋대로 날조한 허위진술을 사자왕에게 보고하였고, 이에 분기충천한 사자왕은 재칼을 처형하라고 명령했습니다.

한편 사자왕의 모후는 이 소식을 듣고, 사자왕이 너무 경솔하게 일을 처리하고 있다고 판단했습니다. 그리하여 사형 집행인들에게 집행을 유보할 것을 명령하고 사자왕을 찾아가서 물었습니다.

"아들아, 수도승 재칼이 무슨 죄를 범했기에 사형에 처하느냐?"

사자왕은 그의 모후에게 사건의 전말을 설명하였고, 이에 그의 모후는 아들을 타일렀습니다.

"네가 성급한 판단을 내렸구나. 무릇 지혜로운 사람은 매사에 신중하므로 후회하는 일이 없느니라. 그러나 어리석은 사람은 부족한 식견과 성급한 행동으로 후회의 열매를 얻게 되느니라. 군왕은 이 세상 누구보다도 신중함과 침착성을 갖추어야 할 사람이니라.

아내에게 남편이 필요하듯이 아이들에겐 부모가 필요하고, 학생들에겐 선생이 필요하고, 군대에는 지휘관이 필요하고, 수도승에겐 종교가 필요하고, 백성에겐 왕이 필요하고, 왕에겐 신념이 필요하고, 신념은 지혜를 필요로 하며, 지혜는 침착성과 신중함을 필요로 하느니라. 그러나 침착성과 신중함보다 더 중요한 것이 있으니 그것은 판단력이니라. 실로 군왕은 예리한 판단력을 발휘해서 신하들의 인사 문제를 다루어야 하는즉, 신하들을 능력에 맞게 적재적소에 배치해야 할 뿐 아니라 그들의 동향을 주시해서 어떠한 음모나 중상이 도모되는지도 파악해야 하느니라. 신하들이란 경쟁자를 파멸시킬 방법을 찾기만 하면 곧바로 실행에 옮기기 때문이니라.

너는 수도승 재칼에 대해 잘 알고 있지 않느냐? 그의 지혜와 식견, 정직성, 용맹성을 익히 알고 늘 그를 칭찬하고 아끼지 않았더냐? 그런데 이제 와서 남의 말만 믿고 그를 의심하느냐? 아마도 이번 사건은 간신배들의 소행일 것이니라. 군왕이 신하들의 동태 파악을 소홀히 하면 사악한 무리의 기세가 드높아져 나라가 어지러워지느니라. 악인들은 선량한 사람들을 항상 시기하다가 결국엔 궁지에 몰아넣는다는 진리를 명심하거라.

무릇 군왕은 자신이 몸소 신임하고 총애하던 신하와의 신의를 쉽사리 끊어서는 아니 되느니라. 수도승 재칼이 너를 보필하면서 오늘날까지 너를 기만한 적이 있었더냐? 그는 항상 겸손하고 정직하게 충언을 하지 않았더냐? 고기 한 접시 때문에 일을 서둘러서 그르친다면 결코 군왕의 도리가 아니로다.

네가 이번 사건을 철저하게 수사해보면 재칼의 무죄가 밝혀질 것이고, 그를 중상모략하는 무리의 정체도 드러날 것이다. 간교한 무리들이 몰래 그 고기를 재칼의 집에 갖다놓았을 것이 분명하니라. 재칼은 네가 맡겨놓은 고기를 먹을 자가 아니로다. 그는 간신들의 시기의 표적이 된 것이니라. 흡사 고깃덩어리를 쥐고 있는 솔개에게 모든 새들이 모여들어 눈독을 들이고, 뼈다귀를 물고 있는 개에게 모든 개들이 모여들어 기회를 노리듯이 말이다.

수도승 재칼만큼 청빈한 충신이 또 어디 있겠느냐? 그는 항상 변함없는 마음으로 너를 보필하며 온갖 위험을 감내해오지 않았더냐?"

이렇게 사자왕의 모후가 아들에게 충고를 하는 동안 몇몇 충신들이 들어와서 재칼의 결백이 입증되었다고 보고했습니다. 그러자 사자왕의 모후는 아들에게 재차 당부했습니다.

"재칼을 모함한 무리들을 색출해서 중벌을 내려야 하느니라. 그들의 소행을 결코 가벼이 보아 넘겨서는 아니 된다. 풀잎들을 보아라! 연약하기 이를 데 없지만 그것들을 엮어서 밧줄을 만들면 코끼리도 끌어올릴 수 있는 위력을 발휘하지 않더냐?

무릇 현명한 사람은 패악한 무리나 내세를 부정하는 무리에게 관용을 베풀어서는 아니 되며 그들의 악행에 대하여 반드시 응분의 징벌로 대처해야 하느니라. 너도 알다시피 쉽게 분노하여 사소한 일에도 격정을 누르지 못하는 사람은 성공을 거둘 수 없느니라.

아들아, 지금 네가 해야 할 일은 재칼의 실추된 명예를 회복시키고 위축된 그의 사기를 북돋워주는 일이니라. 네가 한때 그를 박해했다는 이유로 그와의 관계가 소원해지거나 그의 조언을 구하는 일을 망설여서는 아니 되느니라.

이 세상에는 어떠한 상황에서든지 멀리해서는 안 될 사람들이 있으니 바로 정직하고 너그러우며, 약속을 엄수하고, 감사할 줄 알며, 신의가 있고, 이웃을 사랑하며, 남을 시기하지 않고, 악행을 삼가며, 곤경에 처한 친구나 형제를 도울 수 있는 사람들이니라. 반면에 항상 멀리해야 할 사람들로서는 악의에 차 있고 약속을 지키지 않으며, 감사할 줄 모르고, 신의가 없으며, 자비심과 경건함을 지니지 못한 이들, 즉 내세의 상벌을 부인하는 사람들이니라.

너는 재칼의 성품을 익히 알고 있지 않느냐? 그를 가까이 두고 도움을 얻는 것이 마땅하니라."

잠시 후 사자왕은 재칼을 불러서 지난 일을 사과했습니다.

"그대를 박해했던 짐을 용서하시오. 그대를 곧 복직시키겠소."

재칼이 입을 열었습니다.

"전하! 이번 일은 제가 처음부터 우려하던 일이 아니겠사옵니까? 바로 이러한 간신배들의 모략이 두려워서 제가 전하를 섬기기를 사양했던 것이옵니다. 이 세상에는 자신의 영달을 위해 친구를 해치고 자신의 탐욕을 채우기 위해 타락한 수단을 쓰는 악한 무리가 많사옵니다.

전하! 전하께옵서 저에게 내리셨던 벌을 기억하시옵니까? 무릇 군왕이 다시 기용해서는 안 될 신하들이 있사오니, 첫째 결백한데도 불구하고 관직을 박탈당하고 재산을 몰수당했던 신하, 둘째 음모에 휘말렸을 때 왕에게서 외면당했던 신하, 셋째 탐욕을 채우기 위해 갈급해 있는 신하, 넷째 악인들 틈에 끼어 있다가 무고하게 희생되었던 신하 등이옵니다. 제가 바로 그러한 신하들의 유형에 속하옵니다.

전하께서 저를 재기용하실 경우, 전하는 불안감에 휩싸이시게 되옵니다. '저놈은 나한테서 받은 치욕에 이를 갈고 있다가 반드시 복수를 하겠지' 하는 생각을 떨쳐버릴 수 없기 때문이옵니다.

전하! 알라께 맹세코, 저는 전하에 대해 추호의 복수심도 품고 있지 않사옵니다. 다만 앞으로 간신들에게 또 어떤 모함을 당할까 두려울 따름이옵니다.

전하! 제가 전하를 섬길 수 없는 이유를 헤아려주시고 부디 노여워 마소서. 무릇 군왕은 한번 파직시켰던 신하를 재기용할 수 없사옵니다. 초지일관하는 모습을 보이셔야 위엄을 갖추실 수 있사옵니다."

사자왕은 재칼의 말을 일축하며 말했습니다.

"당치 않소. 짐은 그대의 정직함과 충절, 신의를 확인했소. 짐과 그대 사이를 이간하려던 간신들의 음모도 드러나지 않았소? 짐은 그대에게 최고의 영예로운 직책을 내리겠소. 무릇 너그러운 사람은 단 한번 환대를 받으면 지난날에 수없이 받았던 박대를 잊는다 하지 않소?

짐은 이미 그대에 대한 신뢰를 회복했소. 이제는 그대가 짐을 믿어주는 일만 남아 있소. 우리가 예전처럼 서로 믿고 협조하게 된다면 그보다 큰 경사가 어디 또 있겠소?"

결국 재칼은 사자왕의 청을 받아들여 지난날의 직책을 다시 맡게 되었습니다.

사자왕과 수도승 재칼은 다시 막역한 사이가 되었고, 수도승 재칼에 대한 사자왕의 신뢰와 존경은 더욱 깊어졌습니다.

암사자와 기수와 재칼의 장

다브샬림 왕이 현자 바이다바에게 말했다.

"잘 들었소이다. 이번에는 악행을 일삼으면서도 전혀 죄책감을 느끼지 못하다가 재앙을 당한 후에야 비로소 참회하게 된 사람의 이야기를 들려주시오."

현자가 대답했다.

"악행을 저질러 남의 가슴에 슬픔을 심는 사람은 참으로 무지하고 우매합니다. 그는 자신이 부지불식간에 저지른 죄의 대가가 얼마나 큰 것인지 모르므로, 현세와 내세에서 어떠한 징벌을 당할지 전혀 예측하지 못하는 까닭입니다. 죄를 범하면 반드시 벌을 받기 마련입니다. 현세에서 응징당하지 않으면 내세에서 응징당합니다.

무릇 자신이 쌓은 행위의 열매를 고려할 줄 모르는 사람은 재앙과 파멸의 굴레에서 벗어날 수 없습니다. 무지몽매한 사람은 죄의 대가를 톡

톡히 치른 후에야 비로소 잘못을 뉘우치고 바르게 살아갑니다.

이러한 경우로, 암사자와 기수(騎手)와 재칼의 이야기를 들려드리겠습니다."

다브샬림 왕이 "어떤 일이 있었소?"라고 묻자 현자 바이다바가 이야기를 시작했다.

암사자의 참회 이야기

숲속의 어느 굴에 암사자가 새끼 두 마리를 데리고 살았습니다. 어느 날 암사자는 새끼들을 굴속에 남겨두고 사냥을 하러 나갔습니다. 그사이 말을 타고 그곳을 지나던 기수가 굴속으로 들어와 새끼들을 죽이고는 가죽을 벗겨서 말 위에 싣고 가버렸습니다.

암사자가 굴에 돌아와 이 참혹한 광경을 보고 몸부림치며 울부짖었습니다. 그러자 이웃에 사는 재칼이 찾아와서 물었습니다.

"무슨 일이 있었기에 이렇게 대성통곡하오? 어서 말해보시오."

암사자가 대답했습니다.

"우리 새끼들이 죽었어요. 이곳을 지나가던 기수한테 말이에요. 가죽이 홀랑 벗겨진 채로……"

그 말을 듣고 재칼이 말했습니다.

"울음을 그치고 당신 자신을 냉정히 돌아보시오. 이 세상은 인과응보의 이치가 지배하는 곳임을 아셔야 하오. 선행을 쌓으면 축복을 받고, 악행을 쌓으면 보복의 열매를 거둔다오.

당신이 남들에게 잔인한 짓을 저지르지 않았더라면 당신의 새끼들이 이토록 참혹하게 화를 당하지 않았을 거요. 새끼를 잃은 통한이 어떠한지 이제 아시겠소?

당신은 수많은 이들의 가슴속에 깊은 슬픔을 심어놓았소. 다른 이들이 당신의 만행에 슬픔을 삼켜왔듯이 당신도 슬픔을 삼켜야 하오. '빚을 지면 갚아야 한다'는 옛말이 있지 않소? 모든 행위는 보상과 징벌의 열매를 맺는다오. 선행을 많이 쌓으면 그 보상 또한 크며 악행을 많이 저지르면 그 징벌 또한 크다오. 뿌린 만큼 거두는 법이지요."

암사자가 고개를 갸우뚱하며 물었습니다.

"무슨 말인지 좀더 알아듣기 쉽게 설명해주세요."

그러자 재칼이 물었습니다.

"나이가 몇이시오?"

"올해로 백 살이 되었죠."

"그동안 무얼 먹고 살아왔소?"

"고기를 먹고 살아왔죠."

"그 고기를 어떻게 얻었소?"

"내 스스로 사냥해 먹었지요."

"당신이 잡아먹던 동물들한테 부모가 있었다고 생각하오?"

"물론이지요."

"그들의 슬픔을 생각해본 적 있소? 그들의 울부짖음을 들어본 적 있소? 당신만 슬픔을 느끼고 눈물 흘릴 줄 안다고 생각하오? 당신의 살생 행위가 어떤 징벌을 가져다줄지 심사숙고했더라면 이런 재앙을 당하지 않았을 것이오."

암사자는 그제서야 자신의 행위가 얼마나 무모하고 잔악했는지 통감했습니다. 자신의 행위가 재앙을 부른 것임을 깨닫고 사냥을 그만두었습니다. 그후로 육식을 삼가고 과실만을 먹으며 경건한 수도 생활에 들어갔습니다.

그러자 숲속에서 과실을 먹으며 살아가던 새 한 마리가 찾아와 다그쳤습니다.

"이제 보니 당신이었군! 우리 숲의 과실을 다 먹어치운 이가! 난 그런 줄도 모르고 가뭄 때문에 과실이 안 열린다고 생각했죠. 당신은 육식동물 아닙니까? 알라께서 정해주신 먹이를 놔두고 왜 남의 몫에 끼어들어 식량을 축내고 있습니까?

나무는 예전과 다름없이 열심히 과실을 맺고 있는데 웬 이방인이 뛰어들어 그 신선한 영역을 흐려놓으니 나무도 한탄할 노릇이요, 과실도 한탄할 노릇이요, 그 과실을 먹고 사는 우리네 새들도 한탄할 노릇이군요.

자기 고유의 식습관을 버리고 남의 영역에 침범한 무법자인 당신 때문에 애꿎은 생명들이 죽어가고 있어요!"

암사자는 이렇게 질책을 들은 후, 과실 먹는 일마저 끊고 풀로 연명하며 고행을 계속했습니다.

"전하! 제가 이 이야기를 들려드리는 이유는, 현명하게 살기 위해선 선행을 쌓아야 한다는 진리를 아뢰옵기 위함입니다. 암사자처럼 재앙을 겪은 후에야 비로소 자신의 악행을 뉘우치는 일이 얼마나 안타까운 일입니까? 암사자는 새끼들을 잃은 후에야 육식을 끊었고, 숲속의 새에게서 질책을 들은 후에야 과실 먹는 일을 끊었으니 참으로 어리석습니다. 지혜롭게 살기 위해선 자신의 행위가 어떤 결과를 초래할지 스스로 예견할 수 있어야 합니다.

옛말에 '네가 싫어하는 일을 남에게 행하지 말라'고 했습니다. 이 말속엔 공정함이 깃들어 있습니다. 지고하신 알라께서는 공정함을 원하십니다. 알라의 피조물인 사람들도 공정하게 살기를 원합니다."

일라드와 빌라드와 이라흐트의 장

다브샬림 왕이 현자 바이다바에게 말했다.

"잘 들었소이다. 이번에는 군왕이 갖추어야 할 덕목에 관해 이야기해 주시오. 군왕이 선정을 베풀기 위해 필요한 최고 덕목은 무엇이오? 신중함이오, 기개요, 용기요, 관대함이오?"

현자 바이다바는 "무릇 군왕이 훌륭한 영도력으로 덕치를 베풀기 위해선 신중함이 으뜸 덕목입니다"라고 대답하고는 이야기를 이었다.

충신과 현명한 왕비 이야기

옛날 어느 나라에 빌라드라는 이름을 가진 왕과 그의 충신으로서 경건한 수도승인 일라드가 살았습니다.

어느 날 밤 왕 빌라드는 여덟 가지의 괴이한 꿈을 꾸고 공포에 떨며 잠에서 깨어났습니다. 그는 곧 브라만 승려들을 불러서 해몽을 의뢰하였습니다. 브라만들은 왕의 꿈 이야기를 들은 후 이구동성으로 대답했습니다.

"전하께서는 매우 심상치 않은 꿈을 꾸셨사옵니다. 저희들에게 칠 일간의 여유를 주시면 해몽을 해 올리겠나이다."

왕은 그들의 부탁대로 칠 일간의 여유를 주었고, 그들은 한 브라만의 집에 모여 음모를 꾸미기 시작했습니다. 거기서 한 브라만이 제안했습니다.

"여러분! 우리가 복수할 수 있는 좋은 기회가 왔소. 모두 알다시피 왕은 얼마 전에 만이천 명의 브라만들을 죽이지 않았소? 바로 그가 이번에는 자신의 비밀을 노출시키며 해몽을 부탁하니 이런 호재가 어디 있겠소? 무시무시한 말로 왕에게 잔뜩 겁을 주어서 우리가 시키는 대로 이행하게 합시다. 왕에게 다음과 같이 말하면 되는 거요.

'전하! 해몽서를 찾아본 결과, 이번 꿈은 전하께 큰 재앙이 닥칠 것을 예시하고 있사옵니다. 그러나 너무 낙심하지 마옵소서. 예방할 방도가 있사옵니다. 다름 아니오라 전하께서 사랑하시는 모든 사람들을 희생시키면 되오니 그들을 저희에게 넘겨주소서.'

그러면 왕은 '누구를 죽여야 하는지 거명해보시오' 라고 말할 것이오. 그때 우리는 이렇게 대답하면 되오.

'전하께서 총애하시는 왕비 이라흐트와 그녀의 소생으로서 많은 왕자들 중 전하의 사랑을 독차지하는 주위라, 전하의 조카, 전하께서 가장 신임하시는 신하 일라드, 왕실 기밀을 기록하는 서기, 세상에 단 하나밖에 없는 전하의 검, 준마보다 빨리 달리는 흰 코끼리, 출전시 전하께서 타시는 말, 몸집이 큰 세 마리의 숫코끼리, 날쌔고 튼튼한 낙타, 그리고 우리 브라만들의 복수의 대상인 현자 카바리윤이옵니다.

전하! 지금 말씀드린 대상들을 죽이셔서 그들의 피를 큰 통에 가득 채우소서. 그리고 그 통에 들어가 앉으소서. 전하께서 그 통에 앉았다 나오시면 세계 각처에서 브라만들이 몰려와 전하의 주위를 맴돌며 마술을 쓰고 침을 뱉을 것이옵니다. 그러고 난 뒤 전하의 몸에 묻은 피를 닦고 물로 목욕시킨 다음 향유를 바를 것이옵니다. 그제야 비로소 알라께서 재앙을 거두어주시며, 전하의 장엄한 왕좌를 지켜주실 것이옵니다.

전하! 간곡히 청하오니, 저희가 거명한 대상들을 기꺼이 단념하시고 희생물로 삼으소서. 전하의 권좌가 굳건해진 이후에 전하의 마음에 드시는 신하들을 새로이 임명하소서. 만일 저희들의 청을 무시하신다면 전하께서는 곧 왕권을 잃고 몰락하게 될 것이옵니다.

전하! 저희들의 뜻을 받아주소서. 저희가 그들을 알아서 처분하도록 허락해주소서.'"

브라만들은 이러한 모의를 마쳤습니다. 그리고 약정된 칠 일이 지나자 왕 빌라드를 찾아가서 말했습니다.

"전하! 전하의 꿈을 해석하기 위해 여러 서적들을 참고하며 충분히 연구했사옵니다. 아뢰옵기 황공하옵니다만, 전하 이외의 다른 사람들이 들으면 곤란한 해몽이옵니다."

그러자 왕은 다른 신하들을 내보내고 브라만들만 남도록 하였습니다. 이윽고 브라만들이 이미 음모한 각본대로 왕에게 말을 하자, 왕은 크게 탄식했습니다.

"내 자신과 진배없는 사람들을 죽이느니 차라리 내가 죽는 편이 낫겠소. 인생은 짧고 나도 언젠가는 죽기 마련이오. 더욱이 내가 영원토록 왕좌에 있을 것도 아닌데 단지 나의 왕좌를 지키기 위해 귀중한 목숨들을 희생시킬 순 없소. 사랑하는 사람들과 헤어진다는 것은 죽음이나 다름없소."

브라만들이 왕에게 부탁했습니다.

"전하! 진노하지 마시고 저희가 아뢰는 말씀을 들어주소서. 전하께서는 자신보다 남을 더 소중하게 여기고 계시온데, 그것은 옳지 않은 생각이시옵니다. 부디 옥체를 보전하시고 권좌를 수호하실 조치를 취하소서. 원대한 미래가 확실하게 보장되어 있는데 무엇을 망설이시옵니까? 전하께서 그토록 아끼시는 백성들을 위해서라도 서두르셔야 하옵

니다. 사소한 정에 연연하여 대사를 그르쳐서는 아니 되옵니다. 사랑하
는 사람들을 지나치게 아끼시다간 전하의 멸망을 초래하옵니다.

　전하! 사람은 자신에 대한 애정 때문에 삶에 애착을 느끼는 것이옵니
다. 타인을 사랑하는 이유는 오직 사는 동안 즐겁게 지내기 위해서이옵
니다. 왕권을 수호하는 일이 우선이옵니다. 전하께서는 오랜 세월에 걸
친 각고의 노력 끝에 왕권을 쟁취하셨사옵니다. 그러한 왕권을 쉽게 포
기하거나 가벼이 여겨서는 아니 되옵니다. 이 세상에 전하 자신만큼 중
요한 존재는 없사오니 그 이외의 존재들에는 애착을 두지 마소서."

　브라만들이 강력하게 주청하자 왕은 말할 수 없는 비탄에 빠졌습니
다. 곧 왕은 그 자리에서 일어나 방으로 들어가서는 몸부림치며 울었습
니다. 그 모습은 흡사 물에서 건져 올려진 물고기가 펄떡거리며 몸을 뒤
집듯 처절했습니다. 그러면서 왕은 스스로에게 물었습니다.

　'내게 진정 중요한 것은 무엇이란 말인가? 왕권인가, 사랑하는 사람
들인가? 그들 없이 살아간다면 무슨 낙이 있으리오. 내가 영원히 왕좌
에 있을 것도 아닌데…… 왕권에 집착하는 일은 옳지 않아. 사랑스러운
왕비 이라흐트가 내 곁에서 사라진다면 나는 금욕 생활을 해야 하지 않
겠는가? 충신 일라드가 없으면 어찌 국정을 바로 이끌겠는가? 내가 아
끼는 흰 코끼리와 준마가 없으면 어찌 전쟁에 출전하리오? 브라만들이
죽이자는 대로 모두 죽이면 과연 누가 나를 왕이라 불러주겠는가? 사랑

하는 이들이 모두 떠나간 이 세상에서 살아남아 무엇 하리오?'

이렇듯 왕 빌라드는 슬픔의 수렁에서 헤어나지 못했고, 이 사실을 알
게 된 충신 일라드는 혼잣말을 했습니다.

'무슨 일인가? 전하께서 나를 부르지도 않으시고 홀로 고통에 잠겨
계시다니 참으로 이상하군. 왕비 이라흐트와 의논해봐야겠어.'

충신 일라드는 즉각 왕비 이라흐트를 찾아가 말했습니다.

"왕비마마, 제가 전하를 섬겨온 이래로 오늘날까지 전하께서 저와 의
논하지 않고 일을 처리하신 적이 한번도 없었습니다. 그런데 이번에는
이상합니다. 무언가를 숨기고 계신데 전혀 알 길이 없습니다.

며칠 전에 일단의 브라만들과 함께 있는 것을 보았는데 그 이후로 우
리에게 무언가를 숨기고 계십니다. 전하께서 그들에게 어떤 비밀이라
도 털어놓지 않으셨는지, 그들의 사악한 음모에 휘말리지는 않으셨는
지 심히 우려됩니다.

왕비마마, 어떤 일인지 알아보시고 제게 말씀해주십시오. 저는 전하
를 뵈러 갈 수가 없는 처지입니다. 브라만들이 저를 겨냥해 작당하여 모
의를 하고 흉계를 꾸몄을 가능성이 높기 때문입니다. 전하의 성품으로
미루어볼 때 누군가에게 화가 나시면 큰일이든 작은 일이든 입을 열지
않으십니다."

왕비 이라흐트가 대답했습니다.

"전하와 저 사이에는 사소한 다툼이 있었습니다. 이러한 상황에서 어찌 전하를 찾아뵐 수 있겠습니까?"

일라드가 왕비에게 당부했습니다.

"사사로운 감정에 사로잡혀 있을 때가 아닌 줄 압니다. 서두르십시오. 왕비마마 이외에는 전하를 찾아뵐 사람이 아무도 없습니다. 전하께서는 자주 이런 말씀을 하시곤 했습니다.

'깊은 슬픔과 고통에 잠겨 있다가도 왕비 이라흐트만 보면 힘을 얻는다오.'

어서 전하를 찾아가셔서 먼저 화해를 청하십시오. 전하의 기분을 북돋워주며 대화를 나누시고 무슨 일이 있었는지 알아보십시오. 우리를 비롯한 모든 백성들의 미래가 걸려 있는 문제입니다."

이 말을 들은 이라흐트는 왕 빌라드를 찾아가 머리맡에 앉아서 말했습니다.

"전하, 무슨 일로 깊은 시름에 잠기셨사옵니까? 브라만들한테서 어떤 이야기를 들으셨사옵니까? 제게도 알려주소서. 슬픔을 함께 나누며 의지가 되어드리는 길이 제 도리인 줄 아옵니다."

"부인! 그 일만은 묻지 마시오. 슬픔과 고통이 더욱 깊어질 뿐이라오. 부인이 알아서는 아니 될 일이기 때문이라오."

"전하께서 저를 이 정도로 하찮게 여기시다니 참으로 서운하옵니다.

전하! 진정 지혜가 출중한 사람은 곤경에 빠졌을 때 낙심하지 않사옵니다. 조언을 해줄 수 있는 사람을 찾아가 의논하고, 거기서 새로운 지략을 얻어 시련을 극복하옵니다. 어떠한 난관에 봉착하시더라도 알라의 자비에 의지하셔야 하옵니다.

전하! 슬픔과 근심을 떨쳐버리소서. 슬픔과 근심을 품고 있으면 심신이 쇠잔해져서 오히려 적에게 이로움만 제공할 뿐이옵니다. 제게 마음을 털어놓으시면 좋은 해결책이 있을 것이옵니다."

"부인, 나의 마음을 찢어놓은 이번 일에 대해서는 제발 묻지 마시오. 부인이 알아서는 아니 될 일이라고 하지 않았소? 이번 일은 부인을 비롯해서 내 자신이나 다름없는 소중한 사람들의 죽음에 관한 일이란 말이오.

브라만들의 말에 따르면, 부인을 비롯해서 내가 사랑하는 사람들을 죽여야만 한다고 하오. 하지만 사랑하는 사람들이 다 떠나간 이 세상에서 내가 어찌 살겠소? 이러한 이야기를 듣고 가슴이 찢어지지 않을 사람이 어디 있으리오?"

왕비 이라흐트는 이 말을 듣고 크게 놀랐지만 전혀 내색을 하지 않고 위로하기 시작했습니다.

"전하! 슬퍼하지 마소서. 전하를 위한 일이라면 기꺼이 희생하겠사옵니다. 제가 없더라도 전하를 행복하게 해드릴 사람은 얼마든지 있사옵니다.

다만 전하를 깊이 사랑하는 사람으로서 드리는 유일한 청이 있을 뿐이옵니다."

"무엇인지 말해보시오."

"전하! 브라만들의 말을 절대 믿지 마소서. 앞으로 그들과는 어떠한 일도 상의하지 마소서. 모든 문제는 충신들과 협의하소서. 사람을 죽이는 일은 실로 중대한 사안이옵니다. 죽인 사람을 다시 살려낼 수 없기 때문이지요.

옛말에 '길에서 주운 싸구려 장신구라도 함부로 버리지 마라. 보석감정사에게 감정을 받은 후 처리하라'고 했사옵니다. 어떤 일이든 신중하셔야 하옵니다.

전하의 적이 누구인지 파악하셔야 하옵니다. 브라만들은 전하에 대해 추호의 충성심도 갖고 있지 않사옵니다. 전하께서는 얼마 전에 만이천 명의 브라만들을 처형하지 않으셨사옵니까? 이번 무리들도 지난번 무리들과 다르지 않다는 사실을 아셔야 하옵니다.

전하의 꿈에 관해 그들에게 알리지도 말고 의논하지도 마셨어야 하옵니다. 그들의 마음속에는 전하에 대한 원한이 깔려 있어서 해몽을 빌미로 전하를 타도할 모략을 꾸몄을 가능성이 높사옵니다. 그들은 전하께서 아끼시는 모든 사람들을 살해한 뒤 최종 목표로 전하를 겨냥하고 있사옵니다. 나무를 뽑으려면 뿌리부터 흔들어놓는 법 아니겠습니까?

만일 그들의 의견을 따르셔서 그들이 거명하는 모든 대상들을 죽이신다면 전하는 권좌를 빼앗기시고 왕권은 과거처럼 그들의 손아귀에 들어가게 되옵니다.

전하! 현자 카바리윤을 찾아가소서. 그분은 학식이 깊고 명철하시오니, 그분과 전하의 꿈에 관해 의논하소서.”

왕 빌라드는 이 충고를 듣자 근심이 말끔히 사라지는 듯했습니다. 그리고 즉각 말을 타고 현자 카바리윤의 집으로 달려갔습니다.

왕은 현자의 집에 이르자 말에서 내려 현자에게 경배한 후 머리를 숙인 채 서 있었습니다.

현자 카바리윤이 물었습니다.

“전하, 어인 일이십니까? 안색이 좋지 않으십니다.”

“며칠 전 여덟 가지의 괴이한 꿈을 꾸었습니다. 그래서 브라만들에게 해몽을 부탁했더니 내게 큰 재앙이 닥칠 것이라고 했습니다. 왕위를 찬탈당할까 심히 두렵습니다.”

“전하, 제게 꿈 이야기를 들려주십시오.”

왕은 현자에게 꿈의 내용을 이야기했고, 현자는 이렇게 말했습니다.

“전하, 두려워하거나 슬퍼하실 일이 아닙니다. 제가 차근차근 해몽을 하겠습니다.

첫번째 꿈에서 보신 바와 같이, 꼬리를 땅에 대고 서 있는 두 마리의 붉은 물고기는 나하완다 왕께서 사신을 시켜 진주 목걸이와 루비 목걸이가 든 함을 전하께 보내실 예시입니다. 그 목걸이들의 값어치는 황금 4,000로틀에 해당합니다.

두번째 꿈에서 보신 바와 같이, 전하의 등 뒤에서 날다가 전하의 앞쪽으로 날아온 두 마리 거위는 발라크 왕이 세상에서 보기 드문 두 마리의 말을 전하께 보내실 것을 예시합니다.

세번째 꿈에서 보신 바와 같이, 전하의 왼쪽 다리 위를 기어가는 뱀은 신쥐나 왕이 사신을 보내어 세상에 둘도 없는 순철제 검을 전하께 선사하실 예시입니다.

네번째 꿈에서 보신 바와 같이, 전하의 옥체를 물들인 붉은 피는 카자루나 왕이 사신을 보내어 멋진 의복을 전하께 선사하실 예시입니다. '찬란한 옷'이라고 불리는 그 옷은 어둠 속에서도 광채를 발합니다.

다섯번째 꿈에서 보신 바와 같이, 전하께서 물로 목욕을 하시는 모습은 리흐지나 왕이 사신을 보내어 제왕들의 곤룡포를 짓는 리넨 천을 전하께 선사하실 예시입니다.

여섯번째 꿈에서 보신 바와 같이, 전하께서 하얀 산 위에 서 계시는 모습은 카이두라 왕이 사신을 보내어 준마보다 빠른 흰 코끼리를 선사하실 예시입니다.

일곱번째 꿈에서 보신 바와 같이, 전하의 머리 위에 얹혀 있는 불꽃과

왕을 속이려던 브라만들이 처형되는 장면.

같은 형상은 아르자나 왕이 사신을 보내 진주와 루비로 장식된 금관을 전하께 선사하실 예시입니다.

여덟번째 꿈에서 보신 바와 같이, 전하의 머리를 부리로 쪼는 새에 관해서는 오늘 해몽하지 않겠습니다. 그러나 해로운 꿈이 아니므로 걱정하지 마십시오. 다만 사랑하는 사람 때문에 분노하고, 이별할 일이 있을 예시입니다.

지금까지 전하의 꿈을 해석해 올렸습니다. 칠 일 후에 각 나라의 사신들이 선물을 갖고 일제히 전하 앞에 당도할 것입니다."

왕 빌라드는 이 말을 듣고 현자 카바리윤에게 경배한 뒤 궁궐로 돌아왔습니다.

칠 일이 지나자 각 나라의 사신들이 속속 도착했습니다. 왕은 옥좌에 앉아 그들을 접견하고, 그들이 가져온 선물들을 받았습니다. 과연 현자 카바리윤의 해몽은 적중했습니다. 왕은 카바리윤의 학식에 감탄과 경이를 금치 못하며 혼잣말을 했습니다.

'브라만들에게 내 꿈 이야기를 한 것은 큰 실수였어. 알라의 자비로움이 없었다면 나는 벌써 죽고 말았을 거야. 누구한테든 지혜로운 사람의 충고는 꼭 필요하군. 사랑스러운 왕비 이라흐트가 옳은 길로 인도했기 때문에 오늘의 경사를 맞이한 거야. 그녀에게 이 선물들을 마음껏 고르도록 해야겠어.'

그래서 왕 빌라드는 충신 일라드를 불러서 명령했습니다.

"이 왕관과 옷 등을 갖고 짐을 따라오시오. 여인들의 처소로 갑시다."

왕은 여인들의 처소에 도착하자 왕비 이라흐트와 그녀 다음으로 사랑스러운 여인인 후라크나를 불렀습니다. 그러고는 충신 일라드에게 명령했습니다.

"이 선물들을 왕비 이라흐트 앞에 놓아 마음껏 고르도록 하시오."

충신 일라드가 선물을 내놓자 이라흐트는 선뜻 왕관을 골랐고, 후라크나는 화려하고 아름다운 옷을 가졌습니다.

한편 왕은 통상적으로 하룻밤은 이라흐트의 침소에서, 하룻밤은 후라크나의 침소에서 지냈습니다. 또한 왕실 법도에 따르면 밤을 함께 지낼 여인은 잠자리에 들기 전 꿀에 버무린 밥을 왕에게 대접해야 했습니다.

왕이 이라흐트의 침소에서 지낼 밤이 오자 이라흐트는 꿀에 버무린 밥을 접시에 담은 후 머리에는 왕관을 쓰고 왕에게 다가갔습니다. 그 모습을 본 후라크나는 질투심이 일어서 화려하고 아름다운 옷을 입고 보란 듯이 왕 앞으로 지나갔는데 그녀의 옷과 얼굴이 어찌나 잘 어울리던지 마치 햇살처럼 눈부셨습니다.

왕은 후라크나의 자태에 감탄하며 이라흐트에게 한마디 했습니다.

"당신은 참 어리석구려! 저토록 보기 드물게 화려한 옷을 놔두고 왕관을 고르다니……"

이라흐트는 왕이 자기를 무시하고 후라크나만 칭찬하자 분노와 질투에 불타서 접시로 왕의 머리를 때리고 말았습니다. 왕의 얼굴에는 밥알이 쏟아져내렸습니다. 화가 치민 왕은 그 자리에서 일어나 충신 일라드를 불렀습니다.

"일국의 왕인 나를 저 어리석은 여인이 능멸하다니…… 어서 끌고 나가 처형하시오!"

충신 일라드는 왕비 이라흐트를 데리고 나온 뒤 속으로 말했습니다.

'왕비를 이대로 처형할 순 없어. 전하의 분노가 진정될 때까지 기다려야겠어. 왕의 여인들 가운데서 이라흐트만큼 총명하고 판단력이 뛰어난 여인은 없거든. 전하께서도 이라흐트 없이는 견디실 수 없을 거야. 왕비는 브라만들의 흉계로부터 전하를 구해낸 지혜로운 사람이야. 앞으로도 우리가 왕비에게 거는 희망은 크지.

예상컨대, 전하께서 마음의 평정을 되찾으신 후에는 분명히 왕비를 그리워하실 거야. 그리고 나에게 '일라드, 그대는 왜 왕비를 그토록 서둘러 처형했소? 짐에게 다시 한번 묻지도 않고서 말이오?' 라고 다그치실 수도 있지. 전하의 심중을 확인한 후 실행에 옮겨야겠어. 전하께서 왕비의 죽음에 대해 후회하고 애통해하시면 그때 비로소 왕비를 모셔다 드리는 거야. 그렇게 되면 왕비도 살리고 전하의 마음도 기쁘게 해드릴 수 있지. 백성들도 나의 계획을 이해하고 찬성할 거야. 그러나 만일 전하께서 왕비의 죽음에 대해 후련히 여기신다면 그때 왕비를 죽여도 늦지 않거든.'

충신 일라드는 왕비 이라흐트를 데리고 자기 집으로 가서 충복에게 당부했습니다.

"별도의 지시가 있을 때까지 왕비마마를 잘 모시거라."

그리고 일라드는 그의 칼에 피를 묻힌 후 왕에게 가서 슬프고 비통한 표정으로 보고했습니다.

"전하, 분부대로 왕비를 처형했사옵니다."

그 순간, 왕의 마음에 가득 찼던 분노가 녹아내렸습니다. 왕은 그때부터 왕비의 미모와 덕성을 그리워하며 애도하기 시작했습니다. 그러면서도 혹시나 하는 기대감에 일라드에게 겸연쩍게 물었습니다.

"진정 내 명령대로 실행했소?"

왕은 충신 일라드의 지혜를 익히 알고 있는 터라 그가 왕명을 그대로 이행하지 않았기를 바라는 마음으로 물었던 것입니다.

일라드는 뛰어난 지혜로써 왕의 심중을 간파하며 대답했습니다.

"전하! 슬픔을 거두소서. 슬픔을 마음에 담고 계시면 옥체만 쇠약해질 뿐 아무 도움이 되지 않사옵니다. 돌이킬 수 없는 일은 단념하셔야 하옵니다.

전하께서 허락하신다면 지금 전하의 마음을 위로할 수 있는 이야기를 들려드리겠사옵니다."

왕 빌라드가 "어서 이야기해보시오"라고 말하자 충신 일라드는 이야기를 시작했습니다.

비둘기 한 쌍 이야기

옛날에 비둘기 한 쌍이 살았사옵니다. 그들은 부지런히 일하여 밀과 보리를 물어다 둥지에 가득 채웠사옵니다. 그리고 수컷이 암컷에게 말했사옵니다.

"이것은 겨울에 먹을 식량이니 그 이전엔 건드리지 맙시다. 당신도 알다시피 이곳 사막에는 겨울이 닥치면 먹을 것을 구할 수가 없지 않소?"

암컷은 "당신 생각이 맞아요"라고 말하며 수컷의 의견에 동의했사옵니다.

그렇게 약속을 한 후 수컷은 먼 여행을 떠나서 한동안 돌아오지 않았사옵니다. 한편 수컷이 없는 사이에 여름이 와서 둥지를 가득 메웠던 밀과 보리는 바짝 말라 그 부피가 푹 줄어들었사옵니다.

수컷은 여행을 마치고 돌아와서 식량의 양이 줄어든 것을 보고 암컷에게 다그쳤사옵니다.

"식량이 왜 이렇게 줄었소? 서로 건드리지 않기로 약속해놓고 왜 먹었소?"

암컷은 맹세코 자신은 한 알도 먹지 않았다고 주장했사옵니다. 그러나 수컷은 그 말을 믿지 않고 부리로 암컷을 마구 쪼아 죽였사옵니다.

세월은 흘러 겨울이 되고 비가 오자 밀과 보리는 불어나서 다시 둥지를 가득 메웠사옵니다. 그제서야 사실을 깨달은 수컷은 크게 후회하며 죽은 암컷 옆에 누워서 혼잣말을 했사옵니다.

'당신이 가고 없는 이 세상에서 삶이 무슨 의미가 있겠소? 식량이 무슨 소용 있겠소? 당신을 오해하고 박대했던 내 행동을 뉘우친들 무엇하겠소? 지난 일은 돌이킬 수 없는 것을.'

수컷은 계속 슬픔에 잠겨 식음을 전폐하다 마침내 암컷 곁에서 눈을 감고 말았사옵니다.

"전하! 무릇 현명한 사람은 단죄와 처벌을 서두르지 않사옵니다. 후회하는 숫비둘기의 신세가 되지 않으려면 신중해야 하옵니다.

제가 알고 있는 이야기를 하나 더 들려드리겠사옵니다."

원숭이와 콩 한 알 이야기

어떤 남자가 콩을 한 짐 지고 산을 오르다가 잠시 쉬기 위해 짐을 내려놓았사옵니다.

그때 원숭이 한 마리가 나무에서 내려와 짐 속에 든 콩을 한 움큼 쥐고 나무 위로 올라갔사옵니다. 한데 너무 급히 움직이다 콩 한 알을 떨어뜨리고 말았습니다. 원숭이는 그것을 주우려고 다시 내려와 열심히 찾았사옵니다. 그러나 잃어버린 콩을 찾기는커녕 오히려 손에 남아 있던 나머지 콩마저 모두 쏟고 말았습니다.

"전하, 전하께는 만육천 명의 여인들이 남아 있지 않사옵니까? 그 여인들과 더불어 즐거이 지내실 수 있지 않사옵니까?"

이 말을 듣고서 왕은 왕비 이라흐트가 정말로 죽었음을 확인하고 일라드에게 말했습니다.

"여유를 두고 천천히 일을 처리하지 그랬소? 단 한마디 명령에 즉각 실행으로 옮기다니 너무 성급하지 않았소?"

일라드가 의미심장하게 답변했습니다.

"오직 알라의 말씀만이 번복됨 없이 영원하심을 깨달았사옵니다."

왕이 원망 섞인 어투로 말했습니다.

"그대가 왕비 이라흐트를 죽였기 때문에 짐의 인생은 암흑에 휩싸였고, 고통에서 헤어날 수 없게 되었소."

일라드가 대답했습니다.

"고통에서 헤어날 수 없는 두 사람이 있사오니, 첫째 매일 죄를 범하는 사람이요, 둘째 선행을 쌓지 않는 사람이옵니다. 그들이 이 세상에서 누릴 수 있는 행복과 기쁨은 짧은 반면 그들의 후회와 징벌은 헤아릴 수 없이 길기 때문이옵니다."

왕이 탄식했습니다.

"이라흐트만 살아 있다면 내 생전에 슬픔이란 없을 거요."

"슬픔을 당하지 않을 두 사람이 있사오니, 첫째 항상 경건하게 수행에 정진하는 사람이요, 둘째 죄를 전혀 범하지 않는 사람이옵니다."

왕이 더 슬피 한탄했습니다.

"이제 왕비 이라흐트를 영영 볼 수 없으니 눈앞이 캄캄하구려."

"눈앞이 캄캄한 두 사람이 있사오니, 첫째 장님이요, 둘째 지혜가 없는 사람이옵니다. 장님이 하늘도 별도 땅도 보지 못하고 멀고 가까움도 분간 못하듯이 지혜가 없는 사람은 선과 악을 구별 못하고 선행자와 악행자를 가려내지 못하옵니다."

왕이 말했습니다.

"이라흐트만 볼 수 있다면 더할 나위 없이 기쁠 텐데."

"기쁨을 누릴 만한 두 사람이 있사오니, 첫째 판단력이 뛰어난 사람이요, 둘째 학식이 높은 사람이옵니다. 판단력이 뛰어난 사람은 매사를 명철히 판단해서 넘치거나 모자라는 것, 그리고 가깝고 먼 것을 분별할 줄 아옵니다. 학식이 높은 사람 역시 옳고 그름을 분간하며 내세의 일을 예견하므로 평탄하고 곧은 길로 나아가옵니다."

왕이 말했습니다.

"이라흐트를 만날 수 없으니 초조하고 불안하여 견딜 수가 없소."

"영원히 초조하고 불안해할 두 사람이 있사오니, 첫째 재물을 모으고 쌓아두는 데만 급급한 사람이요, 둘째 불가능한 일을 희망하고 찾을 수 없는 것을 구하려는 사람이옵니다."

왕이 단호한 어조로 말했습니다.

"일라드, 짐은 그대를 멀리하고 경계해야겠소."

"멀리해야 할 두 사람이 있사오니, 첫째 탈선한 친구를 방치하면서 선과 악, 보상과 징벌에 대해 깨우쳐주지 않는 사람이요, 둘째 옳은 일은 외면하고 사악한 일에만 귀를 기울이면서 남의 재물에 탐욕을 품으며 죄악에 물든 마음을 정화하지 못하는 사람이옵니다."

왕이 한숨을 쉬며 말했습니다.

"이라흐트가 없는 짐의 인생은 알맹이를 잃은 쭉정이 신세로세."

"알맹이를 잃은 쭉정이 신세에는 네 가지가 있사오니, 첫째 물 없는 강이요, 둘째 왕 없는 나라요, 셋째 남편 없는 여인이요, 넷째 선과 악을 구별 못하는 무지한 사람이옵니다."

왕이 말했습니다.

"일라드, 그대는 청산유수구려. 어떤 경우에도 막힘없이 척척 대응하는구려."

"어떤 경우이든 막힘없이 대처할 수 있는 세 사람이 있사오니, 첫째 창고에 쌓인 물건들을 아낌없이 나누어주는 관대한 왕이요, 둘째 훌륭한 배필을 스스로 선택해 결혼한 여인이요, 셋째 선하고 학식 있는 사람이옵니다."

왕이 나무라듯 말했습니다.

"일라드, 그대는 이라흐트를 죽임으로써 잘되던 일을 망쳐놓았소."

"잘되던 일을 망쳐놓은 세 사람이 있사오니, 첫째 흰 옷을 입고 풀무질을 하느라 검은 연기에 옷을 더럽힌 사람이요, 둘째 새 양말을 신고 물에 발을 담근 마전장이요, 셋째 준마를 사서 모셔두기만 하다가 무용지물로 만들어버린 사람이옵니다."

왕이 간곡한 어조로 말했습니다.

"아! 짐이 죽기 전에 이라흐트를 볼 수 있다면 얼마나 좋겠는가?"

"불가능한 일을 바라는 세 사람이 있사오니, 첫째 전혀 경건하게 살지 않으면서도 남에게서 존경받기를 바라는 철면피요, 둘째 인색하게 굴면서도 관대한 사람으로 평가받고 싶어하는 수전노요, 셋째 남들과 싸워 유혈극을 벌이고서 순교자의 대열에 들고 싶어하는 싸움패이옵니다."

왕이 탄식했습니다.

"짐은 화를 자초했도다."

"화를 자초한 다섯 사람이 있사오니, 첫째 무기도 없이 전쟁에 뛰어드는 사람이요, 둘째 혼자 살면서 많은 돈을 집에 쌓아두었다가 강도를 당해 목숨도 잃고 돈도 잃는 수전노요, 셋째 젊은 여인에게 청혼하는 늙은이요, 넷째 미녀에게 청혼하는 추남이요, 다섯째 귀한 아들이라고 버릇없이 키우다가 결국 그 아들 때문에 고통과 재앙을 당하는 어머니이옵니다."

왕이 말했습니다.

"짐이 이라흐트를 죽게 하다니…… 그토록 어처구니없는 일이 있을 수가……"

"어처구니없는 행동을 하는 여섯 피조물이 있사오니, 첫째 하늘이 무너질까 두려워 두 다리로 하늘을 받치고 나는 새요, 둘째 땅이 꺼질까 겁이 나 한쪽 다리로만 서 있는 두루미요, 셋째 재산이 바닥날까 두려워 밥 한 끼 마음껏 못 먹는 수전노요, 넷째 흙이 동날까 두려워 아주 조금씩만 흙을 먹는 지렁이요, 다섯째 강물이 마를까 겁이 나 물 한 모금 못들이켜고 혀로 핥는 개요, 여섯째 자신의 수려한 모습 때문에 사냥꾼의 표적이 될까 두려워 낮에는 날지 못하고 밤에만 날아다니는 최고로 못생긴 새 박쥐이옵니다."

왕이 울먹이듯 말했습니다.

"이라흐트를 잃으니 참으로 애통하오."

"다섯 가지 덕성을 갖춘 여인을 잃으면 참으로 애통하온데, 그 다섯 가지 덕성이란 정숙함, 고귀한 혈통에서 우러나오는 기품, 지혜로움, 아름다움, 남편에게 순종함을 일컫사옵니다."

왕이 말했습니다.

"너무 슬퍼서 잠을 이룰 수 없구려."

"잠도 이루지 못하고 휴식도 취할 수 없는 두 사람이 있사오니, 첫째 돈은 많은데 창고지기도 없고 믿을 만한 친구도 없는 부자요, 둘째 병세가 깊은데도 의사의 진료를 받을 수 없는 환자이옵니다."

충신 일라드는 왕과 이러한 대화를 나누면서 왕의 심중을 완전히 파악한 후 드디어 사실을 알렸습니다.

"전하, 왕비 이라흐트는 살아 있사옵니다. 왕비에 대한 전하의 진심을 확인하기 위하여 제가 감히 전하를 시험해보았사옵니다. 제 행동이 지나쳤음을 알고 있사오니 전하께서 벌을 내리시든 용서를 베푸시든 처분대로 따르겠나이다.

하지만 전하, 제가 감히 전하의 마음을 시험해본 일은 오로지 뜨거운 충정에서 비롯되었음을 너그러이 헤아려주소서."

왕은 이 사실을 듣고 몹시 기뻐하며 말했습니다.

"일라드, 그대의 현명함과 충절을 깨닫고서 짐이 어찌 진노하리오? 짐은 그대의 지혜를 익히 알고 있었기에 그대가 이라흐트의 처형을 보류했으리라는 희망을 마음 한구석에 간직하고 있었소.

왕비 이라흐트가 짐에게 무례한 행동을 저지른 것은 사실이지만 악의를 품고 짐을 해치려 한 일은 아니었소. 단지 질투심 때문이었소. 짐이 분노를 자제하고 참았어야 했소.

일라드, 그대는 짐의 참뜻을 확인하고 신중하게 일을 처리하기 위해 짐의 마음을 떠보았구려. 고맙소. 그대는 충신 중의 충신이오. 어서 이라흐트를 데려오시오."

일라드는 왕에게서 물러나와 곧장 이라흐트에게 가서 예쁘게 단장하라고 전했습니다. 이라흐트가 단장을 마치자 일라드는 이라흐트를 데리고 왕에게 갔습니다.

이라흐트는 왕에게 절을 올린 후 말했습니다.

"지고하신 알라의 은총을 찬양하옵니다. 저를 어여삐 여기신 전하의 은혜를 칭송하옵니다. 결코 살아남을 수 없는 큰 죄를 저질렀음에도 불구하고 전하께서는 인내와 관용과 자비로 감싸주셨나이다.

그리고 충신 일라드에게도 감사하옵니다. 그는 전하의 자비로움과 인내심, 온유함, 관대함, 신실함을 잘 알고 있었기에 저를 처형하는 일을 보류하여 제 목숨을 건졌사옵니다."

왕은 일라드에게 말했습니다.

"그대는 짐과 이라흐트와 온 백성의 은인이오. 그대는 죽음의 문턱에 이르렀던 이라흐트를 살려내었으니 오늘 짐에게 이라흐트를 선물한 셈이구려. 그대의 충절과 판단력에 감탄했소. 짐은 오늘을 계기로 그대를 더욱 존경하고 높이 평가하게 되었소. 앞으로 국정자문 최고 원로에 봉하겠으니 소신껏 일하며 짐을 도와주시오."

"알라께서 전하의 왕권과 행복을 영원토록 지켜주시기를 간절히 기원하옵니다.

전하! 제게 내리신 직책은 과분하옵니다. 저는 항상 전하의 종일 따름이옵니다.

제가 전하께 아뢰고 싶은 한 가지 말씀은, 중대사를 성급히 처리하시면 후회와 고통이 따른다는 진리이옵니다. 특히 세상에서 둘도 없이 현숙하고 자애로운 왕비 이라흐트의 일을 서둘러 처리하시려 했사오니 하마터면 영영 슬픔에서 헤어나지 못하실 뻔했사옵니다."

왕이 말했습니다.

"옳은 말이오. 그대의 충고를 명심하겠소. 이번 일을 교훈삼아 앞으

로는 큰일이든 작은 일이든 현명한 사람들의 자문을 구하고 신뢰할 만
한 사람들과 의논한 후 신중하게 처리하겠소."

그러고 나서 왕 빌라드는 충신 일라드에게 큰 상을 내리고 브라만들
을 처형토록 지시했습니다.

그 이후로 왕과 백성들은 평화롭게 살면서 알라를 찬양하고 현자 카
바리윤의 높은 학덕과 지혜를 찬양했습니다. 카바리윤의 학덕으로 왕
과 충신, 어진 왕비의 목숨을 살렸기 때문입니다.

쥐의 왕 미흐라이즈의 장

다브샬림 왕이 현자 바이다바에게 말했다.

"군왕을 비롯하여 조정의 중신들이 갖추어야 할 최고 덕목인 신중함에 관하여 잘 들었소이다.

이번에는 현명한 조언자를 가려내는 방법을 알려주시오. 또 현명한 조언을 받아들여 성공한 경우에 관해 들려주시오."

현자 바이다바가 대답했다.

"그러한 경우로, 쥐의 왕과 현명한 대신의 이야기가 있습니다. 쥐의 왕은 현명한 대신의 충고를 받아들인 결과, 자신과 온 백성을 위한 안정과 평화의 기반을 닦았습니다."

다브샬림 왕이 "어떤 일이 있었소?"라고 묻자 현자 바이다바가 이야기를 시작했다.

고양이를 퇴치시킨 쥐의 왕 이야기

옛날 브라만 땅에 두라트라는 고장이 있었습니다. 그 고장의 넓이는 1,000파라상*이나 되고, 그 고장의 중앙에는 바드루르 시가 있었습니다. 그 도시에는 많은 사람들이 살았으며 모두들 생계를 위하여 바삐 움직였습니다.

바로 그 바드루르 시에 미흐라이즈라는 큰 쥐가 살았습니다. 미흐라이즈로 말씀드리자면, 그 도시의 모든 쥐들을 다스리는 쥐의 왕으로서 백성들의 안녕과 복지를 위해 최선을 다하는 어진 임금이었습니다. 그는 어떤 일이든지 항상 세 명의 대신들과 논의하여 결정해왔으니, 첫째 대신의 이름은 루드바드요, 둘째 대신의 이름은 쉬라으요, 셋째 대신의 이름은 바그다드였습니다. 이들 중 첫째 대신 루드바드는 지혜와 경륜을 두루 갖춘 인재로서 왕의 신임을 받고 있었습니다.

어느 날 회의 중에 '우리가 고양이의 위협에서 벗어날 수 있는 방법은 없을까? 대대로 내려오던 그 공포에서 해방될 수는 없을까? 과연 우리의 꿈은 실현 가능한 것일까?' 라는 주제가 대두되었습니다.

왕 미흐라이즈가 이 문제에 관하여 대신들의 의견을 물었습니다. 그

★ parasang. 아랍에서 통용되어온 거리 단위로, 1파라상은 약 6킬로미터에 해당한다.

러자 둘째 대신 쉬라으와 셋째 대신 바그다드가 대답했습니다.

"전하께옵서는 최고의 지혜와 식견을 갖추신 이 나라의 수반이시옵니다. 옛말에 '올바르고 지혜로운 지도자만이 악습을 철폐하고 밝은 미래를 열 수 있다'고 했사옵니다. 전하께옵서는 매사에 신중하시고 분별력 있으시며 훌륭한 통치력을 발휘하고 계시옵니다. 그러므로 저희들은 오직 전하의 의견대로 따르겠나이다. 그 길을 따르면 전하를 위시해서 저희들이 후세에 길이길이 이름을 남길 큰 업적을 이루어내리라 믿사옵니다.

저희들을 비롯한 이 나라의 모든 백성들이 전하의 뜻을 받들고 모시는 일은 마땅한 도리이옵니다. 특히 이번처럼 중대한 사안에 있어서는 저희들 스스로를 희생시키면서라도 전하의 뜻을 따르겠사옵니다."

두 대신 쉬라으와 바그다드가 말을 마치자 왕의 시선은 자연히 첫째 대신 루드바드에게 향했습니다. 그러나 루드바드는 입을 굳게 다문 채 아무 말도 없었습니다. 그 모습을 보자 왕은 역정을 내었습니다.

"루드바드, 말 못하는 벙어리처럼 왜 그러고 있소? 그대의 견해를 밝혀야 하지 않소?"

루드바드가 입을 열었습니다.

"전하, 노여움을 푸소서. 제가 지금까지 침묵한 연유는 다른 대신들의 발언을 끝까지 경청하고 제 생각을 정리하기 위해서였사옵니다."

"이젠 그대의 차례가 되었으니 말해보시오."

"제 의견은 앞서 발언한 두 대신들과는 다르옵니다. 이번 목표를 완전무결하게 성취할 묘책이 마련되어 있지 않다면 섣불리 시작하지 마소서. 무릇 조상 대대로 핏줄을 타고 이어져내려오는 일은 어느 누구도 바꿀 수 없사옵니다."

왕이 말했습니다.

"조상 대대로 내려오는 일뿐 아니라 아주 사소한 일까지도 제대로 성취하기 위해선 고도의 지략이 필요하오. 대저 모든 일은 언젠가는 종결되기 마련이오. 다만 사람들이 그 시기를 모르고 있을 뿐이라오. 앞을 보기 위해선 햇빛이 필요하듯이 뜻을 성취하려면 열정이 필요하오."

"지당하신 말씀이오나, 선천적으로 내려온 문제를 척결하기 위해선 상당한 위험이 따르오니 부디 이 계획을 철회하여주소서.

무릇 전통적으로 내려온 일에 맞서 싸우는 사람은 자신에게 적합한 것들을 거부하려는 사람과 같사옵니다.

전하! 치밀한 전략이 세워져 있지 않다면 이번 계획을 시작하지 마소서. 자칫하다간 상황이 더욱 악화되고 건잡을 수 없는 재앙을 부를 수 있사옵니다. 제가 좋은 예화를 하나 들려드리겠사옵니다."

왕 미흐라이즈가 "어떤 일이 있었소?"라고 묻자 대신 루드바드가 이야기를 시작했습니다.

바람을 막으려다 멸망한 왕 이야기

옛날 나일 강 유역에 한 왕국이 있었사옵니다. 그 왕국에는 높고 웅장한 산이 있었는데, 거기에는 온갖 나무들과 화초, 과실, 샘물이 그득했사옵니다. 뿐만 아니라 그 왕국의 모든 맹수들과 짐승들도 그 산에서 기거했사옵니다. 또한 그 산자락에 있는 커다란 굴에서는 온 세상의 절반에서 일어나는 일곱 가지 바람 중 하나가 불어 나왔습니다. 그 바람은 바로 근처에 자리잡은 궁궐에 피해를 끼쳤사옵니다. 이 궁궐은 세상에서 둘도 없이 아름답고 웅장한 곳이기에 역대의 왕들은 바람의 피해를 입으면서도 궁궐을 떠날 생각조차 하지 못했사옵니다.

어느 날 왕이 한 대신을 불러서 바람을 막을 방도를 논의했사옵니다.

"그대도 알다시피 선왕들께서는 훌륭한 유산을 많이 물려주셨소. 그 덕분에 우리들은 잘살고 있소이다. 우리도 후손들에게 좋은 업적을 남겨야 하지 않겠소? 이곳으로 불어오는 바람만 막을 수 있다면 이 궁궐은 완벽한 곳이 되고 따라서 우리는 지상의 낙원을 후대의 왕들에게 물려줄 수 있을 것이오."

대신이 대답했사옵니다.

"저는 전하의 종일 따름이옵니다. 전하의 뜻이라면 무엇이든 따르겠사옵니다."

"그것은 짐이 원하는 대답이 아니오! 그대 나름대로의 의견을 밝혀보시오."

"이 대답 외에는 달리 아뢰올 말씀이 없사옵니다. 전하께옵서는 어느 면으로 보나 저보다 고귀하고 현명하시옵니다. 전하께옵서 거론하신 오늘의 문제는 굳은 신념의 소유자만이 해결할 수 있는 사안이옵니다. 범부들은 엄두도 못 낼 일이옵니다. 미미한 소인들이 어찌 역사적인 위업을 꿈꿀 수 있겠나이까?

그러나 전하! 제가 올리는 한 가지 청이 있사온데, 이번 계획을 실행하시기 전에 부디 심사숙고하소서! 이번 일이 어떤 결과를 초래할지 확실히 예측하실 수 없다면 결코 시작하지 마소서.

무릇 일을 시작할 적기라고 판단하기는 쉽지만 과연 그 일이 현재보다 나은 결과를 가져올지 혹은 나쁜 결과를 가져올지 정확히 예측하기란 참으로 힘든 일이옵니다.

전하, 깊이 생각하신 후 결정하소서. 그렇지 않으면 사슴뿔을 얻으려다 귀를 잘린 당나귀 신세에 처하시옵니다."

왕이 "어떤 일이 있었소?"라고 묻자 대신이 이야기를 시작했사옵니다.

사슴뿔을 얻으려다 귀를 잘린 당나귀 이야기

옛날에 열심히 일하는 당나귀 한 마리가 살았사옵니다. 주인이 먹이를 많이 주자 당나귀는 점점 살이 찌고 힘도 세어지고 성질도 난폭해졌사옵니다.

어느 날 주인이 당나귀를 데리고 강가로 가서 물을 마시게 했사옵니다. 그때 당나귀는 먼발치에 있는 암탕나귀를 발견하고서 흥분하여 울어대었사옵니다. 당나귀의 울음소리가 점점 심해지자 주인은 당나귀가 도망가지 못하도록 나무에다 묶어놓고서 암탕나귀 주인에게 가서 그 암탕나귀를 데리고 들어가라고 부탁했사옵니다.

당나귀는 여전히 나무 둘레를 빙빙 돌면서 욕정을 억누르지 못한 채 울부짖었사옵니다. 주인은 당나귀의 기세가 한풀 꺾이기를 기다리며 강가에 앉아 있었사옵니다.

그때 굉장한 뿔을 가진 커다란 숫사슴 한 마리가 주인에게 이끌려 강가로 물을 마시러 왔사옵니다. 당나귀는 숫사슴과 눈이 마주친 순간 숫사슴의 머리 위에 달린 많은 뿔을 보고 경탄하여 그와 사귀어야겠다는 생각을 했사옵니다.

'저 뿔들은 창과 활의 역할을 하는 무기임이 틀림없어. 그러니 저 숫사슴은 용맹한 무사임이 분명해. 내가 우리 주인한테서 탈출하여 숫사습을 따르고 복종하다보면 무예를 익힐 수 있겠지? 숫사슴도 나의 충직함을 확인하고 나면 뿔 하나쯤은 아깝지 않게 떼어줄 거야. 알라의 가호로 저 숫사슴과 친해질 수 있는 행운이 오기를!'

한편 숫사슴은 울며 나대는 당나귀를 보고 의아해져서 물 마시는 일조차 잊어버렸사옵니다. 그 모습을 보고 당나귀는 착각에 빠졌사옵니다.

'나의 멋진 외모와 야성미에 반해버렸나봐!'

숫사슴이 전혀 물을 마시지 않자 숫사슴의 주인은 그를 데리고 집으로 돌아갔사옵니다.

당나귀의 시선은 계속 숫사슴의 뒷모습을 따라갔사옵니다. 마침 숫사슴이 사는 집은 강가에서 가까웠기 때문에 당나귀는 묶여 있는 상태에서도 그 집의 위치를 알아둘 수 있었사옵니다.

잠시 후 당나귀 주인은 당나귀를 나무에서 풀어 집으로 데리고 갔사옵니다. 그리고 여물통에 먹이를 채워주었사옵니다. 그러나 당나귀의 머릿속은 온통 숫사슴 생각으로 가득 차 아무것도 먹고 싶은 생각이 없었사옵니다. 당나귀는 이윽고 탈출을 결심했사옵니다.

'오늘밤에 도망가야겠어.'

밤이 되자 주인집 식구들은 저녁을 먹느라 바빴고 그 틈에 당나귀는 굴레를 벗고 달음박질을 쳤사옵니다. 숫사슴의 집에 이르렀을 때 대문은 굳게 잠겨 있었기에 당나귀는 문틈을 통해 뜰 안에서 자유롭게 거니는 숫사슴을 볼 수 있었사옵니다. 당나귀는 혹시 사람들의 눈에 띌까 두려워 담모퉁이에 바짝 기대어 서서 아침이 밝기를 기다렸사옵니다.

드디어 아침이 되자 숫사슴의 주인은 숫사슴의 목에 줄을 매어 강가로 끌고 나왔사옵니다. 기회를 만난 당나귀는 숫사슴을 따라가며 말을 걸었지만 숫사슴이 당나귀의 말을 알아들을 리 없었사옵니다.

숫사슴은 처음에는 당나귀를 피했지만 당나귀가 자꾸 치근거리자 급기야 당나귀에게 덤벼들었사옵니다. 그 장면을 본 숫사슴의 주인은 몽둥이로 당나귀를 후려쳤사옵니다. 화가 치민 당나귀는 속으로 말했사옵니다.

'저놈의 주인만 없다면 숫사슴한테 내 뜻을 전하고 친하게 지낼 수 있을 텐데!'

그러고는 숫사슴의 주인에게 달려들어 등을 마구 물어댔사옵니다. 그 주인은 한참 곤욕을 치른 후에나 가까스로 피할 수 있었사옵니다. 주인이 중얼거렸습니다.

"당나귀란 놈을 그냥 놔두었다간 또 무슨 일을 저지를지 모르겠군. 저놈의 몸에 어떤 표시를 해두었다가 저놈을 다시 만나는 날 그 주인에게 단단히 일러야겠어! 버르장머리를 고쳐놓으라고 말이야!"

그러고는 칼을 꺼내어 당나귀의 두 귀를 잘라버렸사옵니다.

당나귀는 자기 주인의 집으로 돌아올 수밖에 없었사옵니다. 그때 자기 주인에게 맞은 매는 귀를 잘린 아픔보다 더 혹독했사옵니다.

당나귀는 자신의 행동을 돌아보며 말했사옵니다.

"우리 선조들이 나보다 못나서 조용히 살아오셨던가? 그게 아니야. 그
분들은 더 혹독한 결과를 초래할까 우려되어 욕심을 자제하셨던 거야."

이 이야기를 듣고 왕이 말했사옵니다.

"잘 들었소. 하지만 너무 걱정부터 앞세우지 마시오. 혹시 우리의 계
획이 성취되지 않는다 하더라도 무슨 큰일이야 있겠소? 알라의 가호가
있으실 거요. 아무리 상황이 악화된다 하더라도 죽기까지야 하겠소?"

왕이 이토록 바람을 막는 계획에 열의를 보이자 대신은 더 이상 만류
하지 못하고 왕의 뜻에 따르기로 했사옵니다.

드디어 왕은 모든 신하들에게 모월 모일에 이러이러한 곳으로 장작
을 들고 집합하라고 명령했사옵니다. 신하들은 왕의 명령대로 따랐사
옵니다. 왕은 굴에서 바람이 약하게 불어 나올 때를 알고 있었으므로 그
때를 맞추어 굴 입구를 막는 작업을 지시했사옵니다. 그후로 바람은 더
이상 불어오지 않았사옵니다.

그러나 바람이 전혀 불지 않자 나무들이 시들고 물이 마르기 시작했
사옵니다. 여섯 달이 지나자 모든 샘물이 말라붙고 온갖 초목이 고사했
사옵니다. 그러한 황폐화 현상은 100파라상이나 되는 거리까지 확대되

어 가축을 비롯한 모든 동물들이 죽고 백성들 사이에는 전염병이 번져서 사망자가 속출하였사옵니다.

이러한 재앙이 점차 왕국 전역으로 확산되자 백성들이 궁궐로 몰려와 왕과 신하들을 모조리 죽였사옵니다. 그리고 굴 입구를 막았던 담을 부수기 시작했사옵니다. 돌과 흙은 허물어 내던지고 장작에는 불을 붙였사옵니다. 장작의 불꽃이 활활 타오르자 백성들은 모든 일이 완료되었다고 여기고 집으로 돌아갔사옵니다.

바로 그때 여섯 달 동안이나 막혀 있던 바람이 한꺼번에 불어 나왔고, 불은 삽시간에 번졌사옵니다. 바람은 이틀 밤낮을 쉬지 않고 불어댔고 불길은 뜨거운 열기를 뿜으며 왕국 전체로 확산되었사옵니다. 결국 도시도, 시골도, 가축도, 나무도 모두 불타 아무것도 남지 않았사옵니다.

"전하! 제가 이 말씀을 올리는 이유는 본래부터 있어온 일은 일소하기가 어려움을 말씀드리고자 함이옵니다. 그러나 전하께옵서 이번 계획을 꼭 관철하고자 하신다면 현명한 조언자의 말에 귀를 기울이셔야 하옵니다. 만일 현명한 조언자가 곁에 없다면 일반 백성들과 논의하셔서 가장 합당한 방도를 찾으셔야 하옵니다. 충분한 논의와 철저한 심사를 거치신다면 이번 계획이 어떠한 결과를 가져올지 예측하실 수 있사옵니다."

이와 같이 첫째 대신 루드바드의 주장을 들은 쥐의 왕 미흐라이즈는 첫째 대신의 의견을 받아들여 '고양이의 공포에서 벗어날 방안'을 철저하게 논의하기 시작했습니다. 왕은 우선 셋째 대신 바그다드에게 물었습니다.

"우리가 고양이의 위협에서 벗어나려면 어떤 방법을 써야겠소?"

"모든 고양이의 목에다 방울을 달면 될 것이옵니다. 고양이들이 움직일 때마다 소리가 날 터이니 우리가 미리 피할 수 있지 않겠사옵니까?"

이번에는 둘째 대신 쉬라으에게 물었습니다.

"고양이 목에 방울을 다는 의견에 대해 어떻게 생각하오?"

"저는 그 의견에 동의하지 않사옵니다. 우리가 그렇게 많은 수의 방울을 구하기도 힘들거니와 설사 방울들을 구했다 하더라도 과연 누가 고양이에게 가까이 가서 그 목에 방울을 달 수 있겠나이까? 또한 설령 고양이 목에 방울을 달았다 치더라도 그것은 일시적인 피신의 효과는 있을지언정 근본적인 해결은 될 수 없사옵니다. 고양이에 대한 공포를 결코 떨쳐버릴 수 없을 것이며, 고양이의 포악함도 수그러들지 않을 것이니 말이옵니다.

제 생각으로는 우리들이 이 도시를 떠나 광야로 나가서 일 년간 사는 방법이 좋겠사옵니다. 우리들이 없다면 고양이는 더 이상 이 도시 사람들에게 필요한 존재가 아니옵니다. 하는 일 없이 식량이나 축내고 말썽이나 피우는 고양이들을 사람들이 그냥 놔둘 리 없사옵니다. 죽이거나 내쫓을 것이옵니다. 고양이가 이 도시에서 모두 사라지면 그때 다시 돌아오면 되옵니다."

그러자 왕은 첫째 대신 루드바드에게 물었습니다.

"우리가 이 도시를 떠나는 일에 대해 어떻게 생각하오?"

"저는 그 방안에 동의하지 않사옵니다. 우리들이 광야로 나가서 일 년간 머문다고 해서 이 도시의 고양이들이 모두 멸종되리라고 어떻게 장담할 수 있사옵니까?

그리고 광야에서 겪게 될 시련은 고양이한테서 받던 고통에 못지않을 것이니, 이미 도시 생활에 익숙해져 있기 때문이옵니다."

"그렇다면 그대는 어떤 방안을 갖고 있소?"

"한 가지 묘책이 있사옵니다. 전하께옵서 이 도시 및 인근 지역에 사는 모든 쥐들을 소집하셔서 그들에게 일제히 똑같은 명령을 내리시는 것이옵니다. 즉 각자가 살고 있는 집에다 모든 쥐들이 기거할 수 있을 만큼의 큰 굴을 파고 모두가 열흘간 먹을 수 있는 양의 식량도 비축하게 하소서. 그리고 집 안에 있는 일곱 개의 출입문들과 옷장 및 창고에 달린 세 개의 문들을 열어놓게 하소서.

그런 다음 우리 쥐들은 고양이를 딱 한 마리만 키우고 있는 부잣집 중하나를 물색해서 한꺼번에 들이닥치는 것이옵니다. 이때 일곱 개의 출입문 근처에서 망을 보며 고양이의 동태를 주시해야 하옵니다. 고양이는 주로 출입문 근처에 도사리고 있기 때문이지요. 그렇게 철저히 주위를 살핀 후에는 옷장과 창고로 일제히 돌진하는 것이옵니다. 옷장과 창고에 달린 세 개의 문은 이미 열려 있으므로 아무 어려움이 없을 것이옵니다. 그 안에 들어가서 음식엔 손대지 말고 옷가지와 침구들만을 갉아 놓으면 되옵니다. 너무 심하지 않게 적당히 망가뜨려야 하옵니다.

집주인은 나중에 그 광경을 발견하고 고양이 한 마리를 더 데려올 필요성을 느낄 것이옵니다. 이윽고 한 마리를 더 데려오면 우리는 더욱 강도를 높여 난장판을 만듭니다. 만일 집주인이 고양이를 또 한 마리 데려오면 우리는 더욱더 아수라장을 만들면 되옵니다. 그러면 집주인은 스스로 깨달을 것이옵니다.

'고양이가 한 마리 늘수록 피해가 커지다니. 필경 고양이들의 소행이 분명하군. 우선 한 마리씩 내쫓아야겠군!'

집주인이 한 마리를 내쫓으면 우리는 가해의 강도를 한 단계 낮추옵니다. 또 한 마리를 내쫓으면 우리 역시 그에 비례해 강도를 낮추고, 나머지 한 마리를 내쫓으면 우리는 그 집에서 나와 다른 집으로 옮겨가는 것이옵니다. 그리고 다른 집에서도 역시 똑같은 과정을 반복하면 되옵니다. 이런 식으로 모든 집을 옮겨다닌다면 사람들은 정말로 고양이가 피해를 일으키는 줄로 착각하게 되옵니다. 따라서 집에서 키우던 고양이는 물론 들고양이까지 모조리 잡아 죽일 것이 확실하옵니다."

　왕은 첫째 대신 루드바드의 제안이 옳다고 판단하여 실행에 옮겼습니다. 결과는 대성공이었습니다. 그리하여 여섯 달 후엔 그 도시 및 인근 지역의 고양이들이 완전히 멸종되었습니다.

　그때부터 사람들은 계속 고양이를 혐오하였습니다. 다음 세대의 사람들도 고양이를 흉물로 여겼습니다. 혹시 쥐들이 약간의 말썽이라도 일으키면 사람들은 이구동성으로 "고양이가 들어왔었나봐! 조심해야겠어"라고 말했고, 간혹 사람들이나 짐승들 사이에 전염병이 돌면 "고양이가 우리 도시에 숨어든 것이 분명해!"라고 말했습니다.

　쥐의 왕 미흐라이즈와 현명한 대신의 지혜 덕분에 모든 쥐들은 고양이에 대한 공포에서 완전히 해방되었습니다.

　"이처럼 약하고 보잘것없는 동물도 지략을 통해 적을 물리치고 자신을 보호하거늘, 만물의 영장인 사람이야 어떠하겠습니까? 사람이 지혜를 활용한다면 못 헤쳐나갈 난관이 없을 것입니다."

수도승과 나그네의 장

다브샬림 왕이 현자 바이다바에게 말했다.

"잘 들었소이다. 이번에는 자신에게 적합하고 익숙한 것을 등한시한 채 남의 것에만 탐닉하다가 마침내 낭패를 겪고 혼란에 빠진 사람의 이야기를 들려주시오."

현자가 이야기를 시작했다.

호기심 많은 나그네 이야기

옛날 카르키 땅에 경건한 수도승이 살고 있었습니다. 어느 날 그의 집에 한 나그네가 찾아오자 그는 나그네에게 대추야자를 대접했습니다. 나그네는 그것을 다 먹고 난 후 수도승에게 말했습니다.

"이 대추야자 정말 맛있군요. 제가 살고 있는 나라엔 이런 과실이 없습니다. 거기에도 이런 것이 있다면 얼마나 좋을까요? 이 과실을 우리나라에서도 키우고 싶은데, 이곳 사정에 낯설다보니 어디에 좋은 품종이 있는지 알 수가 없군요. 수도승께서 좀 도와주시지요."

그러자 수도승이 대답했습니다.

"어려운 일입니다. 그 과실이 당신네 토양에는 맞지 않을 겁니다. 당신네 나라에도 좋은 과실들이 많은 것으로 알고 있는데 군이 대추야자를 가져다 심을 필요가 있습니까? 모름지기 자기에게 적합하지 않은 것을 구하는 일은 참으로 어리석은 짓입니다. 부디 남의 것에 대한 욕심을 끊고 자신의 것에 만족하십시오. 그리하면 편안하고 행복하게 살 수 있습니다."

나그네는 이 충고를 듣고 대추야자를 가져다 심으려는 계획을 단념했습니다.

그런데 조금 있으려니까 수도승이 히브리어로 유창하게 말하는 소리가 들렸습니다. 그 모습이 얼마나 멋져 보였던지 나그네는 자기도 히브리어를 배우기로 마음먹고 며칠 동안 애를 썼습니다. 그러자 수도승이 나그네에게 말했습니다.

"자기 나라 말을 놔두고 히브리어를 배우는 당신의 모습이 마치 까마귀의 우스꽝스러운 모습 같구려!"

나그네가 "어떤 일이 있었나요?"라고 묻자 수도승이 이야기를 시작했습니다.

우스꽝스럽게 걷는 까마귀 이야기

옛날에 어느 까마귀가 산메추라기의 걷는 맵시를 보고 부러워하며 그 걸음걸이를 따라해보려고 노력했습니다. 그러나 아무리 연습해도 잘 되지를 않자 포기하고 자신의 걸음걸이로 되돌아가기로 했습니다. 그런데 이번에는 자신의 걸음걸이가 도무지 생각나지 않았습니다. 까마귀는 어찌할 바를 몰라 엉거주춤, 뒤죽박죽으로 걷다가 결국 세상에서 가장 흉측하게 걷는 새가 되고 말았습니다.

"내가 이 이야기를 들려주는 이유는 당신이 모국어를 놔두고 히브리어를 흉내내는 모습은 어울리지 않는 일로서 히브리어도 터득 못하게 될 뿐 아니라 모국어까지 잊어버려 고국으로 돌아갔을 때 몹시 흉측한 말더듬이가 될까 걱정이 되기 때문입니다.

옛말에 '조상으로부터 물려받은 유산을 도외시하고 남의 것만 모방하는 사람은 어리석기 이를 데 없느니라'고 했습니다."

수도승은 이처럼 무분별하게 남의 것을 좇는 나그네에게 따끔한 충고를 했습니다.

이야기를 마친 후 현자 바이다바는 다브샬림 왕에게 강조의 말을 덧붙였다.

"전하! 나랏일의 주관자시여! 제가 지금 올린 말씀을 유념하시어 백성들을 다스리소서. 혹시 백성들 간에 남의 영역을 넘보는 일이 발생한다면 엄격히 규제하소서. 만일 그대로 묵과하신다면 백성들 사이에 신분 다툼이 일어나 세상이 어지러워집니다. 즉 천민이 귀족으로 신분 상승을 하려 하고, 무식한 이가 유식한 이와 경쟁하려 들며, 비열한 이가 관대한 이와 어깨를 견주려는 하극상의 풍조가 만연해집니다. 따라서 신분과 본분이 사라지고 위계질서가 무너지는 혼란이 야기됩니다.

이러한 조류가 계속된다면 왕 역시 왕권을 도전받고 왕위를 찬탈당할 중대하고 심각한 위기에 이르게 됩니다."

여행자와 금세공인의 장

다브샬림 왕이 현자 바이다바에게 말했다.

"잘 들었소이다. 이번에는 배은망덕한 자에게 은혜를 베풀었다가 큰 화를 입은 사람의 이야기를 들려주시오."

현자가 말했다.

"감사할 줄 모르는 사람에게 은혜를 베푸는 일만큼 참담한 손실은 없습니다. 반면에 감사할 줄 아는 사람의 마음에 뿌린 공덕의 씨앗만큼 잘 자라는 씨앗은 없으며 은혜를 아는 사람과의 거래만큼 이윤 남는 장사도 없습니다.

무릇 알라의 피조물 가운데는 두 발로 걷는 동물, 네 발로 기는 짐승, 두 날개로 나는 새, 물속에서 헤엄치는 어류 등 다양하나 그중 인간이 으뜸입니다. 하지만 그러한 인간이 때로는 하찮은 동물만도 못할 때가 있습니다. 인간들 가운데 사악한 이는 양심을 잃고 은혜를 저버리기 때문입니다.

한편 보잘것없는 동물들이 보은을 행하는 경우가 있습니다. 예를 들어, 우리가 족제비를 옷소매 속에 넣고 다니며 정성스럽게 키운다거나 매를 손바닥 위에 얹어놓고 보살피면 그들이 사냥해 온 고기를 함께 먹을 수 있습니다.

무릇 지혜로운 사람이라면 은혜를 베풀기 전에 상대방의 됨됨이와 행실을 먼저 파악해야 합니다. 만일 상대방이 은혜를 받아들일 만한 사람이 못 된다고 판단되면 도움을 주지 말아야 할 뿐 아니라 가까이해서는 안 됩니다. 아무에게나 똑같이 덕을 베풀다간 그로 인하여 큰 화를 당하고 목숨까지 잃을 수 있습니다.

예로부터 훌륭한 위인들은 적재적소에 덕을 베풀었고, 선별하여 사람을 사귀었습니다. 또한 뛰어난 명의들은 환자의 안색을 살피고 맥을 짚어서 체질의 특성과 질병의 원인을 알아낸 후에야 처방과 치료를 시작해왔습니다. 어떤 일이든 사전 검토를 철저히 해야 실패하지 않습니다.

옛말에 '모름지기 현명하게 살기 위해선 인간이든 동물이든, 큰 것이든 작은 것이든 그 어느 것도 무시해서는 아니 되느니라. 그러나 그들에게 덕을 베풀기 전에는 반드시 그 심성을 시험해보아야 하느니라'고 했습니다.

이러한 교훈을 주기 위하여 옛 현자들이 들려주었던 이야기가 있습니다."

다브샬림 왕이 "어떤 이야기요?"라고 묻자 현자 바이다바가 이야기를 시작했다.

은혜 갚은 동물들 이야기

옛날 어느 우물 속에 금세공인과 뱀과 원숭이와 호랑이가 빠져 허우적거리고 있었습니다. 그때 길을 지나던 여행자가 그 장면을 목격하고 혼잣말을 했습니다.

"아니 저런! 사나운 짐승들 틈에 사람이 끼어 있군. 얼른 구해야겠어. 내세를 위해 공덕을 쌓는 데 그보다 더 좋은 일이 있겠는가?

옛말에도 '죽어가는 목숨을 살리면 최선의 보상을 받지만 외면하면 최악의 형벌을 받느니라'고 했지 않는가?"

그러고는 밧줄을 우물 속으로 내려보냈습니다. 그러자 민첩한 원숭이가 먼저 밧줄을 타고 올라왔습니다. 여행자가 두번째로 밧줄을 내려보내자 이번에는 뱀이 타고 올라왔고, 세번째 밧줄을 내려보냈을 때는 호랑이가 타고 올라왔습니다.

무사히 구조된 원숭이와 뱀과 호랑이는 여행자에게 고마움을 표시한

동물들의 충고를 무시하고 은혜를 모르는 인간을 구해주는 여행자.

뒤 우물 속을 가리키며 말했습니다.

"저기에 남아 있는 사나이는 구해주지 마세요. 인간만큼 배은망덕한 존재는 없으니까요. 특히 저 사나이는 더욱 그렇죠."

그리고 세 짐승들은 각각 여행자에게 작별인사를 하기 시작했습니다. 먼저 원숭이가 나서며 말했습니다.

"저희 집은 나와디라크트 시 근처에 있어요. 혹시 그곳을 지나다가 도움이 필요하면 저를 부르세요."

다음에는 호랑이가 말했습니다.

"저 역시 그 도시 근처의 한 숲에 살고 있어요. 그곳을 지날 일이 있으면 저에게 들러주세요."

그다음으로 뱀이 말했습니다.

"저도 그 도시의 성벽에 살고 있어요. 도움이 필요할 때 언제든지 불러주세요. 곧 달려나가 베풀어주신 은혜에 보답하겠어요."

이렇게 말하고 세 짐승들은 그곳을 떠났습니다.

한편 여행자는 '인간은 감사할 줄 모른다' 는 짐승들의 충고를 외면한 채 우물로 밧줄을 내려보내 홀로 남아 있던 사나이를 구했습니다. 구조된 사나이는 여행자에게 절을 한 뒤 말했습니다.

"제 생명을 구해주셨군요. 감사합니다. 저는 나와디라크트 시에 살고 있으니, 후일 그곳에 오게 되면 저희 집을 찾아주십시오. 저는 금세공업을 하는 사람인데 꼭 은혜에 보답하겠습니다."

이 말을 마치고 금세공인은 그곳을 떠났고 여행자 역시 가던 길을 재촉했습니다.

얼마 후 여행자는 우연히 나와디라크트 시에 들르게 되었습니다. 그를 먼저 발견한 원숭이는 재빨리 달려와서 절을 하고 그의 발에 입을 맞춘 후 말했습니다.

"잘 오셨어요. 제가 음식을 대접할 테니 잠시만 기다려주세요. 저희 원숭이들은 워낙 가진 게 없다보니 귀한 손님이 오셔도 당장 대접할 음식이 없군요. 곧 다녀오겠어요."

잠시 후 원숭이는 맛있는 과일을 잔뜩 가져다 여행자에게 대접하였습니다. 여행자는 과일을 실컷 먹은 후 다시 길을 떠나 나와디라크트 시의 성문 근처에 이르렀습니다. 그때 호랑이가 그를 반가이 맞으며 엎드려 절을 하고 말했습니다.

"지난번 제 목숨을 구해주신 은혜를 기억하고 있어요. 제가 선물을 가져올 테니 한 시간만 기다려주세요."

그 길로 호랑이는 곧장 궁궐로 달려갔습니다. 그리고 정원에서 산책하던 공주를 덮쳐 죽이고 공주의 목걸이를 물어다가 여행자에게 선물하였습니다. 여행자는 그 목걸이가 누구의 것이었는지 영문도 모른 채 혼잣말을 했습니다.

"짐승들도 이렇듯 은혜를 갚는데 하물며 사람은 어떠할까? 내가 살려준 사나이에게 가보자! 마침 그는 금세공인이라 하지 않았던가? 이 목걸이를 그에게 보여주는 거야. 그가 혹시 가난뱅이라면 이걸 팔겠지? 금에 관해서는 누구보다도 잘 알 테니까 값을 제대로 받을 수 있을 거야. 그리고 그 값의 절반은 당연히 나에게 주겠지?"

여행자는 곧장 금세공인을 찾아갔습니다. 금세공인은 여행자를 반기며 집 안으로 맞아들였습니다. 그러나 여행자가 갖고 있는 목걸이를 본 순간 그것이 자기가 공주에게 세공해준 것임을 단번에 알아차렸습니다.

금세공인은 여행자에게 말했습니다.

"집 안에 변변히 대접할 음식이 없군요. 맛있는 걸 사올 테니 잠깐만 앉아 계십시오."

금세공인은 집 밖으로 나와 속으로 쾌재를 불렀습니다.

'좋은 기회를 잡았구나! 왕에게 가서 이 사실을 고하면 한자리 얻을 수 있을 거야.'

그리고 곧장 궁궐로 가서 왕에게 말했습니다.

"전하! 공주님을 죽이고 목걸이를 빼앗은 죄인이 저희 집에 있사옵니다."

왕은 이 사실을 듣고 여행자를 즉각 잡아오도록 명령했습니다. 여행자는 곧 왕 앞에 끌려나왔습니다. 왕은 여행자의 손에 든 목걸이를 확인하자마자 자초지종도 묻지 않고 당장 그를 옥에 가두라고 지시했습니다. 그러고는 곤장을 쳐서 온 시내에 조리돌린 뒤 십자가에 매달아 처형하라고 호령했습니다.

뜻밖의 화를 당한 여행자는 큰 소리로 울며 탄식했습니다.

"짐승들의 충고를 들을걸…… 인간은 감사할 줄 모른다는 그들의 말을 따랐더라면 이러한 변은 당하지 않았을 텐데!"

여행자는 힘없이 넋두리를 되풀이하며 울었습니다.

이 소식을 들은 뱀은 사태가 심각함을 판단하고 지략을 썼습니다. 그 첫 단계로 궁궐로 침입해 왕자를 물었습니다. 왕은 여러 박사들을 불러 마법을 쓰게 하는 등 백방으로 노력을 기울였지만 전혀 효험을 보지 못했습니다. 두번째 단계로 뱀은 의형제 사이인 지니를 찾아가 여행자의 억울한 사정을 설명했습니다. 딱한 사정을 들은 지니는 여행자를 불쌍히 여기고 그를 살려야겠다고 결심했습니다. 그리하여 병상에 누운 왕자에게 어렴풋이 나타나 말했습니다.

"억울하게 사형선고를 받은 여행자가 있으니 그가 직접 네게 마법을 쓰지 않으면 너는 영영 나을 수 없도다."

이처럼 지니가 왕자에게 나타났을 때 뱀은 감옥에 갇혀 있는 여행자를 찾아가 말했습니다.

"제가 뭐라고 했어요? 인간한테는 은혜를 베풀지 말라고 당부했잖아요. 왜 제 말을 듣지 않으셨어요?"

뱀은 이렇게 질책한 뒤 여행자에게 나뭇잎 한 장을 건네주며 일렀습니다.

"이 나뭇잎은 제가 뿜은 독을 해독시키는 효능이 있어요. 조금 있으면 신하들이 당신을 데려다가 왕자에게 마법을 쓰도록 시킬 거예요. 그때 이 나뭇잎의 즙을 왕자에게 먹이세요. 즉시 나을 거예요.

그리고 왕이 당신에 관한 사연을 물으시면 소상히 이야기하세요. 지고하신 알라의 뜻이 함께하신다면 당신은 살아남을 수 있을 거예요."

한편 왕자는 지니에게서 들은 이야기를 왕에게 전했고 왕은 여행자를 불러다 마법을 쓰게 했습니다.

여행자는 마법을 쓰기에 앞서 왕에게 말했습니다.

"전하, 저는 마법에 능통하지 못하옵니다. 다만 이 나뭇잎의 즙을 왕자님께 먹이겠사옵니다. 그러면 지고하신 알라의 뜻으로 왕자님이 쾌유하실 것이옵니다."

그가 왕자에게 즙을 먹이자 왕자는 즉시 나았습니다. 왕은 크게 기뻐했습니다. 그리고 여행자에게 그의 자세한 사연을 물었습니다. 여행자는 자신이 겪은 억울한 사정을 낱낱이 고했고 그 사정을 들은 왕은 그에게 귀한 선물을 하사하며 감사의 마음을 전했습니다. 그리고 금세공인을 십자가에 매달아 처형하라고 명령했습니다.

금세공인은 결국 거짓말을 하며 배은망덕한 행위를 저지르다가 종말을 맞이했던 것입니다.

"전하! 지금 들으신 바와 같이 짐승들의 보은과 인간의 배은에 관한 이야기 속에는 착하고 정직한 사람을 가려서 은혜와 도움을 베풀어야 한다는 충고가 담겨 있습니다. 그리고 올바른 마음가짐으로 덕행을 쌓으며 악행을 삼가야 한다는 교훈도 깃들어 있습니다."

왕자와 그의 친구들의 장

다브샬림 왕이 현자 바이다바에게 말했다.

"잘 들었소이다. 대저 사람은 지혜와 식견과 신중함을 갖추어야 성공하고 복을 누릴 수 있다고 알고 있소. 그런데 무식한 사람이 복을 누리고 높은 지위를 얻는 까닭은 무엇이오? 반면에 지혜롭고 총명한 사람이 재앙을 당하고 손실을 입는 연유는 무엇이오?"

현자가 대답했다.

"사람에게 눈이 없다면 앞을 볼 수 없고, 귀가 없다면 소리를 들을 수가 없듯이 지혜와 식견과 신중함이 결여된다면 어떤 일도 성취할 수 없습니다. 그러나 운명과 숙명의 위력은 그 어느 것보다 막강합니다. 그러한 예로, 왕자와 그의 친구들에 관한 이야기가 있습니다."

다브샬림 왕이 "어떤 내용이오?"라고 묻자 현자 바이다바가 이야기를 시작했다.

운명의 위력 이야기

옛날에 네 사람이 길을 가고 있었습니다. 한 사람은 왕자이고 다른 사람은 상인의 아들이며 또 다른 사람은 귀족의 아들로서 용모가 수려했으며 나머지 한 사람은 농부의 아들이었습니다.

그들은 긴 여행을 하느라 지치고 허기가 졌습니다. 하지만 그들이 갖고 있는 것이라곤 입고 있는 옷밖에 없었습니다. 배고픔에 지칠 대로 지친 그들은 길을 걸으면서 대책을 궁리하기 시작했고, 자연히 각자가 평소에 갖고 있던 가치관이 표출되었습니다. 네 사람은 각기 다른 신분과 특성에 따라 다양한 인생관을 지니고 있었습니다.

먼저 왕자가 입을 열었습니다.

"세상의 모든 일은 운명과 숙명에 의해 움직이지. 사람은 운명지어진 대로 살 수밖에 없어. 따라서 운명과 숙명을 기다리고 순종하는 길이 최선책이지."

다음으로 상인의 아들이 말을 했습니다.

"머리를 쓰며 사는 일이 최상책이지요."

그러자 귀족의 아들이 주장했습니다.

"뭐니뭐니해도 외모가 으뜸이지요."

마지막으로 농부의 아들이 말했습니다.

"근면하게 노력하는 일이 최고의 방법이지요."

그들은 이렇게 이야기를 나누며 마트룬 시 근처에 다다랐습니다. 그리고 한 모퉁이에 모여 앉아 배고픔을 해결할 구체적인 계획을 세웠습니다. 그 결과 한 사람씩 차례로 도시에 들어가 식량을 구해 오기로 결정했습니다.

제일 먼저 차례가 온 사람은 농부의 아들이었습니다. 나머지 사람들은 농부의 아들에게 말했습니다.

"너의 근면함을 발휘해서 오늘 먹을 식량을 구해 와봐."

농부의 아들은 도시로 들어가 분주하게 돌아다니면서 네 사람분의 식량을 마련할 길이 무엇인지 찾기 시작했습니다. 마침 그 도시에서는 장작이 제일 귀하다는 이야기를 듣고 1파라상이나 떨어진 곳까지 가서 장작을 구해 왔습니다. 그 장작을 1디르함*에 팔아서 식량을 샀습니다. 그리고 도시의 성문에 이렇게 적었습니다.

'하루 동안 열심히 일하여 1디르함을 벌었노라.'

그러고는 식량을 갖고 친구들에게 돌아가서 함께 먹었습니다.

둘째 날 외모를 최고의 가치로 여기는 귀족의 아들 차례가 되었습니다. 그는 식량을 구하러 도시로 들어간 뒤 고민에 빠졌습니다.

★ Dirham. 아랍에서 통용되어온 화폐로, 오늘날 모로코, 아랍에미리트 등의 국가에서 통용된다. 디르함은 화폐와는 별도로 3.148그램의 중량 단위 명칭으로도 사용된다.

'나는 일을 잘 못하는데 어쩌면 좋지? 빈손으로 돌아가면 면목도 없을 뿐 아니라 따돌림도 당할 텐데……'

그는 이렇게 걱정하며 큰 나무에 등을 기대고 앉아 있다 깜빡 잠이 들고 말았습니다. 마침 그 도시의 고관이 그곳을 지나다가 그의 수려한 외모에 반해서 발길을 멈추고 자세히 들여다보았습니다. 귀족 티가 물씬 배어 나오는 모습에 어쩐지 안쓰럽고 측은한 생각이 들어 500디르함을 놓고 갔습니다. 귀족의 아들은 그 돈으로 식량을 마련한 뒤 도시의 성문에 이렇게 적었습니다.

'수려한 외모 덕분에 하루에 500디르함을 벌었노라.'

그리고 친구들에게 돌아가 식량을 나누어 먹었습니다.

셋째 날이 되자 그들은 상인의 아들에게 말했습니다.

"너의 머리와 상술을 발휘해서 오늘 먹을 식량을 구해 와라."

상인의 아들은 길을 나섰습니다. 조금 걷다보니 물건을 잔뜩 실은 배 한 척이 부두로 들어오는 광경이 보였습니다. 많은 상인들이 그 물건을 사려고 몰려들었습니다. 그러더니 그 상인들은 한쪽에 모여 웅성거리면서 무언가를 의논한 끝에 이렇게 말했습니다.

"오늘은 아무것도 사지 말고 그냥 돌아갑시다. 물건이 안 팔리면 값이 저절로 내려갈 것 아니겠소? 저 물건들이 꼭 필요하긴 하지만 싼값에 사려면 그 방법밖에 없소."

그들이 모두 집으로 돌아갔을 때 상인의 아들은 선원들과 흥정하여 그 물건들을 10만 디르함에 사겠다고 약정하고 외상으로 인수했습니다. 그러고서 그 물건들을 다른 도시로 옮기려는 척 바삐 움직였습니다.

소식을 전해 듣고 놀란 상인들은 그 물건들이 모조리 없어질까 애를 태우며 상인의 아들을 찾아와 흥정을 벌였습니다. 상인의 아들은 그 물건들을 20만 디르함에 팔았습니다. 결국 외상을 갚고도 10만 디르함의 이윤을 남길 수 있었습니다. 그는 식량을 마련해서 친구들에게 돌아가는 길에 도시의 성문에다 이렇게 적었습니다.

'머리를 잘 쓴 덕에 하루에 10만 디르함을 벌었노라.'

넷째 날이 되자 그들은 왕자에게 말했습니다.

"당신에게 주어지는 운명의 힘으로 식량을 구해 오시오."

왕자는 길을 나서서 도시의 성문 앞에 이르자 거기에 기대앉았습니다. 그가 앉아 있는 동안 어떤 장례 행렬이 성문을 통과했습니다. 며칠 전에 아무런 혈육을 남기지 못하고 세상을 뜬 그 도시 왕의 장례 행렬이었습니다.

모든 사람들이 슬피 우는데 왕자는 태연히 앉아 있었습니다. 이 모습을 본 사람들이 왕자를 책망했고 특히 문지기가 욕을 하며 말했습니다.

"너는 도대체 누구냐? 왕이 돌아가셨는데도 슬픈 기색 하나 없이 성문에 쭈그리고 앉아 있을 수 있느냐?"

문지기는 왕자를 쫓아냈습니다. 그러나 왕자는 그 장례 행렬이 다 지나가자 도로 그 자리에 와서 앉았습니다.

얼마 후 그들이 장례를 마치고 돌아오는 길에 또 왕자를 보았습니다. 화가 치민 문지기는 소리쳤습니다.

"여기 앉아 있지 말라고 했잖느냐?"

문지기는 왕자를 잡아다 가두었습니다.

다음날 그 도시의 시민들이 모여 왕을 추대하는 문제를 의논했습니다. 그들은 오랜 시간 토론을 벌였지만 결론을 얻지 못했습니다. 그때 문지기가 나서며 말했습니다.

"어제 성문 앞에 앉아 있는 한 젊은이를 보았어요. 왕의 서거가 그에게는 대수롭지 않은 듯 전혀 애도의 기색을 보이지 않았어요. 상당히 지체가 높아 보이긴 했는데 제가 말을 시켜도 대답을 안하기에 쫓아버렸죠. 그런데 돌아오는 길에 보니까 또 거기에 앉아 있지 않겠어요? 아무래도 수상쩍어서 감옥에 가두었죠."

그 말을 듣고 고관들은 왕자를 감옥에서 불러다가 신상 조사를 하여 그 도시에 오게 된 경위를 물었습니다.

왕자는 자신의 사연을 이야기했습니다.

"저는 화위란 왕의 아들로서 왕세자로 책봉되어 있었습니다. 그러나 아버님께서 별세하시자 제 동생이 저를 밀어내고 왕권을 차지했습니다.

저는 목숨을 부지하기 위해 도망쳤고 결국 이곳까지 오게 되었습니다."

그러자 화위란 왕의 나라에 다녀온 적이 있는 몇몇 고관들이 왕자를 알아보았습니다. 그리고 화위란 왕을 추모하며 그 덕을 기리면서 왕자를 자신들의 왕으로 추대했습니다.

그 도시의 관습 중에는 왕으로 추대되었을 때 흰 코끼리를 타고 도시 전역을 순시하는 예식이 있었습니다. 왕의 행렬이 성문 앞에 이르자 왕은 성문에 다음과 같이 적으라고 명령했습니다.

'근면함도 수려한 용모도 지모도 모두 운명의 위력 아래 있노라. 어디 그뿐이겠는가? 세상의 모든 기쁨과 슬픔 역시 지고하고 위대하신 알라께서 정하신 운명의 힘 아래 있노라.

알라께서 짐에게 내리신 영광과 축복에 감사하며 위대한 진리를 새삼 확인하노라.'

왕은 궁궐로 돌아와 왕좌에 오른 뒤 신하들을 보내어 그의 친구들을 불러오게 했습니다. 그리하여 지모가 뛰어난 친구는 대신으로 임명했고 근면한 친구는 농사에 종사토록 했고 외모가 준수한 친구는 많은 돈을 주어 추방시켰습니다. 그의 용모에 매료되는 사람이 생기지 않도록 예방하기 위함이었습니다.

이어서 왕은 그 도시의 학자들을 비롯하여 지혜와 식견을 갖춘 사람들이 모인 자리에서 연설을 했습니다.

"짐의 친구들은 이제 지고하고 위대하신 알라께서 그들에게 내려주신 재능이 알라의 의지와 예정에 의한 것임을 확신하게 되었소. 여기에 모이신 여러분들께서도 그 진리를 깨닫고 확신하길 바라오.

짐이 이 영광스러운 자리에 앉게 된 것은 외모가 뛰어나서도 아니고 지혜가 출중해서도 아니고 근면했기 때문도 아니오. 오로지 알라의 섭리에 따른 일이오. 짐이 동생에게 축출당해 나그네 신세가 되었을 때 짐에게 절실한 것은 식량이었지 결코 왕위가 아니었소.

짐이 이 도시의 왕이 되리라고는 전혀 예측하지 못했소. 이 도시에는 짐보다 외모가 뛰어나고 훨씬 근면하며 지혜가 높은 사람들이 많기 때문이오. 그러나 운명의 힘은 짐으로 하여금 알라의 섭리를 찬양하게 만들었소."

그때 군중 가운데서 한 노인이 일어나 말했습니다.

"전하께옵서는 완벽하고 지당하며 현명하신 말씀을 하셨사옵니다. 전하께옵서는 실로 넘치는 지혜와 깊은 통찰력을 지니신 분으로서 저희들이 고대하던 왕이시옵니다.

저희들은 전하의 말씀을 완전히 이해하며 확신하옵니다. 전하께옵서는 이미 지고하신 알라로부터 지혜의 축복을 받으셨으므로 마땅히 왕좌에 오르셔야 할 분이시옵니다. 현세와 내세에서 가장 행복한 사람은 지혜의 축복을 받은 사람이옵니다. 이 도시의 백성들이 전하를 왕으로

고국에서 쫓겨난 왕자가 운명의 힘으로 이웃 도시의 왕으로 추대된다.

추대한 일은 실로 알라의 은총이옵니다."

잠시 후 또 한 명의 노인이 일어났습니다. 그는 위대하고 전능하신 알라를 찬양한 뒤 말을 시작했습니다.

"전하, 저는 여행자이온데 과거에 경험했던 일을 아뢰고자 하옵니다."

여행자와 두 마리 새 이야기

저는 여행자가 되기 전에 그러니까 소싯적에 어느 귀족 나리의 하인으로 있었사옵니다. 어느 날 세상에 대한 회의와 무상함을 깨닫고 귀족 나리의 집을 떠나기로 결심했사옵니다. 귀족 나리는 품삯으로 2디나르를 주었고 저는 그 돈을 받고서 1디나르는 자선을 베푸는 데 쓰고 1디나르는 제가 간직하기로 마음먹었사옵니다.

그러던 어느 날 시장에 갔다가 사냥꾼이 팔려고 내놓은 후투티 한 쌍을 보았사옵니다. 사냥꾼은 그 한 쌍을 2디나르에 팔려고 했고 저는 1디나르에 사려고 했사옵니다. 한참 흥정을 했으나 실패했사옵니다. 그때 제 마음속에는 갈등이 일어났사옵니다.

'한 마리만 사고 나머지는 놔둘까? 아니야, 저 두 마리는 암수 한 쌍일지도 몰라. 떼어놓을 수 없지!'

그 새들이 가엾게 여겨져서 저는 모든 것을 알라께 맡기고 수중에 있던 돈 2디나르를 몽땅 주고 샀사옵니다. 그리고 그 새 한 쌍을 어디에 풀어줄까 생각해보았사옵니다. 사람이 많은 곳에 놓아주면 또 잡히거나 먹이를 구하지 못해 지칠 것 같아 불안했사옵니다. 그래서 인적이 드물고 나무와 풀이 우거진 곳으로 가서 그 새들을 놓아주었사옵니다.

한 쌍의 새는 열매가 주렁주렁 달린 나무 위로 올라가서 저에게 감사를 표했고 그중 한 마리가 다른 한 마리에게 말했사옵니다.

"이 여행자는 우리 생명의 은인이셔. 반드시 그 은혜에 보답을 해야겠어. 이 나무 밑에는 돈이 가득 든 항아리가 있거든. 그분에게 알려서 가져가시도록 해야겠어."

제가 한 쌍의 새에게 물었사옵니다.

"사냥꾼의 덫은 보지 못하던 너희들이 아니더냐? 그런데 어찌 땅속에 숨은 보물은 볼 수 있단 말이냐?"

한 쌍의 새가 대답했사옵니다.

"운명이랍니다. 운명은 해와 달의 빛을 잃게 할 수도 있고 깊은 바다 밑의 고래를 잡히게 할 수도 있습니다.

운명의 힘은 저희들의 시선을 다른 쪽으로 돌리게도 하고 시야를 가려버리기도 합니다. 운명은 저희로 하여금 덫은 못 보게 했지만 땅속의 보물은 보게 했답니다. 그래서 당신께 은혜를 갚을 수 있게 되었답니다."

그 말을 듣고 저는 나무 밑을 파서 돈이 가득 든 항아리를 꺼낸 후 한 쌍의 후투티의 앞날을 축원했사옵니다.

"하늘을 나는 너희들이 땅속에 숨겨진 보물을 알려주었구나. 너희들로 하여금 볼 수 없는 것을 보게 해주신 알라께 영광을!"

한 쌍의 후투티는 저한테 말했사옵니다.

"지혜로운 분이시여, 운명이 모든 것을 지배하며 아무도 그 힘을 거역할 수 없다는 사실을 모르십니까?"

전하, 지금까지 제가 경험했던 일을 말씀드렸사옵니다.

지혜와 식견이 있는 사람들이라면 세상만사가 알라께서 예정하신 운명에 의해 지배된다는 진리를 알아야 하옵니다. 지고하신 알라의 허락 없이 사람은 좋은 것을 취하거나 싫은 것을 버리는 일을 마음대로 할 수 없사옵니다.

생각이 깊은 사람들이라면 이 진리를 믿고 의지해야 마땅하옵니다. 이 진리는 고통 받는 사람에겐 위안이 되고 축복받은 사람에겐 창조주 알라께 감사하는 마음을 심어주기 때문이옵니다.

"이상은 운명의 위력에 관한 이야기였습니다."

비둘기와 여우와 백로의 장

다브샬림 왕이 현자 바이다바에게 말했다.

"잘 들었소이다. 이번에는 남을 위한 대책은 마련할 줄 알면서 정작 자신이 살아갈 대책은 세우지 못하는 사람의 이야기를 들려주시오."

현자가 말했다.

"그러한 경우로, 비둘기와 여우와 백로의 이야기가 있습니다."

다브샬림 왕이 "어떤 일이 있었소?"라고 묻자 현자 바이다바가 이야기를 시작했다.

여우의 칭찬에 속은 백로 이야기

옛날에 비둘기 한 마리가 살았습니다. 그 비둘기는 알을 낳을 때가 되면 자신의 둥지를 키 큰 야자나무 꼭대기로 옮겨놓는 작업부터 시작하곤 했습니다. 하늘 높이 치솟은 야자나무 위로 보금자리를 옮기기란 참으로 힘든 일이었습니다만 장차 태어날 새끼들의 안전을 위해서는 불가피한 일이었습니다.

비둘기는 이와 같이 고된 노력 끝에 비로소 알을 낳아 품었습니다.

하지만 비둘기의 노력을 비웃기라도 하듯이, 알이 부화되기만 하면 때를 기다리고 있던 여우가 나무 밑에 나타나 위협을 했습니다.

"이봐, 비둘기! 네 새끼들을 던져줘! 그렇지 않으면 당장 올라갈 테니 알아서 하라고."

겁에 질린 비둘기는 새끼들을 던져줄 수밖에 없었습니다. 얼마 후 비둘기는 또 알을 낳아 품었습니다. 그러나 알에서 나오자마자 여우의 먹이가 될 새끼들을 생각하니 가슴이 저렸습니다.

그때 지나가던 백로가 야자나무에 앉았다가 비둘기의 표정을 보며 물었습니다.

"비둘기 여사, 무슨 일로 그렇게 수심에 가득 차 있어요?"

"백로 씨, 여우 때문에 무서워서 못 살겠어요. 제 새끼들이 태어나기만 하면 여우가 나타나 저를 위협하니, 어쩔 수 없이 저는 새끼들을 던져주고 만답니다. 이번에도 또 새끼들을 잃어야 하니 어쩌면 좋겠어요?"

"내가 묘안을 하나 가르쳐줄 테니 잘 들어요. 여우가 또 위협하면 이렇게 맞서요. '내 새끼들을 또 달라고요? 어림없어요! 여기까지 올라올 테면 올라와봐요! 그건 당신의 목숨을 걸어야 하는 모험이겠죠? 만일 여기까지 올라와서 내 새끼들을 잡아먹을 땐 나도 가만있지 않겠어요. 멀리멀리 날아가버려 다시는 당신한테 당하지 않을 테니까요.'라고 말하세요."

백로는 비둘기에게 이러한 묘책을 가르쳐준 뒤 강가로 나가 내려앉았습니다.

한편 여우는 야자나무 밑에 와서 또다시 비둘기를 협박했습니다. 그러자 비둘기는 백로가 가르쳐준 대로 당당하게 말했습니다.

여우는 비둘기의 태도가 달라진 것을 의아하게 여기며 비둘기에게 물었습니다.

"그런 멋진 대답을 누가 알려주었지?"

"백로가 가르쳐주었지요."

여우는 곧장 백로가 있는 강가로 갔습니다. 그리고 서 있는 백로에게 물었습니다.

"백로 씨, 오른쪽에서 바람이 불어오면 어느 쪽으로 고개를 돌리나요?"

백로가 대답했습니다.

"왼쪽으로 돌리지요."

여우가 또 물었습니다.

"그러면 왼쪽에서 바람이 불어오면 어느 쪽으로 고개를 돌립니까?"

백로가 대답했습니다.

"오른쪽이나 뒤쪽으로 돌리지요."

여우가 또다시 물었습니다.

"이쪽저쪽 모든 방향에서 바람이 불어오면 어떡하시겠어요?"

백로가 대답했습니다.

"날개 밑으로 푹 파묻죠."

여우가 놀라며 물었습니다.

"어떻게 머리를 날개 밑으로 파묻을 수 있단 말입니까? 정말 그럴 수 있습니까?"

백로가 자신 있게 대답했습니다.

"할 수 있다마다요."

여우가 찬사를 퍼부었습니다.

"어떻게 하는지 보여주시겠어요? 정말로 알라께서는 새들한테 특별한 축복을 내리셨군요. 우리 같은 짐승들은 일 년이 걸려도 배울 수 없는 일을 단번에 해내다니…… 그것뿐인가요? 당신들은 우리들이 도저히 갈 수 없는 곳까지 가고, 춥거나 바람이 불면 날개 밑으로 고개를 파묻을 수도 있으니 너무 부럽군요. 자, 어떻게 하는 건지 어서 보여주세요."

백로는 잔뜩 뽐을 내면서 날개 밑으로 머리를 파묻었습니다. 그러자 때를 기다리던 여우는 즉각 달려들어 백로의 목을 비틀고 물어뜯으며 말했습니다.

　　"이 어리석은 백로야, 스스로 네 무덤을 팠구나. 비둘기를 위해서는 묘책을 마련해주면서도 정작 네 자신의 일에는 속수무책이니, 이런 종말을 맞을 수밖에."

　　그리고 여우는 백로를 잡아먹었습니다.

현자 바이다바의 맺음말

다브샬림 왕은 현자 바이다바가 들려준 모든 이야기를 듣고 침묵했다. 그러자 현자가 왕을 향해 말했다.

"전하! 샘솟는 환희와 백성들의 추앙과 운명의 가호 속에서 천년을 사시며 일곱 지역*을 다스리소서. 그리고 지상의 모든 권력을 주관하시오며 현세 및 내세에서 큰 뜻을 이루소서!

전하께서는 이제 완벽한 지식과 분별력을 갖추셨고 훌륭한 지혜와 의지를 소유하셨으며 용기와 관용을 품으셨고 언행이 일치하십니다. 따라서 전하의 판단에는 한 점 오류가 없고, 전하의 말씀에는 절대 오점이 없습니다. 아울러 전하께서는 강인함과 온유함을 겸비하셨으므로

★ 일곱 지역이란 온 세상을 의미한다. 아랍인들은 세상이 일곱 지역으로 나뉘어 있다고 믿었는데, 이는 이슬람교 경전인 『코란』에서 하늘이 일곱 층으로 이루어졌다고 명시한 내용과 관련된다고 볼 수 있다.

어떠한 일이라도 원만하고 강력하게 추진하실 수 있습니다.

전하! 저는 이 책에서 세상사의 이치를 밝히면서 전하의 질문에 답변을 드리기도 하고 교훈도 아뢰었습니다. 전하께서 역사에 길이 남을 성군이 되시도록 제 지혜와 지식과 사상을 총동원하여 최상의 조언을 드리고자 전력을 다했습니다. 부디 흡족히 받아주소서.

제가 성은을 입어 감히 전하께 삶의 지혜와 도덕률을 아뢰었사온데 지고하신 알라께서 제 노력을 심판하고 보상하실 것입니다.

무릇 선행을 말하는 사람보다는 선행을 실천하는 사람이 더욱 복되고, 충고를 하는 사람보다는 충고를 받는 사람이 더욱 발전하고, 덕성을 가르치는 사람보다는 덕성을 배우는 사람이 더욱 행복하다는 진리를 유념하소서. 지고하고 위대하신 알라 이외에는 권능 없고 위력 없습니다."

현자 바이다바와 다브샬림 왕.

개정판 옮긴이 말

『칼릴라와 딤나』의 한국어본을 처음 출간한 때가 1998년이다. 어느덧 십 년이란 세월이 흘렀다. 아랍 세계에서 최고의 고전으로 평가되는 이 작품을 한국 독자들에게 소개했다는 점에서 그동안 나름대로 자부심을 가져왔다. 또한 국내외 아랍학계에서 격려와 칭찬도 받았다. 그리고 작품의 일부가 중학교 교과서에 실려서 어린 학생들에게 아랍 문학의 향기를 전할 수 있게 되어 보람을 느꼈다.

아랍 문화가 세계 문화사에서 차지하는 비중과 영향력은 매우 크다. 고대 메소포타미아 문명에 뿌리를 둔 아랍 문화는 7세기부터 이슬람이라는 새 옷을 갈아입고 찬란한 문명을 꽃피우며 약 오백여 년간 세계 문화를 선도했다. 당시 아랍은 그들의 고유한 문화를 창출하여 세계에 전파했을 뿐만 아니라 인도와 페르시아의 문화를 수용하여 이를 재창조한 뒤 서양으로 전달하는 교량 역할을 했다. 중세에 미명의 서양 문화를 일깨우며 르네상스의 밑거름을 마련해주었던 아랍 문화의 흔적은 서양 문화의 저변에 적잖이 깃들어 있다. 『칼릴라와 딤나』는 아랍이 서양에 전달한 문학서의 실증인 동시에 동양과 서양 간에 존재했던 활발한 문화 교류의 현상을 입증하는 작품으로서 세계 문화사에서 중요한 가치를 지닌다.

우리 사회는 아직까지 아랍 문화에 대해 깊은 관심을 기울이지 않고 있다. 생소하고 이질적인 문화에 대해 관심을 갖는 일이 쉽지 않기 때문일 것이다. 그러나 빠르게 전개되는 다문화 시대의 흐름 속에서 새로운 문화에 대한 적극적인 이해는 필수적이다. 더욱이 아랍 문화가 인류문명사에서 차지하는 중요성을 고려할 때, 그리고 아랍 국가들이 현대사에서 차지하는 역할을 고려할 때, 아랍 문화의 본질과 아랍인들의 가치관에 대한 올바른 이해는 반드시 필요하다.

우리 사회가 아랍인과 아랍 문화에 대해 잘 모르는 만큼 아랍인들 역시 한국인과 한국 문화에 대해 무지하다. 아랍 국가를 방문했을 때 흔히 받는 질문 중에는 '한국인은 어떤 언어를 쓰느냐? 한국에도 고유한 말과 글이 따로 있느냐? 한국인은 모국어로서 일본어나 중국어를 쓰는 것 아니냐?' 등이 있다. 참으로 난감한 질문 앞에서 과연 이 문제의 실마리를 어디서부터 풀어나가야 할지 착잡해진다. 한국과 아랍 국가들 간의 교류가 시작된 지 이미 수십 년이 지났건만 한국에 대한 아랍인들의 이해가 이 정도로 미약한 것을 보면 문화 교류의 토대를 확충하는 일이 시급함을 절감한다.

아랍인들은 한국과 한국인에 대해 많이 알고 싶어한다. 한국이 이룩한 경제 성장에 감탄하고 있으며 높은 교육열을 바탕으로 우수한 인력을 확보하고 있는 점을 배우고 싶어한다. 그러나 한국은 아랍인들이 품고 있는 호감에 화답을 해주지 못하고 있다. 이제는 우리가 그들의 사랑과 관심에 응답을 해야 한다. 그것은 문화 인프라의 구축과 상호교류를 통해서 가능하다.

아랍인들의 사고방식은 한국의 전통적 가치관과 비슷한 점이 많다. 그들은 가족을 중시하고 손님을 극진히 대접할 줄 알며 권선징악의 도리와 인과응보의 이치를 확실히 믿고 있다. 또한 인간관계에서도 신뢰를 우선시하며 개인의 명예나 사회적 평판에 큰 비중을 둔다. 이러한 측면에서 한국인과 아랍인은 쉽게 가까운 이웃이 될 수 있다.

아랍인들이 신뢰와 명예를 매우 중시하고 있음을 보여주는 한 가지 에피소드를 소개하고 싶다. 2003년 1월 역자가 이라크에 갔을 때였다. 당시 우리 일행은 이라크 남부의 도시 나자프를 방문하여 그곳의 한 호텔에서 하루를 묵고 바그다드로 돌아온 적이 있었다. 그때 일행 중 한 명이 방에 1달러를 두고 나왔다. 호텔 종업원의 수고에 대한 작은 성의를 표시하기 위해서였다. 그런데 우리 일행이 바그다드의 숙소에 도착한 지 얼마 지나지 않았을 때 나자프의 그 호텔 지배인이 1달러를 들고 200킬로미터의 거리를 달려서 찾아왔다. 우리 일행 중 누군가가 잃어버린 돈이라고 생각했기 때문이다. 우리는 그에게 1달러를 두고 온 이유를 설명했지만 그는 결국 그 돈을 주인에게 돌려주었다. 그러고 나서 그의 얼굴에는 밝은 미소가 흘렀다. 그의 미소에서, 비록 작은 액수이긴 해도 특별한 이유 없이 남의 돈을 받지 않았다는 당당함을 읽을 수 있었다. 또한 자기가 근무하는 호텔에 하룻밤 묵었던 손님들에 대해서 최선을 다해 신뢰와 신의를 표시했다는 만족감을 읽을 수 있었다. 아랍인들을 만나다보면 이 에피소드와 유사한 사연들을 자주 경험하게 된다.

이러한 아랍인들의 문화와 가치관이 여실히 반영된 작품이 『칼릴라와 딤나』이다. 이번에 새로이 개정판을 내면서, 작품이 한국 독자들에게 더욱 친근하게 다가갈 수 있도록 변화를 주었다. 우선 문장과 어휘를 새롭게 다듬고, 다채로운 삽화를 보강했다. 일반적으로 아랍을 비롯한 이슬람 세계의 문학작품에서 삽화를 발견하기는 쉽지 않다. 철저한 유일신 신앙의 영향으로 인물이나 동물, 또는 정물을 회화에 담는 일이 허용되지 않기 때문이다. 그러나 예외적으로 『칼릴라와 딤나』에는 다양한 삽화가 전해져 내려오는데, 이는 작품이 널리 읽히고 애호되기 위한 목적에서 연유한 것으로서 이 작품의 교훈적이고 문학적인 가치가 그만큼 독보적임을 증명하는 예라고 할 수 있다. 그림을 통해서 이슬람 세계의 독특한 정서가 독자들에게 전달되어 작품을 이해하는 데 간접적인 도움이 될 수 있기를 바란다.

이번 개정판이 우리 사회에서 아랍인과 아랍 문화를 정확하게 이해하는 데 필요한 작은 씨앗이 될 수 있기를 바란다. 그리고 한국과 아랍 간에 문화적 가교를 형성하는 데도 한몫을 담당하길 희망한다.

이번 개정판을 준비하면서 작품 번역에 몰두했던 시절을 새삼 떠올려본다. 이 작품을 번역하는 동안 머릿속을 떠나지 않던 두 개의 문구가 있다. 첫째는, '번역 작품을 읽는 것은 베일을 쓴 연인에게 키스하는 것 같다' 는 옛 시인의 고백이고, 둘째는, '번역자는 반역자다(Translators are traitors)' 라는 말이다. 번역의 어려움과 한계를 극명하게 표현하는 이 문구들을 상기하며 되도록 가벼운 반역의 죄를 짊어지려고 노력을 기울였다. 번역은 참으로 고되고 지난한 작업이다. 그러나 한편으로 환희와 보람을 느낄 수 있는 작업이다. 행간(行間)에서 솟아나는 지혜는 번역의 산고(産苦)를 잊게 해주는 오아시스와 같기 때문이다. 아무쪼록 많은 독자들이 번역 작품에 관심을 기울여준다면 번역자는 그것으로서 더할 나위 없는 희열을 느낄 것이다.

이 책이 나오기까지 많은 수고를 해주신 강출판사에 감사한다. 그리고 공부하는 여식(女息)을 위해 조언과 격려를 아끼지 않으시는 부모님께 머리 숙여 깊은 감사를 드린다.

2008년 6월
이동은

    이슬람교와 석유, 사막과 오아시스, 그리고 베일 속에 수줍은 미소를 감춘 여인들…… 우리가 아랍을 떠올릴 때 스치는 영상들이다. 지금까지 아랍 문화의 요체가 무엇이며 아랍인들의 가치관은 어떠한지 진지하게 관심을 가져본 사람은 아마도 그리 많지 않을 것이다. 그만큼 아랍은 신비한 미지의 세계 또는 산유국 정도로만 우리에게 인식되어왔다. 그러나 아랍은 더 이상 멀고 먼 미지의 세계일 수 없다. 그곳은 우리가 직접 이해하고 적극적으로 만나야 하는, 동양이라는 한 울타리 속의 세계, 정치·경제적인 측면뿐만 아니라 문화적으로 교류하고 협조해야 할 우리의 이웃이다.

    한 민족의 문화와 가치관을 가장 올바르게 이해할 수 있는 방법은 그 민족의 고전(古典)을 읽는 일이다. 특히 전통적인 가치를 소중히 간직해온 아랍인들의 경우에는 그들의 고전을 읽는 일이 그들 문화를 이해하는 첩경이 된다. 더욱이 그 고전들 중에서도 그들이 최상의 가치를 부여해온 작품을 만나게 된다

392

면 금상첨화일 것이다. 이 책『칼릴라와 딤나』야말로 아랍인들이 자신들의 문화적 자긍심의 대상으로 여겨온 아랍 문학 최고의 고전이다.

아랍 문학사에서 세계적인 고전으로 평가받으며 연구의 대상이 되어온 작품으로는『칼릴라와 딤나』와『천일야화(*Alf Lailah Wa Lailah*)』(일명『아라비안 나이트』)를 꼽을 수 있다. 이 두 작품은 여러 면에서 상당히 대조적이다. 우선『칼릴라와 딤나』가 현실에 기초한 이성적인 교훈 문학서라면『천일야화』는 상상에 기초한 감성적인 흥미 문학서이다. 또한『칼릴라와 딤나』가 귀족 문학의 범주에 속한다면『천일야화』는 민중 문학의 범주에 속한다. 아울러『칼릴라와 딤나』가 아랍인들의 긍지로 여겨지는 반면『천일야화』는 아랍인들의 긍지인 동시에 수치로 여겨지고 있다.

아랍인들의 문학관은 매우 보수적이다. 그들은 엄격한 종교적·도덕적 관점에 기초하여 문학작품을 평가하며, 명성 있는 작가에 의해 표준 아랍어로 씌어지고 귀족층에서 읽히는 작품에 높은 가치를 부여한다. 특히 산문문학의 경우에는 교훈적 가치가 더욱 중시된다.『칼릴라와 딤나』는 아랍인들의 이와 같은 보수적인 문학관에 부합하는 작품으로서 아랍인들의 긍지로 여겨지고 있다. 한편『천일야화』는 민중 사이에서 회자되었으며, 전승 과정에서 이야기꾼에 의해 부도덕하고 외설적인 내용으로 변형되어 자신들의 생활상을 오도했다는 면에서 부정적인 평가를 받고 있다. 다만 풍부하고 신비로운 상상력으로 깊은 감동을 준다는 면에서는 문학적 가치를 인정받고 있다.『천일야화』는 아랍 세계의 바깥, 특히 서구 세계에서는 높은 관심을 끌지만 정작 아랍 세계 내부에서는 그다지 높은 평가를 받지 못하고 있다. 우리나라에서도 『천일야화』를 아랍 문학의 대명사로 여기는 실정은, 그동안 우리의 아랍 문화에 대한 인식이 서구 세계의 눈에 의해 굴절된 것이었음을 반영하는 일면이라 할 수 있겠다. 이제는 그들의 문화를 우리의 시각으로 만나야 한다. 그런 의미에서 『칼릴라와 딤나』의 우리말 번역은 아랍 문화에 대한 직접적인 이해와 더불어, 아랍 문학의 진수를 본격적으로 향수할 수 있는 한 계기를 마련해줄 것이다.

『칼릴라와 딤나』는 아랍 문학의 고전일 뿐 아니라 세계 문학의 고전으로서 종교와 인종, 그리고 시공을 초월한 인류의 지혜를 다루며 천이백여 년 동안 인류 역사와 더불어 숨쉬어온 작품이다. 이제 이 작품의 한국어본 출간이 아랍 문학, 더 나아가 아랍 문화에 대한 새로운 인식의 토대를 마련하고 아랍인들의 정서의 맥을 직접 짚어볼 수 있는 기회가 되길 바란다.

지금까지 아랍 문화에 대한 우리의 피상적이며 간접적인 이해는 아랍인들에 대한 편견과 오해를 초래하기도 했다. 이 작품을 통해, 아랍인들이 도덕성을 중시하는 지혜로운 문화 민족이라는 인식이 정착되길 희망한다. 그리고 아랍 문학이라면 『천일야화』만을 생각하고, 동물 우화라면 『이솝 우화』만을 떠올리는 편협한 시야에도 변화가 생겼으면 좋겠다. 세계의 다양한 문화를 조화롭게 수용하는 일이 사회의 균형 있는 발전을 위한 밑거름이라고 볼 때, 이 작품의 한국어본이 그 일익을 담당할 수 있기를 기대한다.

번역을 마치고 보니 『칼릴라와 딤나』를 처음 만났을 때의 기쁨이 떠오른다. 1989년 가을 학기, 파란 하늘이 유난히 높던 날이었다. 분홍색 표지에 싸인 이 작품의 복사본을 보는 순간 가슴이 설렜다. 아랍인들의 정서와 사상의 뿌리를 탐구하고자 했던 나의 오랜 열망이 비로소 실마리를 찾았기 때문이었다. 그 당시의 복사본은 인쇄 상태가 좋지 않은데다 오자와 탈자와 많아서 읽는 데 큰 어려움이 있었지만 첫 만남의 설렘은 이 작품을 연구하고 번역하는 긴 인연으로 이어지게 되었다.

번역하는 동안 고충도 많았다. 작품 속에서 표현되는 수많은 비유들 중에는 고대 아랍인들의 생활상을 정확히 파악해야만 우리말로 옮길 수 있는 경우가 많았다. 또한 현대적 의미와는 다르게 쓰이는 고어체 해석의 어려움도 있었고, 고본(古本)에 의존한 텍스트이다보니 간혹 내용의 흐름이 비약되거나 모순되는 부분도 있었다. 그리고 아랍어에만 있는 고유한 어휘로서 우리말에서는 그에 상응하는 어휘를 찾을 수 없는 경우도 큰 어려움이었다. 이러한 암초에 걸려 넘어지면 온갖 참고서적을 뒤져가며 오랜 시간 고심을 했다. 그럴 땐 정말 번역을 포기하고 싶었다. 아랍어를 전공한 이래로 나를 그림자처럼 따라다니던 학문적 외로움이 그 순간에는 더욱 크게 다가왔기 때문이다. 그러나 마음속 깊이 간직되었던 책임감이 나를 다시 일으켜 세웠다. 외로움과 책임감 사이의 긴 싸움. 결국 후자의 승리로 번역을 완성하게 되어 기쁘기 그지없다.

아랍어는 오묘한 매력을 지녔다. 어려우면서도 흥미롭고, 투박하면서도 정교하다. 손에 쥐었다 싶으면 튕겨져 나가고, 너무 멀어졌다 싶으면 다시 다가온다. 그 힘이 아직까지 나를 사로잡고 있다. 아랍어는 아름다운 언어다. 단어마다 함축성 있는 풍부한 의미를 지녔고, 문장마다 영롱한 음악성을 갖추었다. 나는 이번 번역이 아랍어 원문의 고유한 향기를 그대로 유지하면서도 가장 적절한 우리말로 표현될 수 있도록 하기 위해 최선을 다했다. 그러한 나의 노력이 얼마만큼 결실을 맺었는지 매우 조심스럽다.

작품의 이해를 돕기 위해 간혹 역주도 넣었고, 아랍 문화를 되도록 많이 소개하고 싶은 마음에서 원색 삽화도 실었다. 여기에 실린 삽화들은 아랍 여러 나라의 국립박물관 및 국립도서관 등에 소장된 것으로, 확실한 제작 연대는 알 수 없지만 대략 8세기에서 13세기에 그려진 것으로 추정된다. 또한 독자들이 이 작품의 역사적 발자취를 살펴볼 수 있도록 하기 위해 작품의 기원 및 전파도와 그에 따른 간략한 설명을 덧붙였다.

이 작품이 번역되기까지 도움을 주신 한국외국어대학교 아랍어과의 은사님들께 감사드린다. 번역을 시작할 수 있도록 용기를 주셨고, 강산이 두 번 바뀌는 세월 동안 한결같은 지도편달로 격려해주신 이두선 교수님께 깊이 감사드린다. 그리고 문학적 시야를 넓혀주신 송경숙 교수님과 좋은 충고를 아끼지 않으시는 홍순남 교수님께 감사드린다. 또한 나의 논문 지도교수이신 이집트 아인샴스(Ain Shams) 대학교 사범대학 아랍·이슬람학과의 마그디 무하마드 샴스 알 딘 이브라힘(Magdy Muhammad Shams al-Din Ibrahim) 교수님께 감사드린다. 샴스 알 딘 교수님은 정확한 번역을 위한 상세한 해설로 큰 도움을 주셨다. 그리고 문학 연구에 정진할 수 있도록 이끌어주신 이화여자대학교 국어국문학과의 강진옥 교수님과 서울여자대학교 국어국문학과의 박기석 교수님께 감사드린다.

건강한 책은 장수한다. 이 책이 독자들의 가슴속에 오래도록 남아 마음의 양식이 되길 희망한다.

1998년 10월

이동은

칼릴라와 딤나
ⓒ 이동은

초판 발행 | 2008년 6월 16일

지은이 　 | 바이다바
아랍어 역 | 이븐 알 무카파
옮긴이 　 | 이동은
펴낸이 　 | 정홍수
편집 　　 | 김현숙 황경하 김현주
펴낸곳 　 | (주)도서출판 강
출판등록 | 2000년 8월 9일(제2000-185호)

주소 　　 | 서울시 마포구 서교동 460-45(우 121-841)
전화 　　 | 325-9566~7
팩시밀리 | 325-8486
전자우편 | gangpub@hanmail.net

값 25,000원
ISBN 978-89-8218-115-3 03890

이 도서의 국립중앙도서관 출판시도서목록(CIP)은 e-CIP 홈페이지(http://www.nl.go.kr/cip.php)에서
이용하실 수 있습니다.(CIP제어번호: CIP2008001661)